गुस्ताख़ इश्क़

स्टोरीटेल पर बेस्टसेलर ऑडियो सिरीज़

इरा टाक

MANJUL
मंजुल कथाकार
मंजुल पब्लिशिंग हाउस का इम्प्रिंट

MANJUL

मंजुल कथाकार

मंजुल कथाकार, मंजुल पब्लिशिंग हाउस का इम्प्रिंट है

कॉरपोरेट एवं संपादकीय कार्यालय

• द्वितीय तल, उषा प्रीत कॉम्प्लेक्स, 42 मालवीय नगर, भोपाल-462 003

विक्रय एवं विपणन कार्यालय

• सी–16, सेक्टर 3, नोएडा, उत्तर प्रदेश, 201301

वेबसाइट : www.manjulindia.com

वितरण केन्द्र

अहमदाबाद, बेंगलुरू, कोच्चि, कोलकाता, चेन्नई,

हैदराबाद, मुम्बई, नई दिल्ली, पुणे

यह संस्करण मंजुल कथाकार में मंजुल पब्लिशिंग हाउस द्वारा 2025 में प्रकाशित

ISBN 978-93-5543-486-9

टाइपसेटिंग : डीजीअल्ट्राबुक्स प्रा. लि., नई दिल्ली

मुद्रण व जिल्दसाज़ी : गोपसंस पेपर्स लिमिटेड

गुस्ताख़ इश्क़

इरा भाकुनी टाक की रचनात्मकता रंगों, शब्दों और दृश्यों का कोलाज है। बीकानेर में जन्मी इरा आगरा विश्वविद्यालय से बीएससी, एमए (इतिहास) और मास कम्युनिकेशन में स्नातकोतर डिप्लोमा हैं। उन्हें लगातार जेएलएफ, साहित्य आजतक जैसे बड़े साहित्यिक जलसों में स्पीकर के रूप में आमंत्रित किया जाता रहा है।

इरा टाक ने अपने तीन कविता संग्रहों—*अनछुआ ख़्वाब, मेरे प्रिय, कैनवस पर धूप* और दो कहानी संग्रहों—*रात पहेली* और *कुछ पन्ने इश्क़*, फिर अपने तीन उपन्यासों—*लव ड्रग, चौबीस छत्तीस ज़ीरो वन* और *ट्रीटी ऑफ़ साइलेंस* से एक बड़े हिंदी पाठक वर्ग का ध्यान अपनी ओर खींचा। स्टोरीटेल के लिए ऑडियो सिरीज़—*गुस्ताख़ इश्क़, प्यार के इस खेल में* और ऑडियो कहानियों—*मेरे हमनफ़स, ये मुलाक़ात एक बहाना है, किलर ऑन हंट, रिज़र्व सीट, पटरी पर इश्क़, रंगरेज़ पिया* आदि के ज़रिए इस नई विधा में अपनी किस्सागोई को नए आयाम तक पहुँचाया। उन्होंने कुछ सेल्फ़ हेल्प किताबें—*लाइफ सूत्र, RxLove366, ख़ुशी के ख़जाने की चाबी-अनलॉक योरसेल्फ़, की टू हैप्पीनेस* (अंग्रेज़ी) लिखकर भी हज़ारों लोगों को प्रेरित किया। उन्होंने फिल्ममेकर के रूप में पाँच शॉर्ट फ़िक्शन फिल्म्स—'फ़्लर्टिंग मैनिया', 'डब्लू टर्न', 'इवन द चाइल्ड नोज़', 'रेनबो' और 'अक्षर' बनाई हैं और इस समय बॉलीवुड में पटकथा लेखन में व्यस्त हैं। इसके साथ ही चित्रकार के रूप में दस एकल प्रदर्शनियाँ भी कर चुकी हैं। फ़िलहाल मुंबई में रहती हैं।

संपर्क :

Email – eratak13march@gmail.com

X – @AuthorEraTak

Insta – eratak13march@instagram.com

Facebook – eratak13@facebook.com

इरा टाक के उपन्यास *गुस्ताख़ इश्क़* की संस्तुतियाँ

'इश्क़ की बात सिहरन पैदा कर देती है, यह बात अगर कोई सधी हुई क़लम करे तो हर बार इश्क़ का रंग बदल जाता है। इरा टाक की क़लम इश्क़ के रंगों को भी बख़ूबी जानती है और सिहरन को भी। *गुस्ताख़ इश्क़* इसी बात का सबूत है'

—इरशाद कामिल, प्रसिद्ध गीतकार

'*गुस्ताख़ इश्क़* सच्चे प्यार की जटिलताओं और बलिदानों को बख़ूबी दर्शाती है। यह कहानी उम्र, सामाजिक बंधनों और विश्वासघात से परे जाकर प्रेम की अनंत शक्ति को उजागर करती है। मिताली और रोनित की यह भावनात्मक यात्रा पाठकों को प्यार, दर्द और मुक्ति के गहरे अर्थों से रूबरू कराती है'

—सुनीता पंत बंसल, प्रसिद्ध पौराणिक लेखिका

विषय-सूची

इरा टाक के उपन्यास गुस्ताख़ इश्क़ की संस्तुतियाँ *ii*

भूमिका *vii*

1 किरचें चुभ रही हैं रगों में 1

2 कुछ बिखरा, कुछ निखरने के लिए 28

3 जो न छूट पाए, वो इश्क़ 50

4 रेशमी सुबह, नरम अँधेरे 71

5 उल्टी चाल 90

6 छन्न से जो टूटे कोई सपना 110

7 इम्तिहान इश्क़ के 129

8 सुनामी 149

9 उम्मीदों का उग आना, दरारों से 172

10 उसके लौट आने की आहट 189

गुस्ताख़ इश्क़ के बारे में *213*

समर्पण

पिकोलो की याद में

भूमिका

आज की स्त्री का कथानक

मिताली बनर्जी की जीवन गाथा एक सूखी धरती पर पहले बारिश की तरह उतरती है — वह सफल है, पर भीतर कहीं ख़ाली, जैसे कोई नदी अपनी दिशा भूल गई हो। जब वैवाहिक जीवन की ठंडी राख में कोई आँच बाकी नहीं रहती, वह रोनित पटेल के रूप में एक नया प्रेम पाती है — उम्र की लकीरें मिटाकर, समाज की वर्जनाओं को तोड़ कर। पर प्रेम कभी सरल नहीं होता। उसके रास्ते हमेशा कठोर।

अविश्वास की धूप में मिताली का अंतर्मन तपता है, पर वह टूटती नहीं। *गुस्ताख़ इश्क़* केवल प्रेम कथा नहीं, यह स्त्री की जिजीविषा, उसके धैर्य और उसकी चुप लड़ाइयों को दर्ज करती ऐसी कथा है जिसमें जितना उसका आत्मसम्मान ज़रूरी है उतना ही रिश्तों के प्रति उसकी प्रतिबद्धता। मिताली एक आधुनिक स्त्री है जिसके लिए संबंध अहम हैं और अपने जीवन के चुनाव ज़रूरी।

इरा ने मिताली में आज की स्त्री को रचा है जिसमें संजीदगी और ज़िम्मेदारी है और अपने फ़ैसले के साथ खड़े रहने की हिम्मत भी।

—**प्रत्यक्षा,** चर्चित द्विभाषी लेखिका

1

किरचें चुभ रही हैं रगों में

मिताली लैपटॉप पर अपना वीकली कॉलम टाइप कर ही रही थी कि उसके पति बिकास ने पीछे से आकर उसकी आँखों को अपनी हथेलियों से ढक दिया। बिकास के सिगार परफ्यूम की महक ने मिताली को रोमांचित कर दिया। उसके होठों की मुस्कुराहट कानों तक फैल गई। मिताली ने उसके हाथों को अपने हाथों में थाम लिया और ठुनकते हुए बोली, 'बिकास! काम करने दो, यार, मुझे। डेडलाइन है।'

बिकास ने उसकी बात को नज़र अंदाज करते हुए उसे धीमे-धीमे चूमना शुरू कर दिया, 'मैं भी "काम" ही तो करने को बोल रहा हूँ, जान!'

बिकास ऐसे फुसफुसाया कि मिताली की साँसों की गति तेज़ हो गई। मिताली ने लैपटॉप का फ्लैप गिराकर अपनी चेयर को बिकास की तरफ़ घुमा लिया। बिकास ने उसे खींच कर बाहों में भर लिया। मिताली के पर्पल साटन के गाउन पर बिकास की उँगलियाँ थिरकने लगीं। उसका स्पर्श मिताली को उन्मादित करने

लगा, मिताली ने बिकास की डार्क ब्लू टी-शर्ट उतारी ही थी कि दरवाज़े की घंटी बज गई। दोनों एक पल ठिठके, पर दूसरे ही पल मिताली बिकास के सीने पर अपने होठों को फिराने लगी। घंटी फिर बजी पर बेपरवाह मिताली और बिकास एक-दूसरे में डूबने-उतरने लगे...

तीसरी बार जैसे ही डोर बेल बजी, मिताली झटके से उठ बैठी। गहरी नींद से अचानक यूँ जागने से उसकी धड़कनें बढ़ी हुई थीं। जिस्म और दिमाग अभी तक सपने में डूबा हुआ था। आँखों में आधी रात गुज़ार देने के बाद बड़ी मुश्किल से मिताली की आँख लगी थी। वो झल्लाई, 'अरे, कौन इतनी सुबह नॉन स्टॉप बेल बजा रहा है?'

बिस्तर के ठीक सामने वाली गहरे गुलाबी रंग की दीवार पर लगी हुई घड़ी सुबह के पौने दस बजा रही थी। उसने आँखें मलते हुए घड़ी देखी और चौंक गई, 'ओह माय गॉड, दस बजने वाले हैं!'

दरवाज़े पर फिर बेल बजी तो उसे मन मारते हुए उठना ही पड़ा, 'हाँ, आ रही हूँ। बिकास, बिकास कहाँ हो?'

बिकास की तरफ़ से कोई आवाज़ न आती देख वो अपने नाइट गाउन के ऊपर शॉल लपेटती हुई दरवाज़े की तरफ़ बढ़ी। दरवाज़े पर उसकी कामवाली बाई, पाछी, खड़ी थी जो सुबह आठ बजे से लेकर रात आठ बजे तक मिताली के घर पर ही रहती थी।

पाछी मिताली की बिल्डिंग के पीछे बनी चॉल में अपने पति और दो बच्चों के साथ रहती थी। पति पास के मार्केट में हेयर कटिंग सैलून चलाता था। बच्चे म्यूनिसिपैलिटी के स्कूल में पढ़ते थे। पाछी हाथ में दूध के पैकेट्स और कुछ सब्ज़ियाँ लिए सामने खड़ी हुई थी, मिताली से नज़र मिलते ही उसने मुस्कुराकर नमस्ते किया और अंदर आ गई।

'अरे यार पाछी, रात देर तक काम किया तो नींद ही नहीं खुली। तुम भी इतनी देर से आईं।'

अपना गीला छाता साइड में रखते हुए पाछी बोली, 'दीदी, सुबह से बारिश रुक ही नहीं रही। हमारी गली में घुटनों तक पानी भर गया है। बड़ी मुश्किल से आई हूँ।'

'अच्छा चल, कॉफ़ी बना दे। साहब के लिए भी बना देना।'

फिर मिताली वहीं सोफे पर पसर गई। आँखों के नीचे हल्के काले घेरे कई दिनों से उसके ठीक से नींद न लेने की चुगली कर रहे थे। पाछी ने दूध का पैकेट खोल भगोने में चढ़ा दिया। उसने रसोई के स्लैब पर रखे चाय के कप और प्लेट में आधे खाए हुए ब्रेड को सिंक में डाला, फिर पहले बेडरूम और फिर स्टडी में जाकर देखा, वहाँ कोई नहीं था।

'दीदी, साहब तो ऑफ़िस जा चुके हैं।'

मिताली ने कुछ हैरानी से बिकास को फ़ोन लगाया, लेकिन फिर तुरंत फ़ोन काट दिया। उसके चेहरे पर नाराज़गी साफ़ झलक रही थी। मोबाइल सोफ़े पर पटक वो बाथरूम में फ्रेश होने घुस गई।

कुछ देर बाद मिताली बालकनी में रखे राउंड स्विंग पर बैठ गई और आँखें बंद करके धीमे-धीमे घूमने लगी, यह उसकी फेवरेट जगह थी। तभी पाछी ने कॉफ़ी से लबालब भरा कप लाकर दिया तो वो थोड़ा चिढ़ गई।

'पाछी, तुझे कितनी बार कहा है, इतना भर के मत बनाया करो। मुझे बस आधी कप स्ट्रांग कॉफ़ी चाहिए होती है। कोई पेट थोड़े ही भरना है कॉफ़ी पीकर।'

पाछी ने हाथ में पकड़े अखबारों का ढेर बालकनी में रखी गोल छोटी मेज़ पर छोड़ा, चुपचाप कप उठाया और तुरंत कॉफ़ी का आधा भरा दूसरा कप मिताली को थमा गई।

मिताली हाथ में कॉफ़ी कप थामे, ख़ाली आँखों से आसमान की तरफ़ देखती रही। बारिश अभी बंद ही हुई थी। आसमान पर छाए काले बादल अपने वज़न से ज़मीन पर झुके जा रहे थे। सुबह ढलती हुई शाम का आभास दे रही थी। उसकी सोसाइटी में लगे नारियल के पेड़ ज़्यादा हरे नज़र आ रहे थे। रेनकोट पहने बच्चे स्कूल जाने के लिए अपनी-अपनी स्कूल बस पकड़ने सोसाइटी के गेट की तरफ़ जा रहे थे। मिताली का फ्लैट उन्नीसवें माले पर था। यहाँ से सब बड़ा ख़ूबसूरत लगता था और कभी-कभी डरावना भी। मिताली को कई बार गुस्से या दुःख में वहीं ऊपर से कूद जाने का मन भी करने लगता था।

उसे बच्चे बहुत पसंद थे, पर शादी के आठ साल बीत जाने के बाद भी उनका कोई बच्चा नहीं हुआ। कितनी बार उसने आईवीएफ़ से बच्चा करने या गोद लेने

को कहा, पर बिकास उसकी बात हमेशा यह बोल कर टाल देता था, 'यार, जिनके बच्चे नहीं होते, वो क्या सर्वाइव नहीं करते? आजकल कौन किसका होता है... हम लोग ही अपने पेरेंट्स से साल में एक बार मिलते हैं। वैसे भी अब "नो इशू कपल" का फैशन है। बच्चा मतलब फालतू की रेस्पोंसिबिलिटी!'

उसकी बातें सुनकर मिताली निराशा से भर जाती। बिकास के रूखे व्यवहार से उसकी चंचलता, नीरसता में बदलती जा रही थी। शादी के कुछ महीने बाद ही उसे समझ में आ गया था कि वो दोनों दो अलग-अलग दिशाएँ हैं, जो कभी किसी भी स्तर पर नहीं मिलते हैं।

मिताली बनर्जी, उम्र पैंतीस, चमकता हुआ साँवला रंग, बड़ी-बड़ी भूरी आँखें। बाल नूडल्स की तरह छल्लेदार। कद पाँच फ़ुट पाँच इंच, जिसे भारतीय मापदंडों के हिसाब से लंबी लड़की की श्रेणी में रखा जा सकता था।

मिताली *इंडियन डेली टाइम्स*, मुंबई में बिज़नेस एडिटर की पोस्ट पर काम करती थी। ऑफ़िस में बॉस की फेवरेट मिताली अक्सर वैस्टर्न ड्रेस पहनती थी। जींस के साथ क्रॉप टॉप और लॉन्ग जैकेट उसका ट्रेडमार्क पहनावा था। उसकी अलमारी में ढेर सारी अलग-अलग रंग की जैकेट थीं। बंगाली होने की वजह से उसके पास ढेरों ताँत की साड़ियाँ भी थीं, जिन्हें वो बड़ी गोल बिंदी और मैचिंग ज़ुलरी के साथ कभी-कभी पहनती थी। तब एक अलग ही मिताली नज़र आती थी, जो उसके ऑफ़िशियल वर्ज़न से बिल्कुल उलट लगती थी। एक ही मिताली में कई रूप थे, कभी वो बिंदास लड़की नज़र आती, कभी तेज़-तर्रार रिपोर्टर, कभी बेहद हसीन बला तो कभी गंभीर महिला।

बारिश फिर शुरू हो गई। मिताली ने सामने रखे ढेर में से *इकोनॉमिक टाइम्स* उठाया और सरसरी नज़र से पढ़ने लगी। तभी पाछी उसका मोबाइल लेकर आई। मोबाइल बज रहा था। उसके ऑफ़िस से फ़ोन था।

'नहीं, ऑफ़िस नहीं आऊँगी। सीधे घर से ही एयरपोर्ट जाऊँगी।'

मिताली ने उदासीन-सी आवाज़ में कहा और फ़ोन रखने के बाद पाछी को आवाज़ लगाई। 'पाछी! आज ब्रेकफास्ट नहीं करूँगी, लंच ही बना दो। मुझे सिंगापुर जाना है चार दिनों के लिए। तुम मेरे पीछे टाइम पर आना और रात डिनर बनाने से पहले साहब को फ़ोन करके पूछ ज़रूर लेना।

पाछी सिर हिला कर मिताली की बातें सुनती रही, फिर थोड़ा संकोच से बोली, 'दीदी, वो कुछ पैसे चाहिए थे। बच्चों की फीस भरनी है और बिजली का बिल भी देना है।'

'कितने पैसे चाहिए तुझे?'

'पाँच हज़ार।'

मिताली उठकर अपना पर्स लेकर आई और पाँच सौ के बारह नोट उसके हाथ में थमा दिए। पाछी ने नोट गिने और मिताली की तरफ़ थोड़ा हैरानी से देखा तो मिताली मुस्कुराते हुए बोली, 'हज़ार रुपये से दोनों बच्चों को उनकी पसंद का कोई टॉय दिला देना।'

दबंग, तेज़-तर्रार और हमेशा मुस्कुराते रहने वाली मिताली के चेहरे के पीछे एक गहरी उदासी छुपी हुई थी, ऑफ़िस में चहकती रहने वाली मिताली घर आते ही ख़ामोश हो जाती। मिताली, बिकास से कोई दस-ग्यारह साल पहले कोलकाता में अपनी दोस्त रमोना के बड़े भाई, बिपिन की शादी में मिली थी। वहीं उनकी दोस्ती हुई, धीरे-धीरे दोनों मिलने लगे। बिकास, मिताली से तीन साल बड़ा था। वो हिंदुस्तान पेट्रोलियम में इंजीनियर था। मिताली उस समय फ़ाइनेंस में एमबीए कर रही थी। मिताली बात-बात पर हँसा करती थी, बिकास चुपचाप उसकी बड़ी-बड़ी भूरी आँखों में झाँकता रहता। बिकास का ट्रांसफर मुंबई हो गया। वो बीच-बीच में मिताली से मिलने कोलकाता आता रहता था। दोनों एक-दूसरे से फ़ोन पर ख़ूब बातें किया करते। दो साल की कोर्टशिप के बाद बिकास अपने माँ-बाबा के साथ मिताली के घर शादी की बात करने आया। मिताली के पेरेंट्स बिकास जैसा वेल सेटल्ड जमाई पाकर बहुत ख़ुश थे। बड़ी धूमधाम से उनकी शादी हुई और उसके बाद दोनों मुंबई आ गए।

मिताली ने इंटर्न के रूप में एक इंग्लिश डेली ज्वाइन किया था और आज वो बिज़नेस एडिटर थी। मिताली एक दिन अपना ख़ुद का बिज़नेस डेली निकालना चाहती थी। करियर को लेकर अपनी ग्रोथ से वो संतुष्ट थी, पर उसका निजी जीवन वैसा नहीं चल रहा था जैसा वो चाहती थी।

पिछले तीन सालों में बिकास और मिताली के बीच की दूरियाँ बढ़ती ही गई थीं।

दोनों सिक्स फिगर में सैलरी पाते थे। ओशिवारा के स्टार हाइट्स के उन्नीसवें माले पर उनका थ्री बीएचके फ्लैट था जिसके हर कमरे के साथ एक बड़ी बालकनी थी। सोसाइटी के बीचोंबीच एक बड़ा-सा पार्क और स्विमिंग पूल था, जिसमें हर सैटरडे-संडे मिताली तैरने जाया करती थी। दो बड़ी गाड़ियाँ थीं। उनकी ज़िंदगी में सुख-सुविधाओं की कोई कमी नहीं थी, पर जिस चीज़ की कमी मिताली को खलती थी वो दुनिया में पैसे से नहीं खरीदी जा सकती थी... वो था प्यार!

मिताली बेहद रोमांटिक और ऊर्जा से भरी हुई महिला थी। हर काम को उत्साह से करना, खेलना, जिम जाना और घूमना उसे भाता था। वहीं दूसरी तरफ़, बिकास शांत स्वभाव का, ऑफ़िस से घर और घर से ऑफ़िस जाने वाला आदमी था। उसका सारा फोकस अपने काम पर और ज़्यादा-से-ज़्यादा प्रॉपर्टी जमा करने पर था। उसे अब मिताली की चंचलता बचकानी लगती थी और उसके प्लान किए गए वैकेशंस पैसे की बर्बादी।

वो अक्सर कहता, 'हम दोनों अकेले ही तो रहते हैं इतने बड़े फ्लैट में। फिर बाहर जाकर पैसे क्यों ख़राब करने हैं? यहाँ प्राइवेसी ही प्राइवेसी है। बहुत मन है तो डिनर करने बाहर चलते हैं।'

उसकी यह बात सुनकर मिताली चिढ़ जाया करती, 'घर में तुम्हें काम से फुर्सत है? ऑफ़िस भी घर तक ले के आते हो। जब तक बहुत अर्जेंट न हो, मैं ऑफ़िस के कॉल्स तक नहीं लेती हूँ और एक तुम हो कि... '

बिकास उसकी बात बीच में काट देता, 'मैं क्या? बोलो! पूरे एशिया का ज़ोनल हेड हूँ। हज़ारों काम होते हैं, तुम क्या जानो प्रेशर! तुम्हें तो बस बिज़नेस का एक पेज देखना होता है। रोज़ फ़ाइव स्टार होटल्स में लंच-डिनर। मज़े की जॉब है तुम्हारी।'

वैकेशन पर जाने से शुरू हुई बात अक्सर अलग होने की धमकी पर ख़त्म होती। लेकिन फिर भी दोनों आठ साल से इस रिश्ते को निभा रहे थे। बहुत कुछ बदल गया था इन आठ सालों में। भले ही मिताली अब भी वैसी ही ख़ूबसूरत लगती थी, पर पहले से काफ़ी ख़ामोश रहने लगी थी और चिड़चिड़ी भी हो गई थी। उसने अपने चेहरे पर मुखौटा लगाना सीख लिया था। केवल बेहद करीबी लोग ही उसकी उदासी पढ़ पाते थे।

शादी के समय का दुबला-पतला और हैंडसम बिकास, अब कम-से-कम दस किलो वज़न बढ़ा चुका था। सिर के बाल भी कुछ झड़ गए थे। उसके चेहरे पर उम्र वक़्त से पहले ही असर दिखाने लगी थी। मिताली उसे अक्सर जिम जाने को कहती पर वो जैसा था वैसे ही ख़ुश था।

मिताली एयरपोर्ट जाने के लिए तैयार होने लगी। पाछी ने उसका बड़ा-सा नीले रंग का सूटकेस लाकर ड्रॉइंग रूम में रखा जिसे ड्राइवर लेकर नीचे चला गया। मिताली ने आसमानी रंग की लॉन्ग फ्रॉक के ऊपर ब्लैक जैकेट पहनी थी। वो बेहद दिलकश नज़र आ रही थी, पर उदासी उसकी भूरी आँखों में अभी तक डेरा जमाए बैठी थी। उसने शीशे में देखकर मुस्कुराने की कोशिश की।

बीती रात उसका बिकास से झगड़ा हुआ था और वो सुबह उसे जगाए बिना ही ऑफ़िस चला गया था। जबकि वो जानता था कि मिताली चार दिन के लिए सिंगापुर जा रही है। उनके रिश्ते में आई दरार में एक भयावह ख़ामोशी भरती जा रही थी। उस दिन बरसात पूरे शहर को धो डालने के मूड में थी। उसकी फ्लाइट शाम चार बजे थी। वो दिन में करीब साढ़े बारह ही एयरपोर्ट के लिए निकल गई।

एयरपोर्ट पर रोनित पटेल बेसब्री से उसका इंतज़ार कर रहा था। जैसे ही मिताली ने एंट्री गेट पर टिकट के लिए मोबाइल निकाला, उसे रोनित पटेल के तीन मिस्ड कॉल दिखे। चेक-इन काउंटर के पास पहुँच कर उसने फ़ोन मिलाया ही था कि रोनित ने हल्के से उसके कंधे पर हाथ रखा।

'कहाँ खोई हुई हैं, मैडम? मैंने कितनी बार फ़ोन किया!'

मिताली झटके से पलटी और मुस्कुराने की कोशिश करते हुए बोली, 'ओह, हाय मिस्टर पटेल। सॉरी, फ़ोन साइलेंट पर था।'

रोनित ने उसको ऊपर से नीचे तक देखा और बोला, 'समवन इज़ लुकिंग गॉर्जियस!'

'थैंक्स।'

'वेलकम! आओ अब आगे बढ़ें, सिक्यूरिटी चेक अभी बाक़ी है, मेरे दोस्त!' रोनित ने हँसते हुए मिताली को चलने का इशारा किया।

लगेज ड्रॉप करके दोनों सिक्यूरिटी की तरफ़ बढ़ गए। थोड़ी देर बाद मिताली रोनित के बगल में बिज़नेस क्लास की आरामदेह सीट पर बैठी हुई थी।

रोनित पटेल 'पटेल ग्रुप ऑफ़ इंडस्ट्रीज़' का मालिक था। उम्र छप्पन साल, कद पाँच फ़ुट ग्यारह इंच, गोरा रंग, साल्ट एंड पेपर हेयर, एथलीट बिल्ट, गहरी काली आँखें। वो बहुत फ़िट था, अपनी उम्र से दस साल कम ही लगता था। रोनित की बीवी, भवानी की चार साल पहले कैंसर से मौत हो चुकी थी। रोनित का बिज़नेस बहुत फैला हुआ था, माइनिंग, फ़िशिंग, होटल, रिफ़ाइनरी... हर जगह उसने जड़ें फैला रखी थीं। अहमदाबाद में उसकी दो कपड़ा मिल भी थीं। मुंबई के बांद्रा में वो बड़े बेटे राघव और उसकी पत्नी स्वीटी के साथ अपने ही एक बड़े से बंगले में रहता था। जुहू में होटल ग्रांट उसका बेटा राघव संभालता था।

रोनित ने पेट्रोलियम सेक्टर में अपना नया आईपीओ लॉन्च करने के लिए सिंगापुर में प्रेस कॉन्फ्रेंस रखी थी, जिसकी वजह से मिताली उसके साथ जा रही थी। वैसे तो और भी रिपोर्टर जा रहे थे पर मिताली को अपने साथ ले जाने की वजह ख़ास थी। रोनित मन-ही-मन मिताली के प्रति आकर्षित था। वो मिताली के पास बने रहने का कोई मौका नहीं छोड़ता था। उन दोनों की मुलाक़ात अक्सर बिज़नेस मीट्स में होती रहती थी। धीरे-धीरे उनके बीच एक अपनापन हो गया और दोस्ती गहरी होती गई। रोनित मिताली की ख़ूबसूरती और बिज़नेस की समझ से बेहद प्रभावित था।

मिताली विमान की खिड़की से बादलों को निहार रही थी। बादलों की दुनिया उसे हमेशा से आकर्षित करती थी। जैसे किसी ने अरबों क्विंटल रुई बिखेर दी हो और ये रुई के फाये अलग-अलग तरह के आकार लेकर तरह-तरह के अजूबे बनाते जाते। वो बादलों के कालीन पर दौड़ना चाहती थी। अपने हिसाब से उनमें रंग भरना चाहती थी। रोनित बहुत देर से मिताली की तरफ़ देख रहा था, उसने मिताली को इतना चुप पहले कभी नहीं देखा था। उसी ने बात शुरू की, 'कोई प्रॉब्लम है?'

मिताली ने चौंक कर रोनित की तरफ़ देखा, 'नहीं तो।'

'फिर इतनी उदास क्यों हो?'

'नो, मिस्टर पटेल! आई एम जस्ट फ़ाइन।'

'ओह, कम ऑन! यू कैन कॉल मी रोनित, नो बॉडी इज़ अराउंड।'

मिताली ने मुस्कुराकर इधर-उधर देखा, 'वी आर ऑन ऑफ़िशियल ट्रिप, रोनित।'

मिताली ने आँखें बंद करके सिर विंडो पर टिका लिया और लगातार चल रहे फालतू विचारों को दरकिनार करके अपने दिमाग को आराम देने की कोशिश की... कुछ देर बाद वो बेफ़िक्र सी रोनित के कंधे पर टिकी हुई सो रही थी।

सिंगापुर में होटल में चेक-इन के बाद मिताली और रोनित अपने-अपने रूम में चले गए। अभी तक बिकास ने कोई फ़ोन या मैसेज नहीं किया था तो मिताली ने उसे फ़ोन मिलाया।

बिकास की रूखी सी आवाज़ उसके कान में पड़ी, 'हेलो।'

मिताली ने प्यार से बोलने की कोशिश की, 'क्या कर रहे हो?'

'और क्या करूँगा इस टाइम, ऑफ़िस में हूँ।'

'मैं सिंगापुर पहुँच गई हूँ।'

'गुड... एन्जॉय।'

मिताली ने शिकायती अंदाज़ में कहा, 'तुमने जाने से पहले न तो मुझे बाय कहा, न ही हैप्पी जर्नी बोला।'

बिकास चिढ़ गया, 'यार, तुमको तो हर वीक ट्रैवल करना होता है। फालतू की फ़ॉर्मेलिटी... वैसे भी रात को तुमने बोला था कि अब मुझसे बात मत करना।'

मिताली उसके बोलने के तरीके से अपना धीरज खोने लगी, 'बिकास, ग़लती तुम्हारी थी। तुम कितने इंसेंसिटिव होते जा रहे हो!'

बिकास की आवाज़ तेज़ हो गई, 'और तुम सेंसिटिव हो? तुमने बहस करने को फ़ोन किया है? मेरी इंपॉर्टेंट मीटिंग है, मैं अभी लड़ नहीं सकता तुमसे।'

'मैं भी तुमसे लड़ना नहीं चाहती। तुमको तो इतनी फुर्सत नहीं कि एक बार मेरा हाल पूछ लो!'

बिकास खीझ गया, 'हाँ बोलो, क्या हाल है तुम्हारा? 35 साल की हो गई हो मगर हरकतें 15 साल की टीनएजर जैसी करती हो। थोड़ी भी मैच्योरिटी नहीं...'

मिताली उसकी बात काटते हुए चिल्लाई, 'हाँ, नहीं है मैच्योरिटी। डिसगस्टिंग!' और गुस्से में फ़ोन काटकर मोबाइल को सोफे पर फेंक दिया।

बिकास का भी मूड ख़राब हो गया था। जबसे उसे पता चला था कि वो पिता नहीं बन सकता, उसके व्यवहार में भारी बदलाव आ गया था। मिताली के बार-बार बच्चा करने की बात पर उसकी खीझ बढ़ती जा रही थी। मिताली को लेकर वो बहुत शक्की भी होता जा रहा था। पहले मिताली की जिन बातों पर वो फ़िदा रहता था, अब वे बातें उसको बचकानी लगने लगी थीं। अब वो मिताली को प्यार की जगह कंट्रोल करना चाहता था और यही उनके बीच दूरियों की वजह बन गई थी।

मिताली रोते-रोते कब सो गई, उसे पता ही नहीं चला। फ़ोन की आवाज़ से उसकी आँख खुली। उसने सोफे पर रखा अपना मोबाइल टटोला पर उसमें कोई हलचल नहीं थी। उसके रूम में रखा होटल का लैंडलाइन फ़ोन बज रहा था। उसने झटके से रिसीवर उठाया।

एक मर्दाना आवाज़ उसे सुनाई दी, 'फ़ोन क्यों ऑफ़ है तुम्हारा? आर यू ओके?'

मिताली अभी भी नींद की ख़ुमारी में थी, रोनित की आवाज़ सुनकर उसे थोड़ा होश आया। उसने सिर को झटका दिया, 'ओह रोनित, हाई, पता नहीं कैसे फ़ोन ऑफ़ हुआ, मैं थोड़ा सो गई थी।'

'नौ बजने वाले हैं, यार! डिनर के लिए आ रही हो न?'

'यस, आती हूँ थोड़ी देर में।'

उसने मोबाइल चार्जिंग में लगा कर ऑन किया और सूटकेस खोलकर ताँत की काली साड़ी निकाली जिस पर सुनहरे रंग का पतला बॉर्डर था और सुनहरी बूटियाँ पूरी साड़ी पर बिखरी हुई थीं। उसने माथे पर बड़ी सी गोल लाल बिंदी लगाई और कानों में गोल्ड के झुमके पहने। अपने घुँघराले बालों का जूड़ा बनाकर वो होटल की लॉबी में पहुँची। उसकी नज़रें रोनित को ढूँढ़ ही रही थीं कि संयोगिता शुक्ला ने उसकी पीठ पर ज़ोर से हाथ मारा।

'हाय डार्लिंग, आज तो पूरी बंगाली लग रही है।'

मिताली पलटी और संयोगिता को देखते ही उसके गले से लग गई, 'क्या हाल, मेरी जान?'

'बिंदास। हमारी फ्लाइट में नहीं थी तो मुझे लगा, तू आई नहीं।

'मिस्टर पटेल की फ्लाइट में थी।

संयोगिता ने उसकी तरफ़ देख कर आँख मारी और फुसफुसाई, 'ओहो, मिस्टर पटेल के साथ आई हैं मैडम। वी वी आई पी ट्रीटमेंट देता है तुझे। कोई चक्कर है क्या?' संयोगिता ने मिताली को कोहनी मारी और खिलखिला कर हँस दी।

मिताली ने उसे घूरा और चुप होने का इशारा किया, 'चुप कर, यार! हम बस दोस्त हैं।'

वेटर को रोककर संयोगिता ने रेड वाइन के दो ग्लास उठा लिए। मिताली की तरफ़ एक ग्लास बढ़ाते हुए उसने चियर्स का इशारा किया।

संयोगिता शुक्ला दूध जैसी सफ़ेद, कद लगभग पाँच फ़ुट, गोल-मटोल, बॉय कट बालों वाली प्यारी सी लड़की थी। उसकी उम्र 32-33 के आसपास थी। वो अभी डेली हेराल्ड में बिज़नेस एडिटर थी। दोनों में गहरी दोस्ती थी। एक साथ ही उन्होंने इंटर्न के रूप में अपना करियर शुरू किया था। कोई भी प्रॉब्लम होती तो दोनों शेयर करतीं। दस-बारह दिन में दोनों का मिलना और साथ शॉपिंग जाना तय होता। मिताली दोस्त बनाने के मामले में बहुत चूज़ी थी। कोलकाता में उसकी बचपन की दोस्त थी रमोना, उसके बाद मिताली की यही एक दोस्त बनी थी।

संयोगिता ने चिकन टिक्का उठा कर अपने मुँह में डाला और बोली , 'परसों शॉपिंग पर चलेंगे।'

'तू चली जाना, मुझे कुछ नहीं लेना है।'

'क्यों मूड ऑफ़ है तेरा? बिकास आया था एयरपोर्ट छोड़ने?'

मिताली ने वाइन का घूँट लेते हुए मुँह बनाया, 'एयरपोर्ट छोड़ने आएगा वो? सुबह मुझे सोता छोड़कर ऑफ़िस चला गया। बाय तक नहीं बोला।'

संयोगिता ने हैरानी से उसकी तरफ़ देखा, 'यार, तू झेलती कैसे है ऐसे खड़ूस आदमी को? तेरी जैसी सेक्सी और स्वीट बीवी मिली है फिर भी भाव नहीं देता...' अचानक संयोगिता फुसफुसाई, 'देख-देख, तेरा रोनित... कितना हैंडसम है ये आदमी। यार, मन करता है इसे प्रोपोज़ कर दूँ।' फिर शैतानी से गाने लगी, *मैं तुम्हारी हूँ... हूँ-हूँ-हूँ... बस तुम्हारे लिए ही कुँवारी हूँ।*

मिताली उसकी बात पर हँस पड़ी। डार्क ब्लू सूट में डैशिंग रोनित लोगों से घिरा हुआ था। वहाँ ढेरों बिज़नेसमैन, रिपोर्टर और मेहमान थे। बीच-बीच में वो अपनी निगाहें इधर-उधर दौड़ाता, उसे मिताली की तलाश थी। संयोगिता स्मोक करने बाहर बरामदे में चली गई। रोनित की नज़रों ने आख़िर मिताली को ढूँढ़ ही लिया। वो अकेली बैठी हुई वाइन पीते हुए मोबाइल पर बिज़ी थी।

रोनित ठीक उसके सामने आकर बैठ गया, 'ऐसा लगता है किसी ने सितारों से भरा आसमान लपेट लिया हो।'

रोनित की आवाज़ से मिताली चौंकी।

'हा-हा... थैंक्स। आप बहुत बिज़ी थे तो मैंने सोचा आज बात ही नहीं होगी।'

'तुम्हारे लिए मैं कभी बिज़ी नहीं हूँ, यार। मैं तो कबसे तुम्हारी तलाश कर रहा था और तुम यहाँ कोने में छुपी बैठी हो।'

'आप तो जानते हैं कि मुझे क्राउड फ़ोबिया है और आज थोड़ा...' एक वेटर को उनकी तरफ़ आता देख मिताली चुप हो गई।

वो वेटर हाथ में रोनित का मोबाइल लिए हुए था। कोई ज़रूरी कॉल थी। मोबाइल की स्क्रीन देखते हुए रोनित बोला, 'सॉरी मिताली, यहाँ आराम से बात भी नहीं हो पाएगी। चलो, डिनर करते हैं।'

मिताली ने अपना वाइन ग्लास उठाते हुए रोनित को देखा, 'चियर्स! आप चलिए, मैं आती हूँ।'

रोनित फ़ोन पर बात करता हुआ मेहमानों की भीड़ में शामिल हो गया। लॉन्ग टेबल पर सबके साथ डिनर करते वक़्त कई बार रोनित और मिताली की नज़रें एक-दूसरे से टकराईं। बिज़नेस की बातें चल रही थीं पर रोनित का दिल शायराना हुआ जा रहा था।

पार्टी के बाद मिताली अपने रूम में न जाकर स्विमिंग पूल की तरफ़ चली गई। रोनित मिताली को मिस कर रहा था। काली साड़ी में लिपटी मिताली उसके दिलो-दिमाग पर छाई हुई थी। उसने मिताली को फ़ोन मिलाया।

'क्या कर रही हो?'

'पूल के पास हूँ।'

रोनित हँसा, 'रात के 12 बजे? स्विमिंग करनी है?'

मिताली भी हँस पड़ी, 'अरे नहीं, नहीं, स्विमिंग नहीं करनी, नींद नहीं आ रही थी तो सोचा थोड़ी वॉक ले लूँ।'

रोनित कुछ सेकेंड्स चुप रहा फिर बोला, 'नींद तो मुझे भी नहीं आ रही। रुको, मैं भी आता हूँ।'

अगले दस मिनट में रोनित टी शर्ट और शॉर्ट्स में उसके सामने था। दोनों पूल साइड रखी लाउंज चेयर्स पर अगल-बगल बैठ कर चुपचाप पूल के पानी को ऐसे निहारने लगे जैसे नदी किनारे बैठे हुए हों।

कुछ देर बाद रोनित ने ही बात शुरू की, 'अब बताओ मुझे, क्या प्रॉब्लम है? जबसे मिली हो परेशान दिख रही हो।'

'पता नहीं रोनित, एक ख़ालीपन मुझे खाए जा रहा है। ऐसा लगता है मैं डिप्रेशन में जा रही हूँ। किसी काम में मन नहीं लगता। ऐसा लगता है सब छोड़-छाड़कर कहीं भाग जाऊँ।' मिताली ने बिना रोनित की तरफ़ देखे कहा।

'ऐसा क्यों? सब कुछ तो है तुम्हारे पास। अच्छा जॉब। घर-परिवार। आई थिंक इट्स हाई टाइम, यू गाइस शुड स्टार्ट योर फ़ैमिली।'

मिताली ने रोनित की आँखों में आँखें डाल कर कुछ क्षण उसे देखा, फिर उसके होंठ खुले, 'बिकास को बच्चों में कोई इंटरेस्ट नहीं। प्रॉब्लम उसमें है और वो अपना ट्रीटमेंट भी नहीं करवाना चाहता। मैं अकेली कैसे पैदा करूँ?'

रोनित अपनी जगह से उठ कर मिताली के बगल में आकर बैठ गया और उसके कंधे पर अपना हाथ रख दिया। मिताली ने चुपचाप उसके कंधे पर अपना सिर टिका दिया। रोनित मिताली की साँसें अपनी गर्दन पर महसूस कर रहा था। उसका बहुत मन हो रहा था कि मिताली को बाँहों में भर ले, पर कहीं वो बुरा न मान जाए इस डर से वो ख़ुद को किसी तरह रोके बैठा रहा। काफ़ी देर तक एक-दूसरे को ख़ामोशी से महसूस करते रहने के बाद रोनित अचानक सचेत हुआ।

'परसों का क्या प्लान है?'

मिताली ने सिर उसके कंधे से उठा लिया, 'हम तो आपके बुलावे पर आए हैं, प्लान तो आप बताएँगे।'

रोनित ने मिताली का दायाँ हाथ हल्के से थामते हुए कहा, 'कल तो पूरा दिन बिज़ी रहूँगा। परसों शाम हम साथ घूम सकते हैं, डिनर भी कर सकते हैं। दोपहर बाद मेरी कोई मीटिंग नहीं है।'

मिताली थोड़ा संकोच में आ गई, 'परसों तो संयोगिता के साथ शॉपिंग पर जाना है।'

रोनित ने मिताली का हाथ छोड़ दिया और उसे देख कर हँस पड़ा, 'वाकई? तुम मेरे साथ सुकून से शाम बिताना पसंद नहीं करोगी? यकीन मानो, तुम्हारा सारा डिप्रेशन गायब हो जाएगा। शॉपिंग तो तुम मुंबई से भी कर सकती हो, यार!

'अरे, ऐसी बात नहीं है, रोनित। वो सवाल बहुत पूछती है, अगर नहीं गई तो...'

रोनित उठ के खड़ा हो गया, 'बोल देना अर्जेंट मीटिंग है शाम को। जितनी शॉपिंग करनी है दोपहर तक कर लेना।'

'हम्म, ओके।'

रोनित झुक कर मिताली के माथे पर हौले से चूमते हुए फुसफुसाया, 'आराम से सो जाना। ज़्यादा सोचना नहीं।'

मिताली रोमांचित हो गई। कई सालों बाद उसने ऐसी सिहरन अपने शरीर में महसूस की थी। दोनों साथ चलते हुए होटल के कॉरीडोर तक आए फिर गुड नाईट बोल कर अपने-अपने कमरों की तरफ़ बढ़ गए।

रोनित के साथ वक़्त बिताकर मिताली को बहुत सुकून मिला। वो रोनित के स्पर्श और चुंबन को अभी तक महसूस कर रही थी। रात वो आराम से सोई।

अगले दिन होटल के कॉन्फ्रेंस हॉल में रोनित पटेल ने पटेल ग्रुप ऑफ़ कंपनीज़ का नया आईपीओ लॉन्च किया। अपनी कंपनीज़ की पॉलिसीज़ समझाने और सवालों का जवाब देने में उसका सारा दिन निकल गया। मिताली रोनित से शुरू से ही इंप्रेस्ड थी, पर कल रात के बाद से वो उसकी तरफ़ कुछ ज़्यादा ही झुकाव महसूस करने लगी थी। पिछली शाम से मिताली रोनित के ख़यालों में ही डूबी हुई थी।

अगले दिन वो संयोगिता के साथ शॉपिंग पर गई पर शाम चार बजे तक वापस होटल आ गई थी। उसे रोनित के साथ अकेले वक़्त बिताने का बेसब्री से इंतज़ार था।

उसने संयोगिता को बोला कि वो सिंगापुर की एक कंपनी के सीईओ से मिलने जा रही है। वो रोनित के साथ अकेले घूमने जा रही है, यह बात उसे बताने की मिताली की हिम्मत नहीं हुई। मिताली ने पीले रंग की नी लेंथ की फ्रॉक पहनी थी, जिस पर छोटे-छोटे गुलाब के फूल बने हुए थे। अपने घुँघराले बालों को उसने क्लचर से बाँध रखा था। आँखों पर फैशनेबल गॉगल और कंधे पर वाइट स्लिंग बैग।

रोनित और वो शाम पाँच बजे होटल की लॉबी में मिले जहाँ से रोनित उसे गाड़ी में बिठाकर दूर तांजोंग बीच पर ले गया। दूर-दूर तक नीला समंदर और ऊपर नीला आसमान। कुछ सफ़ेद बादल आसमान पर छिटके हुए थे, पर देखा जाए तो वो एक साफ़ चमकदार शाम थी। सूरज डूबने का मन बना रहा था। वो जगह नारियल के पेड़ों से भरी हुई थी। बीच पर ज़्यादा भीड़ नहीं थी। कुछ दूर लोग स्काई डाइविंग करने की तैयारी कर रहे थे।

रोनित और मिताली ने लगभग एक घंटे तक वाटर स्पोर्ट्स का मज़ा लिया। दोनों के कपड़े पूरी तरह भीग चुके थे। मिताली की पीली फ्रॉक उसके शरीर से चिपक गई थी।

रोनित ने अपनी ग्रे टी-शर्ट उतार कर निचोड़ी। अब वो सिर्फ़ जींस में था।

'हमें एक्स्ट्रा कपड़े लाने चाहिए थे। इस तरह गीले रहे तो बीमार हो जाएँगे।'

'अरे, थोड़ी देर में सूख जाएँगे न, अभी वापस चलना ही है।' मिताली ने इठलाते हुए कहा।

'तुम्हारी फ्रॉक तो सूख जाएगी पर मैंने तो जींस पहनी हुई है, वो कैसे सूखेगी?'

मिताली ने पहली बार उसकी तरफ़ ध्यान से देखा। रोनित का शरीर गठा हुआ था। उसकी बाँहें लंबी और मज़बूत थीं। रोनित उम्र में उससे इक्कीस साल बड़ा था, पर उसका उत्साह किसी नौजवान से कम नहीं था। एक-दूसरे को बार-बार छूते हुए दोनों को रोमांच हो रहा था।

फिर समंदर किनारे बने रेस्टोरेंट में बैठकर दोनों बियर पीते रहे। रोनित ने वहीं टॉवेल लेकर कमर पर लपेट लिया था और अपनी जीन्स सूखने डाल दी थी। शाम गहरी होने लगी थी। रोनित ने सी फ़ूड ऑर्डर किया। खाना ख़त्म करने के बाद वो दोनों समंदर किनारे टहलने लगे। हल्की भीगी हवा चल रही थी। दूर बने पुराने

लाइट हाउस से एक सितारा थोड़ी-थोड़ी देर में झिलमिला रहा था। रोनित बातें किए जा रहा था और मिताली ख़ामोशी से उसे सुन रही थी।

रोनित ने अचानक रुक कर मिताली के कंधे थाम लिए, 'हम इतनी ख़ूबसूरत जगह घूमने आए, समंदर की लहरों की सवारी भी की, फिर भी इतनी चुप क्यों हो? मेरी कंपनी क्या इतनी बोरिंग है?'

मिताली थोड़ा शरमा गई, 'नहीं, नहीं, मैं बहुत एन्जॉय कर रही हूँ। आपके साथ इन पलों को महसूस कर रही हूँ। कल तो हम अलग हो जाएँगे।'

'अलग क्यों, हम तो मुंबई में ही रहते हैं।'

'फिर न यह शाम होगी, न इतनी फुर्सत, न इतनी तन्हाई...'

मिताली रेत पर लेट कर आसमान की तरफ़ देखने लगी। रोनित भी चुपचाप उसके बगल में बैठ गया।

रोनित ने उसके गालों पर चिपकी रेत हटाते हुए कहा, 'तुम बहुत हॉट हो, मिताली। सुपर सेक्सी।'

'और तुम बहुत हैंडसम हो। ओह सॉरी, आप।'

'तुम मुझे "तुम" कह सकती हो... अच्छा लगता है।'

मिताली की आवाज़ नशे में डूबी हुई थी। मिताली ने अपना सिर रोनित की गोद में रख दिया। रोनित उसके उलझे हुए बालों में उँगलियाँ फिराने लगा।

'मुझे तुम बार्बी डॉल जैसी लगती हो, साँवली-सलोनी।'

मिताली उसकी इस बात पर हँस पड़ी, 'पता है रोनित, मुझे बचपन में बहुत कॉम्प्लेक्स था कि मैं डार्क हूँ। फिर जैसे-जैसे समझ खुली, मुझे अपने रंग से प्यार होने लगा। तुम तो इतने गोरे हो... कैसा लगता है इतना गोरा-चिट्टा होना? बताइए मिस्टर पटेल।'

रोनित ज़ोर से हँसा, 'ठीक-ठाक लगता है, यार। पर मुझे तो तुम्हारा रंग पसंद है। लेट्स एक्सचेंज। वो एक गाना है न...*मोरा गोरा रंग लइ ले, मोहे श्याम रंग दइ दे... लुट जाऊँगा रात ही में, मोहे पी का संग दइ दे।*'

'रंग नहीं अंग, लुट जाऊँगा नहीं, छुप जाऊँगी रात ही में।'

'अरे, मैं तो अपने हिसाब से गाऊँगा न, डार्लिंग। इम्प्रोवाइस करने में एक्सपर्ट है अपुन!'

दोनों ने ठहाका लगाया। अचानक रोनित मिताली पर झुक गया और उसके होंठों पर अपने होंठ रख दिए। मिताली ने कोई विरोध नहीं किया। दोनों एक-दूसरे को बेतहाशा चूमने लगे। नशे ने संकोच की दीवार तोड़ दी थी। रोनित के शरीर से उठ रही ख़ुशबू से मिताली की बेचैनी बढ़ रही थी। कई महीनों से बिकास ने उसे छुआ नहीं था। अपने अंदर उठ रही कामनाओं को दबाते-दबाते वो फ़्रस्ट्रेटेड हो गई थी। रोनित का हाथ मिताली की कमर पर आ गया। मिताली ने ख़ुद को उसकी बाँहों में छोड़ दिया। वो ख़ुद को रोकना नहीं चाहती थी।

मोबाइल पर बज रही रिंगटोन ने उन्हें अलग किया। रोनित के पीए विमल कुमार का फ़ोन था। मिताली से अलग हो रोनित उससे बात करने लगा। बात ख़त्म करके उसने मिताली को कहा, 'विमल का फ़ोन था, पूछ रहा था वापस कब आ रहे हो। कल सुबह छह बजे की फ्लाइट है।'

मिताली का चेहरा उतर गया। उसे रोनित का साथ अच्छा लग रहा था। वो रोनित से अलग नहीं होना चाहती थी। पर उसके मन में संकोच भी था। पता नहीं रोनित क्या सोचे। यही संकोच रोनित के मन में भी था। पर अब वो अपने ऊपर कंट्रोल नहीं कर पा रहा था।

उसने मिताली की तरफ़ देखा, 'तुम मेरे साथ यहाँ रात गुज़ारना चाहोगी?'

'पर कल सुबह की फ्लाइट?' मिताली ने धीमे से बोली।

'फ्लाइट तो कैंसिल भी हो सकती है।'

सुनते ही मिताली फिर रोनित के गले लग गई और उसने इस बार पहल करते हुए रोनित के होंठों पर अपने होंठ रख दिए, एक बार फिर वो एक-दूसरे की गिरफ़्त में थे।

रोनित ने बीच साइड रेस्तराँ में सूख रहे अपने कपड़े पहने और फिर मोबाइल पर पास के एक रिसोर्ट में सुइट बुक किया। बीच से निकलकर दोनों पास के एक शॉपिंग मॉल में गए और कुछ कपड़े खरीदे। फिर बुक किए अपने सुइट में पहुँचे। मिताली कपड़े चेंज करने ड्रेसिंग रूम में गई। जब वो निकली, रोनित टी-शर्ट और शॉर्ट्स पहने हुए अपना मोबाइल स्क्रॉल कर रहा था। उसके सामने वाइट वाइन की बोतल और दो ग्लास रखे थे।

ब्लैक कलर की नाइटी में वो बेहद ख़ूबसूरत लग रही थी। घुँघराले बालों को उसने खोल दिया था। रोनित ने उसकी तरफ़ गौर से देखा और मोबाइल साइड में रख दिया।

मिताली की आँखों में चमक आ गई और होठों पर हल्की सी मुस्कुराहट। वो उसके करीब आकर बैठ गई। रोनित ने मिताली के गाल पर चूमा, फिर वाइन की बोतल खोलते हुए दोनों ग्लासेज़ में वाइन डाली और एक मिताली के हाथ में थमा दिया।

'चियर्स, ये जाम हमारी मुहब्बत के नाम।'

'चियर्स।'

'पता है मिताली, जब तुम्हें पहली बार फिक्की की एनुअल मीट में देखा था तभी से फ़िदा हो गया था। मुझे लगा था, कोई लड़की एक साथ इतनी ख़ूबसूरत और इंटेलीजेंट कैसे हो सकती है? और फिर धीरे-धीरे तुम्हारा फैन हो गया।'

मिताली का चेहरा किसी टीनएजर लड़की की तरह लाल हो गया, 'सच बोल रहे हो?'

रोनित अपने सिर पर हाथ रखते हुए बोला, 'पटेल ग्रुप ऑफ़ इंडस्ट्रीज़ की कसम।'

रोनित के अंदाज़ पर मिताली को हँसी आ गई।

'फिर तुमने मुझे कभी बोला क्यों नहीं?'

रोनित ने उसे करीब खींच लिया, 'मैं तुम्हारी दोस्ती नहीं खोना चाहता था... लगता था एक दिन तुम ख़ुद मुझे कहोगी कि मिस्टर पटेल...'

तभी मिताली के फ़ोन की रिंगटोन सुनकर रोनित ने अपनी बात अधूरी छोड़ दी। फ़ोन पर बिकास लिखा हुआ फ़्लैश हो रहा था। मिताली ने फ़ोन काटा और स्विच ऑफ़ कर दिया। फिर अपना ग्लास टेबल पर रखकर वो रोनित की बाँहों में समा गई।

'यस मिस्टर पटेल, मैं आज कहती हूँ आपसे कि मुझे आप पर फर्स्ट डे से क्रश था।'

सुबह मिताली देर तक बेफ़िक्र सोती रही। रोनित उसके बालों में प्यार से हाथ फेरने लगा।

'मैडम, गुड मॉर्निंग, चाय लेंगी या कॉफ़ी?'

मिताली एक पल को चौंक गई। सामने रोनित मुस्कुरा रहा था। उसकी ब्लैक नाइटी दूर सोफे पर पड़ी हुई थी। रोनित उसके करीब आ गया। उसने मिताली को चूमा।

'यू आर द मोस्ट गॉर्जियस एंड इंटेलीजेंट वुमन आई हैव एवर सीन।'

रात का नशा अभी भी मिताली पर हावी था। उसने रोनित को दोबारा अपनी बाँहों में खींचा और दोनों एक बार फिर एक-दूसरे में खो गए।

बिकास बार-बार मिताली को फ़ोन कर रहा था। आख़िर दोपहर बाद मिताली ने फ़ोन उठाया।

'हेलो।'

'तुम फ़ोन क्यों नहीं उठा रही थीं... कब आ रही हो?'

'नहीं उठा रही तो बिज़ी रही हूँगी न। क्यों बार-बार फ़ोन कर रहे हो? परसों आ रही हूँ और जब मेरी मर्ज़ी होगी तब फ़ोन उठाऊँगी। वैसे भी बार-बार बात करने से क्या होता है।' बेरुखी से बोलते हुए मिताली ने फ़ोन काट दिया।

बिकास मिताली के इस रूखेपन पर हैरान रह गया। पहली बार उसे मिताली की नाराज़गी का अंदाज़ा हो रहा था।

बात थी एक रात की लेकिन तीन दिन तक रोनित और मिताली उसी रिसोर्ट में रहे। मिताली के लिए ये तीन दिन ख़्वाब जैसे थे। कोई फ़िक्र नहीं, कोई बंधन नहीं। सुबह एक घंटे दोनों साथ में रिसोर्ट के स्विमिंग पूल में तैरते। उसके अलावा उनका ज़्यादातर वक़्त एक-दूसरे को महसूस करते हुए गुज़रता। यहाँ रोनित के साथ उसने कई तरह की वाइन पी। रोनित को खाने-पीने का बहुत शौक था और वो इस मामले में काफ़ी जानकार भी था। रोनित ने उसे वो प्यार दिया जिसकी उसे हमेशा से तलाश थी। रोनित उसकी तरह ही रोमांटिक और फ़न लविंग था। तीन दिन उन्होंने नॉन स्टॉप बातें और रोमांस किया। एयरपोर्ट पर रोनित से अलग होते वक़्त मिताली की आँखें भर आईं।

मिताली घर आ चुकी थी। पाछी उसके लिए चाय बना ही रही थी कि बिकास भी ऑफ़िस से लौट आया।

'फ़ाइनली यू आर बैक! कैसा रहा तुम्हारा बिज़नेस टूर?'

'अच्छा रहा।'

'तुम तो तीन दिन के लिए गई थीं न? पर एक हफ़्ते बाद वापस आई हो?'

'जल्दी आकर भी क्या करती?'

'अभी तक नाराज़ हो?'

'नहीं तो।'

बिकास मिताली के पास आकर बैठ गया, 'चलो, आज रात डिनर पर कहीं बाहर चलते हैं।'

'क्यों? डिनर तो घर में ही बन जाएगा।'

मिताली आज उसी की टोन में जवाब दे रही थी। बिकास ने मिताली के कंधों को दबाया। मिताली को उसका स्पर्श अजनबी सा लगा।

बिकास के ज़ोर देने पर वो उसके साथ डिनर पर गई। बिकास ने नया फ्लैट खरीद लिया था जिसके बारे में वो उसे जाने से पहले बता रहा था। वो बहुत ख़ुश नज़र आ रहा था, पर मिताली खोई हुई सी थी। उसे सिंगापुर में रोनित के साथ बिताए पल याद आ रहे थे।

रात में जब दोनों बेड पर लेटे, बिकास मिताली के करीब आ गया। वो मिताली की नाराज़गी दूर करना चाहता था। उसने अपना हाथ मिताली की कमर पर रखा ही था कि मिताली ने उसका हाथ झटक दिया।

'मैं थकी हुई हूँ।'

बिकास ने आज तक ऐसे मिताली का रिजेक्शन नहीं झेला था, वो तुनक गया, 'ऐसा क्या किया तुमने जो थक गईं?'

मिताली उसकी तरफ़ देख कर तंज से मुस्कुराई, 'क्यों बुरा लगा? जब मैंने मना किया तो ईगो हर्ट हुआ? मेरा सेल्फ रेस्पेक्ट भी ऐसे ही हर्ट होता था, जब तुम हमेशा मेरे इनिशिएट करने पर मुँह फेरकर सो जाते थे।'

'आदमी थकता भी है। तुमको तो हर रात ही रोमांस सूझता है।'

मिताली उठ कर बैठ गई, 'तो इसमें ग़लत क्या है? सब तो है हमारे पास। बस रोमांस ही तो नहीं। तुम ख़ुद एक मशीन हो और मुझे भी मशीन बना के रख दिया है।'

बिकास ने अपने गुस्से पर काबू करते हुए उसे अपने पास खींच लिया। 'अरे यार, अब जब रोमांस कर रहा हूँ तो तुम एटीट्यूड दिखा रही हो, अजीब हो।'

मिताली ने ख़ुद को उससे छुड़ाते हुए कहा, 'बिकास, प्लीज़ डोंट टच मी। आई एम नॉट योर स्लेव। जब तुम्हारा मन हो मैं टाँगें फैलाकर लेट जाऊँ।'

बिकास ने गुस्से में बेड पर मुक्का मारा, 'व्हाट द हेल? कुछ भी बकवास किए जा रही हो।'

मिताली गुस्से में उठकर बेडरूम से बाहर निकल गई। बिकास को समझ में नहीं आ रहा था कि मिताली वापस आने के बाद इतनी चिड़चिड़ी क्यों हो गई है। उधर रोनित मिताली की याद में बेचैन था। वो बार-बार मिताली को मैसेज कर रहा था, पर मिताली का मन उसे जवाब देने का नहीं हो रहा था।

मिताली के मन में सवाल उठ रहे थे, *क्या उसने सिंगापुर में जो किया वो सही था? शादी में होते हुए उसने रोनित से रिश्ता बना लिया?*

उसका मन बिकास के व्यवहार से टूट चुका था... और रोनित के साथ तीन दिन गुज़ारने के बाद अब बिकास के पास जाने की उसकी रही-सही इच्छा भी ख़त्म हो गई थी। रिश्ते में तीसरा आता ही तब है जब दो लोगों के बीच दूरियाँ हों।

सिंगापुर जाने से पहले की रात मिताली ने अपना फेवरेट नाइट गाउन पहना था। उसने कैंडल नाइट डिनर का प्लान किया था। पर बिकास ऑफ़िस से आते ही लैपटॉप निकाल कर बैठ गया। एक घंटे बाद जब वो डिनर करने आया तो कैंडल्स देखकर भड़क गया।

'यार, यह क्या तमाशा है! लाइट जलाओ, मुझे कम रोशनी में खाना पसंद नहीं।'

मिताली का मूड एकदम से ख़राब हो गया पर उसने ख़ुद पर कंट्रोल किया। वो आज की रात ख़राब नहीं करना चाहती थी, उसने चुपचाप लाइट जला दी। डाइनिंग टेबल पर रखे फूल, साजसज्जा, खाने में परोसी गई डिश... किसी भी बात की बिकास ने कोई तारीफ़ नहीं की। इधर- उधर की बातें करते हुए उन्होंने खाना ख़त्म किया।

खाना खाने के बाद वो बेडरूम में उसका इंतज़ार करती रही। जब वो आया तो मिताली ने उसे करीब आकर धीमे से चूम लिया। उसे वापस न चूम कर बिकास ने मिताली को करजत में बन रहे नए फ्लैट में इन्वेस्टमेंट के बारे में बताना शुरू कर दिया। मिताली का मूड बिगड़ गया।

'मैं कल जा रही हूँ और तुम्हें सिर्फ़ प्रॉपर्टी की पड़ी है? कभी तो मुझे प्यार से छुआ करो, मैं किस करती हूँ तो तुम फ्लैट के बारे में बोलने लगते हो। यार, कम-से-कम बेड पर तो ख़ाली दिमाग आया करो। कितनी बार ये सब अपने मुँह से कहूँ।'

बिकास भी मिताली के चिल्लाने से गर्म हो गया, 'आठ साल हो गए हमारी शादी को। तुम ऐसे टीनएजर की तरह क्यों बिहेव करती हो? सेक्सी गाउन पहन कर मुझे रिझाती हो?'

अब तो मिताली का पारा और हाई हो गया।

'तुम पति हो मेरे, कोई कस्टमर नहीं हो, जो तुमको रिझाऊँ। यू आर मेंटली सिक।'

उस रात को याद करते हुए मिताली की आँखें गीली हो गई थीं। जिस बिकास से उसने लव मैरिज की थी, आज वो उससे इतना दूर हो गया।

सुबह बिकास ने मिताली से बात नहीं की। मिताली ऑफ़िस के लिए तैयार हो चुकी थी और डाइनिंग टेबल पर बैठ कर कॉफ़ी पी रही थी। पाछी आलू के पराठे बना रही थी। बिकास हाथ में चाय का कप थामे अपनी आदत के मुताबिक फ़ोन पर किसी से चिल्ला कर बात कर रहा था। बात ख़त्म करके वो जैसे ही जाने लगा, मिताली ने उसकी तरफ़ देखकर कहा, 'बिकास, ब्रेकफास्ट कर लो।'

'ऑफ़िस में कर लूँगा।'

'ऐसे करोगे तो कैसे चलेगा?'

'क्या कैसे चलेगा? चल ही तो रहा है आठ साल से। यार, तुम्हें मुझसे प्रॉब्लम क्या है?'

मिताली ने धैर्य रखते हुए कहा, 'मैं सिर्फ़ सॉल्यूशन चाहती हूँ, बिकास।'

बिकास ने चाय का कप ज़ोर से पटक दिया, जिससे बची हुई चाय और कप के टुकड़े इधर-उधर बिखर गए।

'तो ढूँढ़ो सॉल्यूशन और जब मिल जाए तो मुझे भी बता देना।'

बिकास ने सोफे से अपना लैपटॉप बैग उठा लिया, 'माँ-बाबा परसों आ रहे हैं। प्लीज़, उनके सामने ठीक से बिहेव करना।'

मिताली अपनी कुर्सी छोड़ कर तैश में खड़ी हो गई, 'मैंने उनसे कब मिसबिहेव किया? अपनी हरकतें देखो तुम, बिकास।'

बिकास ने उसकी बात का जवाब नहीं दिया और दरवाज़ा पटकते हुए बाहर निकल गया।

मिताली ने बेडरूम में जाकर रोनित को फ़ोन मिलाया।

रोनित की बेसब्र आवाज़ उसके कान में पड़ी, 'माय लव, हाउ आर यू? आई वाज़ स्कैयर्ड। तुमने कल फ़ोन भी नहीं किया, न किसी मैसेज का रिप्लाई दिया।'

मिताली ने गहरी साँस छोड़ी, 'परेशान थी... पता नहीं रोनित, सिंगापुर में जो हुआ वो सही था या नहीं?'

'ओह कम ऑन, डार्लिंग। वी लाइक ईच अदर। यह कोई बड़ा इशू नहीं।'

मिताली ख़ामोश रही।

रोनित फुसफुसाया, 'मिलकर बात करते हैं। बहुत रेस्टलेस हूँ तुम्हारे बिना।'

'ठीक है, ऑफ़िस के बाद कॉल करती हूँ।'

रोनित और मिताली शाम को इन्फिनिटी मॉल के सामने मिले। मिताली ने मॉल की पार्किंग में अपनी कार पार्क की और वहाँ से रोनित की कार में दोनों लॉन्ग ड्राइव पर निकल गए। हल्की-हल्की बारिश हो रही थी। मिताली सामने भीगी सड़क को देखती रही और रोनित बीच-बीच में उसे देख मुस्कराता रहा।

अचानक मिताली बोल उठी, 'अब हम नहीं मिलेंगे।'

रोनित ने चौंक कर ब्रेक लगा दिए, 'बट व्हाई?'

'अगर तुमसे मिलती रही तो बिकास के साथ नहीं रह पाऊँगी।'

रोनित ने उसका हाथ थाम लिया, 'और मैं तुम्हारे इतना करीब आने के बाद, बिना तुम्हारे कैसे रहूँगा?'

मिताली ने अपना हाथ तुरंत छुड़ा लिया, 'मैं दो नावों पर सवारी नहीं कर सकती, रोनित।'

रोनित एकटक मिताली को देखने लगा, उसके चेहरे पर बेचैनी साफ़ नज़र आ रही थी। बाहर बारिश तेज़ हो चुकी थी। दूर-दूर तक बारिश से भीगे पेड़ सिकुड़े बैठे थे। सड़कों पर बहुत कम गाड़ियाँ आ-जा रही थीं। रोनित ने मिताली को देखा और उसे चूमने के लिए अपनी सीट बेल्ट खोली ही थी कि मिताली ने उसे रोक दिया।

'प्लीज़ रोनित, मेरा मन नहीं है अभी इन सब बातों का। आई एम अपसेट।'

रोनित पीछे हट गया लेकिन उसने मिताली का हाथ फिर से थाम लिया, 'इतनी जल्दी मत करो। हमारी सालों से जान-पहचान है, हम दोस्त हैं। जो हुआ वो शराब के नशे में नहीं हुआ। हम एक-दूसरे का ख़ालीपन भरते आए हैं। प्यार तो दोनों के मन में था। वहाँ हम दोनों को मौका मिल गया प्यार को ज़ाहिर करने का। प्यार तो कभी भी, किसी से भी हो सकता है। प्यार में कुछ सही-ग़लत नहीं होता है, यार! ज़रूरी नहीं उसे किसी रिश्ते का नाम देना।'

मिताली ने इस बार उसका हाथ नहीं छोड़ा बल्कि उस पर अपना दूसरा हाथ भी रख दिया, 'मेरे लिए ज़रूरी है। मैं अगर तुमसे प्यार करती हूँ तो उसके साथ नहीं रह सकती। जो मेरा है वो हंड्रेड परसेंट मेरा हो और मैं हंड्रेड परसेंट उसकी। मैं आधी-अधूरी ज़िंदगी नहीं जी सकती।'

रोनित मिताली की बात सुनकर गंभीर हो गया और उसने मिताली के हाथों के बीच से अपना हाथ खींच लिया, 'थोड़ा टाइम दो ख़ुद को और मुझे भी।'

मिताली यह बात सुनकर नाराज़ हो गई।

'तुम्हारे पास टाइम ही टाइम है। मुझे मॉल छोड़ दो, घर जाना है, देर हो रही है।'

उसके बाद उन दोनों में कोई बात नहीं हुई। रोनित ने उसे मॉल की पार्किंग में छोड़ दिया। मिताली ने गुस्से में रोनित को बाय भी नहीं कहा और अपनी गाड़ी स्टार्ट करके चली गई।

मिताली करीब दस बजे घर पहुँची। पाछी जा चुकी थी। डिनर टेबल पर लगा हुआ था। बिकास स्टडी रूम में बैठा कुछ काम कर रहा था। वो बेहद थके कदमों से अपने कमरे में आई। अपना पर्स अलमारी में रखकर वो बिस्तर पर कटे हुए पेड़ की तरह गिर गई। उसने अपने आप को टटोला—

क्या मैं वाकई रोनित से प्यार करने लगी हूँ या यह सिर्फ़ मेरे अकेलेपन को दूर करने के लिए नशे में बन गया एक रिश्ता है? सिंगापुर में बिताए दिन मेरी ज़िंदगी के सबसे ख़ूबसूरत दिन थे। कितनी एनर्जी है रोनित में, मेरे साथ हर खेल में उसने पूरे जोश से भाग लिया। वो सिर्फ़ सेक्स की भूख नहीं थी, उसने हर तरह से मेरे मन को भरा। बिकास के साथ बस निभा ही रही हूँ। इस रिश्ते से निकलने की हिम्मत कभी नहीं हुई, पर आज जब रोनित ने हाथ दिया है तो मन करता है बाहर निकल आऊँ इस गड्ढे से। क्या तीन रातों के लिए आठ साल के रिश्ते को तोड़ देना समझदारी होगी? क्या रोनित भी यही चाहता होगा, क्या वो खुल कर मुझे साथी के रूप में एक्सेप्ट करेगा या यह सिर्फ़ उसके लिए एक खेल ही था?

इन सवालों का उसके पास कोई जवाब नहीं था। एक भयानक उधेड़बुन चल रही थी, उसके मन में। उस वक़्त वो सब सही लग रहा था और आज घर आकर ऐसा लग रहा था जैसे कुछ ग़लत कर आई।

बिकास से उसकी शिकायत चरम पर थी, पर अभी न जाने क्यों वो सही-ग़लत के जाल में उलझ गई थी।

‘क्या हुआ? तबीयत ख़राब है?’

मिताली बिकास की आवाज़ से चौंककर अपने ख़यालों से बाहर आई। उसने अपनी आँखों से बहते आँसू छुपाने के लिए करवट ले ली।

‘मैं ठीक हूँ।’

हमेशा चहकने वाली मिताली को उदास देखकर बिकास हैरान था। जब शिकायत करने वाला अचानक से ख़ामोश हो जाए तो उसकी चुप्पी डराती है।

अबोलापन अलगाव की पहली सीढ़ी है। इस तरह चुपचाप रहना मिताली की आदत में नहीं था। बिकास, मिताली के पास पहुँचा और उसका हाथ पकड़कर उठाने लगा।

'चलो, खाना खाते हैं।'

बिकास इतनी नरमी से पेश आ रहा था कि मिताली रोने लगी। बिकास ने उसे अपने सीने से लगा लिया, वो उससे पूछता रहा कि क्या हुआ पर मिताली कुछ नहीं बोली... बस रोती रही। थोड़ी देर बाद जब वो कुछ शांत हुई तो बिकास उसके लिए पानी ले आया। फिर ज़बरदस्ती उसे अपने साथ डाइनिंग टेबल पर ले गया। मिताली ने अभी तक अपने कपड़े चेंज नहीं किए थे। बिकास के ज़ोर देने पर वो कुछ खाने के बाद चेंज करने गई।

बिकास आज उसको देखकर परेशान सा हो गया। हमेशा बोलते रहने वाले की ख़ामोशी कई बार अंदर तक हिला देती है। नाइट सूट पहन कर मिताली बिना एक शब्द बोले बिस्तर पर लेट गई। बिकास भी चुपचाप उससे सटकर लेट गया और मिताली का सिर सहलाने लगा। मिताली ने कोई विरोध नहीं किया। कुछ देर बाद मिताली को बिकास के खर्राटे सुनाई देने लगे, नींद अभी भी उसकी आँखों से मीलों दूर थी। बिकास का हाथ अपने ऊपर से हटाकर मिताली ने करवट ले ली। रोनित के साथ बिताए दिन उसके दिमाग में बार-बार रिवाइंड और प्ले हो रहे थे।

अगली सुबह भी बेहद उदास थी। मिताली की आँख खुली तो बिकास बगल में नहीं था। वो बिस्तर पर उठकर बैठ गई। उसका सिर चकरा रहा था। तभी बिकास हाथ में कॉफ़ी के दो मग लेकर कमरे में दाखिल हुआ।

'गुड मॉर्निंग, मीतू। लो कॉफ़ी पियो। मैंने बनाई है।'

मिताली बरसों बाद उसका यह रूप देखकर कुछ हैरान सी हुई। उसने चुपचाप कॉफ़ी का मग अपने हाथ में थाम लिया।

'तुमने क्यों बनाई? पाछी नहीं आई अभी तक?'

'बहुत बारिश हो रही है। तुम कॉफ़ी पियो, मैं ब्रेकफास्ट बनाता हूँ।'

फिर बिकास मुस्कुराते हुए बाहर चला गया। मिताली अपने अंदर उठ रहे सवालों से जूझती हुई कॉफ़ी के घूँट लेती रही। बिकास का अचानक इतना मीठा व्यवहार भी उसके लिए हैरान कर देने वाला था। लैंडलाइन की घंटी बज रही थी। मिताली को ये आवाज़ बहुत दूर से आती हुई मालूम हुई।

बिकास ने बाहर से ही चिल्लाकर आवाज़ दी, 'फ़ोन रिसीव करो। संयोगिता का फ़ोन है।'

मिताली ने सोचा, *संयोगिता लैंडलाइन पर क्यों फ़ोन कर रही है?*

फिर उसे याद आया कि कल रात उसने मोबाइल ऑफ़ कर दिया था ताकि रोनित कोई मैसेज या कॉल न करे। मिताली ने बेड के पास रखे हुए फ़ोन का रिसीवर उठाया। उसे हेलो बोलने का मौका दिए बगैर ही संयोगिता उस पर फट पड़ी। उसकी बातें सुनकर मिताली के हाथ से रिसीवर छूट गया। उसका दिमाग साँय-साँय कर रहा था। तभी बाहर कुछ गिरने की तेज़ आवाज़ सुन उसका दिल बैठ गया। वो बदहवास हो बाहर की तरफ़ भागी। बिकास ने डाइनिंग टेबल के पास रखी क्रॉकरी वाली पूरी अलमारी गुस्से से उलट दी थी। काँच के बर्तन मिताली के दिल की तरह टुकड़ों में बिखरे पड़े थे।

2

कुछ बिखरा, कुछ निखरने के लिए

मिताली बिखरे पड़े काँच से बचते हुए डाइनिंग टेबल तक पहुँची और उस पर रखा अख़बार उठाया। पेज थ्री पर उसकी और रोनित की अंतरंग तस्वीर छपी थी। कैप्शन था— *न्यू लव स्पार्क इन पटेल्स लाइफ़ : टाइकून सागा।*

उसने याद करने की कोशिश की। यह तस्वीर तब की थी जब वो पीली फ्रॉक में रोनित को बीच पर चूम रही थी। मिताली का सिर घूमने लगा। वो मेज़ का सहारा लेकर वहीं रखी कुर्सी पर निढाल होकर बैठ गई। बिकास का चेहरा गुस्से से तमतमा रहा था। वो बेचैनी से कमरे में इधर से उधर टहल रहा था। उसकी साँसें भारी हो रही थीं।

वो मिताली पर जलती निगाह डालते हुए गुस्से में चिल्लाया, 'व्हाट इज़ दिस शिट? ये थी तुम्हारी बिज़नेस ट्रिप? ख़ूब रोमांस किया, इसलिए इतना थक गई हो, है न?'

मिताली कुछ नहीं बोली, बस उस पेपर में छपी ख़बर को देखती रही। उसका दिमाग सुन्न हो गया था। उसके निजी पल जो उसने बड़ी हिम्मत से चुराए थे, आज दुनिया के सामने आ चुके थे।

उसको चुप देख कर बिकास फिर से चीखा, 'कबसे चल रहा है पटेल के साथ तुम्हारा चक्कर? कम-से-कम अपनी और उसकी उम्र के बीच का तो लिहाज़ किया होता। बाबा की उम्र का है तुम्हारे। शर्म नहीं आई तुम्हें?'

'बिकास, मुझे इस बारे में कोई बात नहीं करनी।'

'बचा क्या है बोलने को। यू स्लट!'

'जस्ट शट अप! तुम्हारी हिम्मत कैसे हुई मुझसे इस तरह बोलने की? मैं तुम्हारे साथ अब एक मिनट नहीं रह सकती, आई वांट डाइवोर्स।'

मिताली की यह बात सुनकर बिकास का रंग फक्क पड़ गया, 'दिमाग ठिकाने है? क्या बोले जा रही हो?'

'वही जो मुझे बहुत पहले बोलना चाहिए था। दम घुटता है मेरा तुम्हारे साथ।'

मिताली उठकर बेडरूम में चली गई और दरवाज़ा भड़ाक से बंद कर लिया। बिकास वहीं सोफे पर अपना सिर थामे बैठ गया। घर में सन्नाटा पसर गया। बिकास ने मिताली के लिए कॉफ़ी बनाकर जिस सुबह को गुनगुनी धूप सा बनाना चाहा, वो अब ज्वालामुखी से निकले लावे की तरह दहक रही थी।

मोबाइल ऑन करते ही मिताली के मोबाइल पर लगातार कॉल्स आने लगे। रोनित पटेल के कई मिस्ड कॉल्स थे। उसने रोनित को फ़ोन लगाया। फ़ोन एक ही घंटी में उठा लिया गया।

दूसरी तरफ़ से रोनित की बेसब्र सी आवाज़ आई, 'तुम ठीक हो?

मिताली उसकी बात अनसुनी करके बिफर पड़ी, 'किसने किया ये रोनित? हमारा प्राइवेट मोमेंट था और आज उसका तमाशा बन गया।'

'पब्लिक लाइफ़ में कुछ प्राइवेट नहीं होता, मिताली। डोंट वरी मेरा पीए विमल सब हैंडल कर लेगा। अगर तुम कहो तो तुम्हारे हस्बैंड से बात कर सकता हूँ।'

'तुम क्या बात करोगे उससे और क्यों? जो तस्वीर है, उसके लिए क्या सफ़ाई देंगे हम?'

रोनित कुछ सेकेंड ख़ामोश रहा, फिर गला साफ़ किया, 'उसे समझाना होगा, जैसा तस्वीर में दिख रहा है ऐसा कुछ नहीं हुआ, फ़ोटोशॉप किया गया है... वरना तुम्हारी मैरिड लाइफ़ बर्बाद हो जाएगी।'

'रोनित, मेरी मैरिड लाइफ़ पहले से ही बर्बाद है... मैं उससे डाइवोर्स ले रही हूँ।'

उसकी बात सुनकर रोनित बुरी तरह चौंका, 'आर यू क्रेज़ी? जल्दबाज़ी मत करो, मिताली। अब ध्यान से सुनो...'

वो अपनी बात पूरी करता उससे पहले ही मिताली बोली, 'रोनित, प्लीज़! ...बाद में बात करूँगी। बाय।'

सुबह तनाव और आँसुओं में डूब चुकी थी। मिताली ने इतनी बेइज़्ज़ती कभी महसूस नहीं की थी। जब निजी पल दुनिया के सामने आ जाते हैं तब जो तकलीफ़ होती है उसे शब्दों में बयान करना संभव नहीं। दर्द, गुस्सा, अपमान, भय, शर्म... न जाने कितने भावों के समंदर में मिताली गोते खा रही थी। उसने अपना लैपटॉप ऑन किया। फ़ेसबुक, इन्स्टाग्राम, एक्स... हर जगह उसे और रोनित को ट्रोल किया जा रहा था। भद्दे और अश्लील कमेंट्स और मैसेजेज़ की बाढ़ आ गई थी। बौखला कर मिताली ने अपने सारे सोशल मीडिया अकाउंट्स डिएक्टिवेट कर दिए। उसके अंदर तूफ़ान मचा हुआ था।

उसने अपना चेहरा हथेलियों में छुपाया और सुबक-सुबककर रोने लगी। अचानक जैसे सुनामी ने उसकी दुनिया में तबाही मचा दी हो और वो बिना किसी सहारे के दिशाहीन सी बहे जा रही हो! देर तक रोते रहने के बाद जैसे उसे ख़ुद की सुध आई। वो बाथरूम में नहाने घुस गई।

मिताली जब तैयार होकर बाहर निकली तब पाछी सहमी हुई ड्राईंगरूम में क्रॉकरी की किरचें साफ़ कर रही थी। बिकास अख़बार की चिंदी-चिंदी कर चुका था जो पंखे की हवा में इधर-उधर उड़ रहे थे। मिताली चुपचाप बिना कुछ खाए ऑफ़िस चली गई।

दूसरी तरफ़, रोनित पटेल के घर की सुबह भी उथल-पुथल से भरी हुई थी। उसका पीए विमल कुमार मीडिया वालों के फ़ोन उठाते-उठाते परेशान था।

रोनित का बड़ा बेटा, राघव गुस्से में भन्नाया गार्डन में शॉर्ट्स और टी-शर्ट पहने चक्कर काट रहा था। राघव पटेल, उम्र 30 साल, अपने पिता की तरह ही लंबा, ख़ूबसूरत। उसके चेहरे पर पसीना और तनाव था। गोल्डन और बरगंडी बालों वाली उसकी पत्नी, स्वीटी ट्रैक सूट में बेचैनी से अपने मोबाइल पर बिज़ी थी। राघव उसके पास आकर नाराज़गी से बोल पड़ा, 'डैड को शर्म नहीं आई! आज ट्रैक पर आधा घंटा काटना मुश्किल हो गया।'

'हाँ राघव, देखो, लोग कैसे ट्रोल कर रहे... "अमीर बुड्ढे ने फासी जवान लौंडी" सारी रेप्युटेशन डिस्ट्रॉय कर दी पापाजी ने। फ्रेंड्स भी बार-बार कॉल कर रहीं... क्या जवाब दूँ?'

स्वीटी मोबाइल की स्क्रीन से नज़र उठाए बिना एक साँस में बोल गई। वो लगातार स्क्रॉल किए जा रही थी, यह देख राघव और चिढ़ा, 'प्लीज़ स्वीटी! व्हाई डोंट यू स्विच ऑफ दिस ब्लडी मोबाइल?'

तभी रोनित का सेक्रेटरी विमल कुमार एक हाथ में कुछ फ़ाइल्स और दूसरे हाथ में मोबाइल लिए बाहर गार्डन में आया। उसके चेहरे पर टेंशन और थकावट झलक रही थी। विमल की उम्र होगी कोई पचास साल, दुबला-पतला शरीर और अधपके खिचड़ी बाल। पिछले पच्चीस सालों से वो रोनित पटेल के साथ साए की तरह था। रोनित उसके लिए अपने परिवार से भी पहले था। कोई भी परेशानी आती तो रोनित तक पहुँचने से पहले ही विमल उसे सुलझा लेता। रोनित भी उसे सेक्रेटरी से ज़्यादा दोस्त मानता था... आख़िर वो उसका इकलौता राज़दार भी था!

विमल को आता देख राघव ने सवाल दागा, 'अंकल, डैड क्या कर रहे हैं?'

'राघव बाबा, यह सब फ़ोटोशॉप किया हुआ है। ऐसा कुछ नहीं हुआ, मैं तो चौबीस घंटे बॉस के साथ ही था सिंगापुर में। इतना सीरियसली मत लीजिए... हमारा जो नया आईपीओ लॉन्च हुआ, उसके शेयर्स डाउन करने की साज़िश है। आप तो जानते हो, कॉरपोरेट वर्ल्ड कितना करप्ट है!'

राघव की आँखों से साफ़ लगा कि उसे विमल की बातों पर बिल्कुल यकीन नहीं है। वो अपने डैड को जानता था और साथ ही उसे पता था कि मिताली अक्सर उनसे मिलती थी। एक बार रोनित ने स्वीटी की बुटीक से एक महँगी ड्रेस भी मिताली को गिफ्ट की थी।

रोनित को बाहर गार्डन में आते देख स्वीटी ने आँखों से राघव को चुप रहने का इशारा किया। रोनित वहाँ रखी कुर्सी पर बैठ गया। राघव और स्वीटी ने न उसे गुड मॉर्निंग कहा, न गले लगे जैसे वो हर सुबह लगा करते थे।

रोनित ने उनकी तरफ़ ख़ुश्क नज़र से देखा, 'गुड मॉर्निंग बच्चों, क्या बात है, आज सारे मैनर्स भूल गए आप लोग?'

राघव, रोनित की बात पर बिफरा, 'डैड, जो हो रहा है, आपको उससे कोई फ़र्क नहीं पड़ रहा? कितनी बदनामी हो रही है, सारी दुनिया को आपके अफ़ेयर के बारे में पता चल गया है। सोशल मीडिया पर आपको ट्रोल किया जा रहा है।'

रोनित ने बहुत शांति से जवाब दिया, 'मुझे कोई फ़र्क नहीं पड़ता और आपको भी नहीं पड़ना चाहिए। मिताली सिर्फ़ एक मीडिया फ्रेंड है। ये सब हमको परेशान करने का प्लान है। विमल इशू हैंडल कर लेगा, आप कूल रहिए। स्वीटी बेटा, ब्रेकफास्ट लगवाओ, मुझे बोर्ड मीटिंग के लिए जल्दी निकलना है।'

रोनित की बात सुनकर स्वीटी फ़ौरन उठी, 'जी, पापाजी।'

स्वीटी के जाते ही रोनित ने राघव को पास बिठाया। राघव की नाराज़गी साफ़ दिखी।

रोनित ने उसके कंधे पर हाथ रख प्यार से बोला, 'अगर घर से ही सपोर्ट नहीं होगा तो हम दुनिया को कैसे फ़ेस करेंगे? तैयार हो जाइए, निकलना है दस बजे!'

राघव चुपचाप अंदर चला गया। वो हमेशा से रोनित का लाड़ला था। उनका रिश्ता बाप-बेटे से ज़्यादा दोस्तों जैसा था, पर जब रोनित का चेहरा ख़ामोश और सख़्त होता तो उसकी कुछ भी बोलने की हिम्मत नहीं होती। विमल ने साइन करने के लिए एक फ़ाइल रोनित की तरफ़ बढ़ा दी। रोनित चुपचाप उसकी बताई जगह पर साइन करता गया। फ़ाइल समेट कर जब विमल जाने लगा, तब रोनित धीरे से बोला, 'मिताली का ध्यान रखना। उस पर कोई बात न आए।'

विमल ने ख़ामोशी से गर्दन हिला दी।

रोनित ने जीवन में कई उतार-चढ़ाव देखे थे इसलिए उसको ख़ास फ़र्क नहीं पड़ रहा था। लेकिन वो मिताली के लिए बेहद परेशान था। रोनित मिताली के घर में चल रहे तूफ़ान की कल्पना कर सकता था। महिला होने के नाते सारा इल्ज़ाम और बदनामी उसके ही सिर आनी थी। इन बातों के बारे में सोचते हुए उसने सिगरेट सुलगा ली।

ऑफ़िस के गेट पर कार्ड पंच करते ही प्यून, छोटेलाल मिताली को देख मुस्कुराया। मिताली को वो मुस्कुराहट उसका मज़ाक उड़ाती सी नज़र आई। ऑफ़िस में सब अजीब निगाहों से उसे देख रहे थे।

वो अपनी सीट पर पहुँच कंप्यूटर ऑन कर ही रही थी कि चीफ एडिटर का सेक्रेटरी चिंतामणि आ गया, 'मैडम, रवीन्द्र सर बुला रहे हैं।'

लगभग दो मिनट बाद वो अपने बॉस के केबिन के बाहर थी। उसने दरवाज़े पर नॉक किया।

रवीन्द्र ने उसे अंदर बुलाया और बैठने का इशारा किया। मिताली चुपचाप बैठ गई, उसकी और रवीन्द्र की नज़रें मिलीं। रवीन्द्र समझ नहीं पा रहा था कि कहाँ से बात शुरू करे तभी चिंतामणि ख़ुद चाय लेकर केबिन में आ गया। रवीन्द्र ने चाय का एक कप मिताली की तरफ़ बढ़ाया और चिंतामणि को जाने का इशारा किया।

चाय का एक घूँट लेकर रवीन्द्र ने बात शुरू की, 'मिताली, तुम्हारे साथ जो हुआ वो बड़ा अन्फोरचियुनेट है। आई कैन फ़ील योर ट्रॉमा। तुम थोड़े दिन ब्रेक ले लो।'

मिताली ने हैरानी से उसे घूरा, 'बट व्हाई? मेरी पर्सनल लाइफ़ से प्रोफ़ेशनल लाइफ़ अफेक्ट नहीं होगी, सर। आई कैन एश्योर यू।'

'आई नो बट... मिताली, हमारे न्यूज़पेपर की इमेज ख़राब होती है। समझ रही हो न?'

मिताली के चेहरे पर अपमान की लालिमा दिखाई देने लगी। उसे अपने कान गर्म होते महसूस हुए। 'ठीक, जैसा आप कहें। आई विल रिज़ाइन।'

'कम ऑन, तुम्हें रिज़ाइन करने को नहीं कहा। एक-दो महीने का ऑफ़ लो। सब सेटल होते ही दोबारा ज्वाइन कर लेना।'

'इतने साल इस न्यूज़पेपर को दिए पर आप मुझे सपोर्ट नहीं कर रहे। मेरी पर्सनल लाइफ़ पर अटैक हुआ और आप...'

रवीन्द्र ने बात बीच में ही काटी, 'मिताली, दोस्त की तरह मैं तुम्हारे साथ हूँ, पर ऊपर से ऑर्डर...'

मिताली झटके से उठ गई। उसकी आँखों में गुस्सा था, 'दिस इज़ नॉट फ़ेयर... मैं अपना रेज़िग्नेशन ही मेल कर देती हूँ। गुड बाई, मिस्टर रवीन्द्र!'

रवीन्द्र ने रोकने की बहुत कोशिश की पर उसने नहीं सुना और केबिन से बाहर निकल आई, अपना पर्स कंधे पर डाला, कंप्यूटर ऑफ़ किया और ऑफ़िस से बाहर आ गई। बाहर निकलते वक़्त उसे ऐसा लगा कि ऑफ़िस के लोगों की नज़रें मानो उसकी पीठ पर चिपक गई हों! उसके कदम भारी हो गए... कहाँ जाए, किससे मिले... कुछ समझ में नहीं आया। कुछ देर के लिए उसके दिमाग ने काम करना बंद कर दिया। अपनी कार में बैठी वो ख़ुद को शांत करने की कोशिश करती रही। फिर उसे संयोगिता की याद आई। सिर्फ़ संयोगिता ही उसको समझ सकती थी और उसका साथ दे सकती थी। मिताली ने फ़ोन किया और उसी कॉफ़ी हाउस में मुलाक़ात तय हुई, जहाँ अक्सर वो मिला करती थीं।

मिताली कैफ़े में सबसे कोने में रखी मेज़ के साथ लगी कुर्सी पर बैठ गई। उसको हर नज़र घूरती हुई लग रही थी। उसने अपना नीला स्कार्फ सिर से लपेट लिया। एक-एक सेकेंड काटना भारी हो रहा था।

आते ही संयोगिता कुर्सी मिताली के पास खिसकाते हुए बुदबुदाई, 'बाबू, ये क्या किया तूने?

'मेरी मैरिड लाइफ़... तू जानती है सब। कितना रोकती!'

संयोगिता ने उसका कंधा थपथपाया, 'चलता है, यार। मैं जज नहीं करती पर फ़ोटो किस कमीने ने खींची और क्यों? कहीं रोनित ने... ?'

मिताली ने चौंक अपनी दोस्त की तरफ़ देखा, 'वो ऐसा क्यों करेगा?'

'नाम और प्रॉपेगैंडा के लिए... कुछ भी पॉसिबल है। उसे क्या, वो तो अकेला है, बदनामी तो तेरी हुई न।'

'नहीं, रोनित ऐसा नहीं कर सकता। मैं उसे अच्छे से जानती हूँ।' फिर मिताली ने संयोगिता को अगली ख़बर सुनाई, 'मैंने जॉब छोड़ दी।'

संयोगिता बौखला गई, 'पागल है क्या!'

'कमीना रवीन्द्र यही चाहता था, बस बातें बना रहा था। तमाशा बन गया मेरा। उस तस्वीर पर जैसे मेरा सारा करियर टिका हो!'

'तू मैनेजमेंट से बात कर।'

'नहीं, किसी से बात नहीं करनी। मैं इन पर केस करूँगी।'

संयोगिता ने उसका हाथ अपनी हथेलियों के बीच लिया, उसकी तकलीफ़ जानते हुए भी उसे राहत पहुँचाने के लिए वो कुछ नहीं कर सकती थी।

तभी मिताली का फ़ोन बजने लगा। उसकी माँ का फ़ोन था, सुबह से चौथी बार। मिताली फ़ोन नहीं उठाना चाहती थी पर संयोगिता के इशारे पर उसने बेमन से फ़ोन उठाया। वो "हेल्लो" बोलती इससे पहले ही माँ के चीखने ने उसको हिला दिया, 'ई की कोर्बे तुमि? कुछ सोचा भी नहीं? आमार इज्जत मिट्टी में मिला दिया।'

'माँ... अभी आप मुझे अकेला छोड़ दो।'

'मिताली, तुमि सब बर्बाद कर दी। टीवी, ओखबार सब जगह तुम्हारा नाम बदनाम हो रहा है। तुम्हारे बाबा और...' मिताली ने उनकी बात पूरी होने से पहले ही फ़ोन काट दिया।

माँ की शिकायतें उसकी आत्मा को चीर रही थीं। संयोगिता को देख उसका मन जितना हल्का हुआ, अब उससे कहीं ज़्यादा भारी हो चुका था। वेटर उनकी पसंदीदा आइसक्रीम के साथ कोल्ड कॉफ़ी के दो कप रख गया तो मिताली ने कॉफ़ी का एक कप उठा लिया।

'यार, मैं किस-किसको एक्सप्लेन करूँ? तू जानती है, कबसे झेल रही हूँ बिकास को। ऐसे में मैं कमज़ोर पड़ गई... पर कभी सपने में भी नहीं सोचा था कि ये सब पेज थ्री गॉसिप बनेगा।'

'सब सेटल हो जाएगा कुछ दिनों में। रोनित से बात कर... देख, वो कैसे हैंडल कर रहा है।'

मिताली ने कोल्ड कॉफ़ी की एक सिप ली और रोनित को फ़ोन मिला दिया।

'तुमने रिज़ाइन कर दिया?'

'हाँ, आपको कैसे पता?'

'न्यूज़ में आ रहा है।'

'ओ माँ... मेरा जुलूस निकालने पर क्यों तुले हैं ये लोग!'

'क्यों किया रिज़ाइन?'

'उस फ़ोटो की वज़ह से ऐसे बिहेव किया जा रहा था जैसे मैं कोई कॉल गर्ल या प्रॉस्टिट्यूट हूँ जिसके ऑफ़िस में रहने से न्यूज़पेपर की रेप्युटेशन ख़राब हो जाएगी। मैं क्या करती, बोलो रोनित?'

मिताली की तेज़ आवाज़ से कैफ़े में बैठे लोगों का ध्यान उसकी तरफ़ चला गया। संयोगिता ने उसे शांत होने का इशारा किया और काउंटर पर बिल देने चली गई।

'प्लीज़ मिताली, शांत हो जाओ। लेट्स मीट।'

'ओके, जब मिलना होगा, बता दूँगी।'

मिताली कॉल के बाद कैफ़े से बाहर निकली और संयोगिता को किसी प्रेस कॉन्फ्रेंस में जाने के लिए विदा कर जुहू बीच पर जा पहुँची। आसमान पर हल्के बादल छाए हुए थे। कुछ देर पहले हुई बारिश से रेत नम थी। मिताली अपना स्कार्फ बिछा कर बैठ गई। प्रेमी जोड़े और घूमने आए परिवार लहरों से खेलने और सेल्फी लेने में व्यस्त थे। दूर-दूर तक पाव-भाजी और बर्फ के गोले वाले ठेले, फोटो खिंचवा लेने की मिन्नतें करते फ़ोटोग्राफ़र्स और भीख माँगते बच्चे नज़र आ रहे थे। बार-बार उसकी आँखें डबडबा रही थीं। उसने सोचा तक नहीं था कि अचानक एक तूफ़ान उसकी पूरी दुनिया को यूँ हिला देगा। बार-बार आने वाले फ़ोन कॉल्स ने उसका साँस लेना मुश्किल कर दिया था। लहरें गिनते हुए उसे कई बार ख़याल आया कि इनमें समा जाए पर अभी वो इतनी कमज़ोर नहीं हुई थी। लगभग दो घंटे अकेले बिताने के बाद उसने रोनित को कॉल करके उसे जुहू बीच से पिक करने को बोल दिया।

कोई चालीस मिनट बाद दोनों रोनित की कार में थे। रोनित ने कई बार उसकी तरफ़ देखा, वो बुत बनी बैठी थी।

रोनित ने अपना गला साफ़ किया, 'आई एम सॉरी फॉर आल दिस।'

'हाँ, फ़र्क मुझे ही पड़ा... एक झटके में मेरी पर्सनल और प्रोफ़ेशनल लाइफ़ दोनों फिनिश!' मिताली की आवाज़ में दर्द साफ़ झलका।

रोनित ने अपने बाएँ हाथ से उसका हाथ थाम लिया और गहरी साँस ली, 'डोंट वरी, डार्लिंग। आई एम विद यू।'

मिताली चुपचाप सड़क की तरफ़ देखती रही। रोनित ने कार के डैशबोर्ड से जूस का एक कैन निकाल मिताली की तरफ़ बढ़ाया। मिताली के इनकार करने पर उसने कैन ज़बरदस्ती उसके हाथ में पकड़ा दिया।

'पी लो, अच्छे बच्चे की तरह। लंच किया?'

'इतने टेंशन में?'

'सी, ड्राइव करते हुए बात नहीं हो पाएगी। घर चलते हैं।'

मिताली ने हैरानी से उसकी तरफ़ देखा।

रोनित उसकी हैरानी भाँप मुस्कुराया, 'बहुत घर हैं मेरे इस शहर में, अभी पब्लिक में बैठना ठीक नहीं। मुझे पता होता, ऐसा हो जाएगा तो मैं कभी तुमको सिंगापुर में आउटिंग पर नहीं ले जाता। मैं तुम्हारी फ़ैमिली और करियर कभी बर्बाद नहीं करना चाहता।'

'रोनित, जो बर्बाद होना था, हो गया। मैं अब बिकास के साथ नहीं रहूँगी, न उसे कोई सफाई देनी है और न ही उसके ताने सुनने की ताकत बची है।'

'जल्दी मत करो, मिताली।'

'जल्दी नहीं, सोच-समझ के बोल रही हूँ। मैं उस घर में वापस नहीं जाऊँगी।'

'तो कहाँ जाओगी?'

'किसी होटल में या कुछ दिन संयोगिता के साथ शिफ्ट हो जाऊँगी... फिर रेंट पर अपार्टमेंट देख लूँगी।'

रोनित कुछ नहीं बोला। आधे घंटे बाद उसने एक बिल्डिंग के पार्किंग एरिया में गाड़ी पार्क की। यहाँ आठवें फ्लोर पर उसका फ्लैट था। फ्लैट में दाखिल होते ही उसने मिताली को बाँहों में भर लिया, वो भी कसकर रोनित के सीने से लग गई। रोनित ने उसके चेहरे पर लटक आई लट को हटाया।

'यह फ्लैट तुम्हारे लिए है। अगर घर नहीं जाना तो यहाँ रहो आराम से।'

मिताली उससे दूर हटते हुए बोली, 'नहीं, आई कैन मैनेज।'

रोनित ने उसको फिर करीब खींच लिया, 'आई नो, यू कैन डू एनीथिंग, माय लिटिल गर्ल, पर इतनी ज़िद अच्छी नहीं। मैं नहीं चाहता कि तुम अपना रिश्ता

तोड़ो लेकिन तुम्हें अकेला भी नहीं छोड़ सकता। जब तक तुम कोई फ़ैसला नहीं कर लेतीं, आराम से यहाँ रहो... सोचो ठंडे दिमाग से।'

'लेकिन रोनित...'

रोनित ने मिताली के होठों पर अपनी उँगली रख दी, 'मैं तुम्हें परेशान करने नहीं आऊँगा। जब तुम्हें मेरी ज़रूरत लगे, कॉल कर देना। अब यह घर आपका है, मैडम।'

मिताली एक बार फिर रोनित के गले लग गई। उसकी बड़ी-बड़ी आँखें आँसुओं से भर गईं।

'अब लंच ऑर्डर कर दूँ। बहुत भूख लग रही है।'

रोनित लंच के लिए फ़ोन करने लगा और मिताली घर देखने लगी। यह घर उसके घर से कई गुना बड़ा था। ड्रॉइंग रूम की पूरी एक दीवार काँच की बनी थी जिससे समंदर दिख रहा था। मिताली ने गहरी साँस लेकर अपना तनाव कम करने की कोशिश की और ख़ुद को समझाया—*जो हो गया उसके लिए परेशान होने से क्या होगा। अब आगे देखना है कि क्या करना है।*

अगले दिन मिताली संयोगिता के साथ अपने घर गई। पाछी ने दरवाज़ा खोला, बिकास ड्रॉइंग रूम में बैठा चाय पी रहा था। मिताली और बिकास ने इस घर में इतने साल साथ बिताए थे और आज मिताली को उसी घर के अंदर आने में भी संकोच हो रहा था। संयोगिता ने बिकास को हेलो किया। पाछी दो ग्लास में पानी रख गई।

मिताली ने बिकास की तरफ़ देखा, 'मैं संयोगिता के साथ शिफ्ट हो रही हूँ, अपना ज़रूरी सामान लेने आई हूँ।'

बिकास ने हैरानी से उसे देखा। वो जानता था, मिताली बेहद ज़िद्दी है। कल जो हुआ उससे वो एकदम टूट गया था... ऑफ़िस से भी छुट्टी ले ली थी। वो मिताली का सच जानकर शॉक्ड था।

उसने तल्खी से कहा, 'संयोगिता क्यों, अपने बूढ़े बॉयफ्रेंड रोनित के साथ क्यों नहीं रह लेतीं तुम?'

मिताली बिना कुछ बोले अपने कमरे में गई और कपड़े और ज़रूरी कागज़ बड़े वाले सूटकेस में पैक करने लगी। पाछी सहमी हुई उसे चुपचाप देखती रही।

फिर मिताली ने उससे पूछा, 'बच्चे कैसे हैं, पाछी? उन्हें खिलौने दिलाए या नहीं?'

'दिला दिए, दीदी। आपको थैंक यू बोल रहे थे। दीदी, मुझे भी अपने साथ ले चलो, मुझे आपकी याद आएगी।'

'अरे पागल, मेरा ही कोई ठिकाना नहीं है अभी। जानती है न, क्या हुआ है?'

पाछी ने धीमे से सिर हिलाया।

'मुझे भी तेरी बहुत याद आएगी। जैसे ही सब ठीक होगा, तुझे बुला लूँगी। स्टोर से ब्राउन बैग निकाल ला। उसमें मेरे कपड़े पैक कर दे सारे।'

बिकास बिना कुछ बोले स्टडी रूम में चला गया। कुछ देर में मिताली अपना सामान लेकर बाहर निकली, उसे वहाँ न पाकर स्टडी रूम में गई। बिकास जानता था, मिताली खड़ी है, फिर भी किताबों में व्यस्त दिखने का अभिनय करता रहा।

मिताली बोली, 'बिकास, सिर्फ़ अपने डॉक्यूमेंट्स और कपड़े लिए हैं। चेक करना चाहो तो कर लो।'

बिकास गुस्से में पलटा, 'अब क्या चेक करूँ? तुम्हें जो लूटना था वो लूट चुकीं, मिताली। सब बर्बाद कर दिया तुमने।' बिकास की आवाज़ में नमी उतर आई।

मिताली कुछ क्षण उसे देखती रही, फिर बोली, 'मैं तुमको कॉल करूँगी। नेक्स्ट वीक म्यूचुअल डाइवोर्स के लिए फ़ैमिली कोर्ट में अपील कर देंगे।'

बिकास उसकी बेरुखी पर खीझा, 'तुम्हें कभी डाइवोर्स नहीं दूँगा, समझीं तुम? मैं तुम पर इनफ़िडेलिटी का केस करूँगा।'

'तुम्हें जो ठीक लगता है करो, बिकास।'

मिताली स्टडी रूम से बाहर आई और संयोगिता को चलने का इशारा किया।

बिकास एकदम टूट गया। अगले दिन उसके और मिताली के माँ-बाबा कोलकाता से आ गए। वो सब एक बार मिताली से मिलकर उसे समझाना चाहते थे, पर मिताली ने सबसे मिलने से इनकार कर दिया। इस तरह एक महीना बीत गया। कहने को एक महीना था पर एक साल से क्या कम था!

आख़िरकार बिकास म्यूचुअल डाइवोर्स फ़ाइल करने को राज़ी हो गया। मिताली कुछ महीनों के लिए दुनिया से एकदम कट गई। रोनित और संयोगिता

ही से उसकी बातचीत हो रही थी। इस बीच मिताली ने मेडिटेशन क्लासेज़ ज्वाइन की और जिम जाना शुरू किया। वो ख़ुद को पूरी तरह हील करना चाहती थी। मिताली के बहुत मना करने पर भी रोनित ने उसके अकाउंट में दस लाख रुपये डलवा दिए ताकि उसे कोई फ़ाइनेंशियल प्रॉब्लम न आए।

दो महीनों में रोनित के पीए ने सारा मामला निपटा दिया और साबित कर दिया कि यह रोनित पटेल की इमेज को ख़राब करने की साज़िश थी। मिताली की ज़िंदगी में रौनक लौटने लगी। रोनित हर वीकेंड उसके साथ रहता। मिताली उसके साथ बहुत ख़ुश थी। मिताली को ऑफ़िस से अपोलॉजी मेल आया और उसे वापस ज्वाइन करने बुलाया गया। वो जाना नहीं चाहती थी, पर रोनित के ज़ोर डालने पर उसने दोबारा ऑफ़िस ज्वाइन कर लिया।

आज उसके और बिकास के डाइवोर्स की फ़ाइनल हियरिंग थी। मिताली के माँ-बाबा भी आए थे। कई महीनों बाद वो मिताली को देख रहे थे, पर मिताली जैसे पत्थर हो गई थी। कॉरिडोर में ही बिकास, मिताली से टकरा गया। वो मिताली के करीब आया और मुस्कुराने की कोशिश की, 'मिताली... एक बार फिर सोच लो। इस रिश्ते को कमज़ोर करने में मेरी ही ग़लती थी। पर एक मौका दो... अब मैं तुम्हें...'

'बिकास, इन बातों का कोई मतलब नहीं रहा। हम अपने लिए साथ थे और आज अलग भी अपने लिए हो रहे। मेरे मन में तुम्हारे लिए कोई प्यार नहीं रहा। तुम क्यों रहना चाहते हो, एक स्लट के साथ?'

'मिताली, हम दोबारा ज़ीरो से स्टार्ट कर सकते हैं। मैं कबसे बोलना चाह रहा था, पर तुम मेरा फ़ोन नहीं उठा रही थीं।'

'बिकास, प्लीज़ कुछ मत कहो।'

आख़िरकार मिताली कानूनी रूप से बिकास से अलग हो गई। कोर्ट से निकलते समय मिताली ने अपने और बिकास के माँ-बाबा से माफ़ी माँगी।

'जो हुआ उसमें मेरी इतनी ग़लती थी कि कई साल अकेलापन झेलने के बाद मैंने अपना एक साथी चुन लिया। मेरे लिए अपनी ज़िंदगी बचाना ज़रूरी था।'

इस तरह मिताली के जीवन के एक अध्याय का अंत हो गया। वो ख़ुद को आज़ाद महसूस कर रही थी। उस दिन वो सातवें आसमान पर थी। शाम को रोनित और वो वाइन पी रहे थे। मिताली का चेहरा खुले आसमान में चमकते चाँद की तरह दिख रहा था। आज मायूसी के बादल उससे कोसों दूर थे।

उसने चहकते हुए कहा, 'रोनित, अब मैं आजाद हूँ... पूरी तरह!'

'ऐसे ख़ुश रहती हो तो कितनी अच्छी लगती हो।'

'हाँ रोनित, मैं ऐसे ही ख़ुश रहना चाहती हूँ। अब हमें यूँ छुप के मिलना नहीं होगा। हम खुलेआम साथ घूम सकते हैं। अपने रिश्ते के बारे में लोगों को बता सकते हैं।'

'क्या बताना है, मिताली? अभी तो चीज़ें ठीक होना शुरू हुई हैं, थोड़ा वेट करो। तुममें सबसे बड़ी यही ख़राबी है, बिलकुल पेशेंस नहीं!'

मिताली का चेहरा उतर गया। वो सोच में डूब गई और उसने थोड़ी देर बाद वाइन का एक बड़ा घूँट लिया।

'हाँ, सही कह रहे हो। मुझे भी उबरने दो इन सब बातों से। आई लव यू, रोनित।'

मिताली की वजह से रोनित की ज़िंदगी में ख़ुशी थी, सुकून था और वो ख़ुद को जवान महसूस करता था।

एक साल बीत गया। मिताली अपने पुराने तेवर में लौट आई। उसकी सैलरी बढ़ गई थी और दूसरे अख़बार से उसे बड़ा ऑफ़र भी आ रहा था। सब सही चल रहा था, फिर भी मिताली को एक कमी खल रही थी।

एक दिन संयोगिता ने भी उससे पूछा, 'बात कहाँ तक पहुँची... रोनित का प्लान है शादी का?'

'इस बारे में न मैंने बात की, न उसने।'

'यार, ऐसे कैसे चलेगा? रिश्ते की ख़ूबसूरती इसी में है कि वो सबके सामने हो। दबा-छुपा रिश्ता बदबू मारने लगता है।'

'हाँ, सही कह रही हो। मेरा भी मन करता है जिन्होंने मुझे बदनाम किया उनके सामने मिसेज़ पटेल बन रोनित के साथ हक से घूमूँ। तब शांति मिलेगी। आज बात करती हूँ उससे!'

मिताली का मन यह सोच अशांत हो उठा, *ऐसे प्यार का क्या मतलब जो रिश्ते को नाम न देना चाहे। अगर रोनित को मेरी फ़िक्र है, मेरी ज़रूरत है तो उसे समझ में आना चाहिए कि मेरी ज़रूरत क्या है?*

ऑफ़िस से लौटते वक़्त उसने रोनित को घर बुलाया। मिताली ने ख़ुद डिनर बनाया और बेसब्री से रोनित का इंतज़ार करने लगी। रोनित रात में लगभग 11 बजे पहुँचा।

मिताली के दरवाज़ा खोलते ही वो बोला, 'सॉरी डार्लिंग, बहुत बिज़ी था। ऐसी क्या इमरजेंसी? मैं डर गया, तुमने कुछ बताया भी नहीं फ़ोन पर।'

मिताली ने उसे अंदर खींच दरवाज़ा बन्द किया, 'आओ, पहले डिनर करते हैं। तुम्हारी पसंद का चिकन बनाया है मैंने।'

दोनों खाना खाने बैठ गए। रोनित खाना खाते-खाते मिताली की ख़ूब तारीफ़ करता रहा पर मिताली चुप थी। वो शादी की बात करना चाहती थी पर उसे यह भी लगा कि पहले शांति से खाना खा लें फिर बेडरूम में शादी की बात करेगी। लेकिन जब रोनित अपने बेटे राघव और उसकी बीवी स्वीटी के बारे में कुछ बताने लगा तो अचानक मिताली ने बेचैन हो अपनी चुप्पी तोड़ी, 'रोनित, हम शादी कब करेंगे?'

रोनित ने चौंक कर मिताली को देखा, 'शादी? मिताली, हम साथ हैं, क्या प्यार के लिए इतना काफ़ी नहीं?'

'रोनित, मैं यूँ छुपकर नहीं जी सकती। अगर तुम्हें मुझसे प्यार है तो दुनिया के सामने एक्सेप्ट करने में क्या प्रॉब्लम?'

रोनित ने मिताली का हाथ थाम प्यार से बोला, 'बेबी, मेरी फ़ैमिली एक्सेप्ट नहीं करेगी। तुमको पता है, राघव कितना शॉर्ट टेंपर्ड है... पता नहीं क्या रिएक्ट करे। उस स्कैंडल के बाद वो अब तक नॉर्मल नहीं हुआ है।'

मिताली ने गुस्से में अपना हाथ छुड़ाया, 'तुम्हें सबकी फ़िक्र है, सिवाय मेरी। क्या हूँ मैं तुम्हारी?'

'यू आर माय लव, बेबी।'

'बेनाम का लव। सबकी नज़रों में मैं मिस्ट्रेस हूँ तुम्हारी... रखैल! पर तुम्हें क्या... बदनामी तो सिर्फ़ मेरी हो रही है।'

'मिताली, बात-बात पर ज़िद करना मुझे पसंद नहीं। क्या कमी की मैंने, हमेशा लॉयल रहा हूँ तुम्हारे लिए।'

'यह चोरी का रिश्ता है। तुम अकेले हो, कोई अपनी वाइफ़ तो छोड़ना नहीं। लोग दूसरी शादी करते ही हैं, रोनित... यह कोई क्राइम नहीं।'

खाने का स्वाद कसैला हो चुका था। रोनित को चुप देख मिताली का मूड और ख़राब हो गया।

'ठीक है, अगर मुझसे शादी नहीं करना चाहते तो आज से सब ख़त्म।'

मिताली खाना छोड़ बेडरूम में चली गई और रूम लॉक कर लिया। रोनित देर रात तक उसके बाहर आने का इंतज़ार करता रहा पर वो नहीं आई जैसे हर लड़ाई के बाद आ जाती थी और रोनित के गले लग उसे सॉरी बोल देती थी। रोनित का भी मूड ख़राब हो गया। उसने बेडरूम के दरवाज़े पर नॉक किया।

'मिताली, मैं घर जा रहा हूँ... गुड नाइट।'

उसे लगा, मिताली भागकर दरवाज़ा खोलेगी और उसे रोकेगी, पर ऐसा नहीं हुआ। दरवाज़े के पीछे से मिताली की रुँधी हुई आवाज़ आई, 'गुड नाइट, मिस्टर पटेल।'

रोनित उसकी नाराज़गी समझ गया। मिस्टर पटेल वो तभी बोलती थी जब या तो पब्लिक प्लेस में हो या बेहद नाराज़ हो। उसने अपनी कार की चाबी उठाई और फ्लैट से बाहर निकल गया।

मिताली ने थोड़ी देर बाद उठकर खिड़की से नीचे झाँका। पार्किंग लॉट में रोनित अपनी कार की तरफ़ जाता दिखा।

"मिताली, मैं घर जा रहा हूँ..." यह बात मिताली के दिल में चुभ गई। तो क्या यह घर नहीं था, जहाँ मिताली रह रही थी वो रोनित के लिए घर नहीं था!

मिताली की आँखों से आँसू टपक पड़े, *क्या नहीं किया रोनित, मैंने तुम्हारे लिए! सब दाँव पर लगा दिया, पर तुम मुझसे छुपकर ही रिलेशन रखना चाहते हो। अब और नहीं, अगर मैं यूँ कमज़ोर पड़ती रही तो जैसे एक साल निकला,*

सारी उम्र निकल जाएगी। मुझे कोई फ़ैसला करना होगा। मैं रूठने-मनाने के खेल से थक चुकी हूँ।

मिताली के चेहरे पर दृढ़ता दिखने लगी और उसकी आँखों में अलग से भाव उभर आए। फ्रिज से रेड वाइन की बोतल निकाल उसने ग्लास भर लिया। बालकनी में रखे झूले पर इत्मीनान से बैठकर वो आसमान को ताकने लगी। ख़ामोश रात जैसे उसके साथ और ख़ामोश हो चली थी। दूर सड़क पर आती-जाती गाड़ियाँ ऐसी दिख रही थीं जैसे कई रोशनियाँ मैराथन कर रही हों। ऐसे ही विचारों की दौड़ उसके दिमाग में भी चल रही थी।

यूँ कई बार जब साथ मुकम्मल न मिले तो अकेलापन भी कम ख़ूबसूरत नहीं होता। सारी रात मिताली सोचती रही और वाइन का सुरूर उसके दर्द को पीता गया।

अगले दिन मिताली ने रोनित का दिया फ्लैट छोड़ दिया। चाबी गार्ड को देकर उसने रोनित को एक मैसेज किया- *चाबी गार्ड के पास है। जो था, बहुत ख़ूबसूरत था... जितना साथ दिया आपने, उसका शुक्रिया।*

रोनित उसके यूँ अचानक चले जाने से नाराज़ हो गया और उसने भी मिताली को फ़ोन नहीं किया। मिताली अपना सामान लेकर संयोगिता के घर जा पहुँची।

संयोगिता उसे सुबह-सुबह देखकर चौंक गई, 'ये सामान... क्या हुआ? अचानक?'

'अंदर आ जाऊँ?'

संयोगिता एक साइड हो गई। मिताली अपने दो बैग लेकर अंदर आ गई। सोफ़े पर अपना पर्स फेंकते हुए बोली, 'एक-दो दिन रुकने दे, यार। जल्दी ही अपना घर देख लूँगी।'

'साली, तेरा ही घर है... हुआ क्या वो बता।'

'पहले कॉफ़ी पिला। सब बताती हूँ।'

संयोगिता कॉफ़ी बनाने किचन में घुस गई। मिताली संयोगिता के बिखरे हुए सामान को सेट करने में लग गई। मन में तूफ़ान था, पर मिताली ऊपर से बेहद शांत दिखाई पड़ रही थी।

थोड़ी देर में संयोगिता कॉफ़ी के दो मग और एक प्लेट में कूकीज़ लेकर कमरे में दाखिल हुई।

'अब बता क्या हुआ।'

'मैंने रोनित को छोड़ दिया।'

संयोगिता के मुँह से गरम कॉफ़ी बाहर निकलते-निकलते बची। 'छोड़ दिया? पर क्यों?'

'वो हमारे रिश्ते को नाम नहीं देना चाहता था। वो इस छुपे हुए रिश्ते में ही कम्फ़र्टेबल था।'

संयोगिता कुछ नहीं बोली। मिताली ने एक बिस्किट कॉफ़ी में डुबोया।

'यार, बहुत सोचा मैंने। रात भर जगी रही। क्या कोई रिश्ता प्रेशर डाल के बनाया जा सकता है? उसे मेरे साथ शादी करने की इच्छा होती तो ख़ुद कहता, जैसे उसने अपने प्यार का इज़हार किया था। पर वो करना ही नहीं चाहता। फ़ैमिली, बच्चे... न जाने कितने बहाने हैं उसके पास।'

'हम्म... यार, मुझे तो पहले ही लगता था। ये लोग बहुत प्रैक्टिकल होते हैं। इनके लिए प्यार भी एक बिज़नेस डील ही होता है, हर जगह प्रॉफ़िट देखते हैं।'

मिताली ने धीरे से सिर हिलाया।

'अब? उसने कॉल नहीं किया मनाने को?'

'नहीं, अभी तक तो नहीं। कल रात गर्मागर्मी हो गई थी हमारे बीच। यार, मैं थक चुकी हूँ। क्यों मैं प्यार, रिश्ते और सहारे की उम्मीद करूँ? अब मैं आज़ाद हूँ। दर्द बहुत है... पर यह दर्द भी चला जाएगा धीरे-धीरे। बिना नाम के रिश्ते में रहने से अच्छा अकेले रहना है। अपने ब्रोकर को बोल कि एक वन बीएचके फ्लैट देखे मेरे लिए।'

'तू यहीं रह मेरे साथ। यह भी तो तेरा घर है।'

'यार, यह जगह बहुत दूर है ऑफ़िस से। जानती हूँ यह घर मेरा है, तूने हमेशा मेरा साथ दिया। बाकी तो अपने साथ, सिर्फ़ मैं ही बची हूँ। माँ-बाबा भी नाराज़ हैं मुझसे।'

जल्दी ही मिताली को डीएन नगर में चालीस हज़ार के किराये पर दसवें माले पर एक फुली फर्निश्ड फ्लैट मिल गया। ओपन किचन से लगा ठीक-ठाक सा हॉल और एक बेडरूम। बेडरूम के साथ बड़ी सी बालकनी।

संयोगिता की मदद से उसने अपना सामान जल्दी ही जमा लिया। बहुत सुकून महसूस हुआ मिताली को उस दिन... आख़िरकार सालों बाद वो एक ऐसी

जगह थी जो सिर्फ़ उसकी थी। जैसे वो पहली बार हॉस्टल गई थी, वही लाइफ़ फिर से। उसने संयोगिता को डिनर पर बुलाया। दोनों सहेलियाँ बातों में मशगूल थीं, कभी ख़त्म न होती बातों में... फिर मिताली फ्रिज से वाइन लाई और टेबल पर रखे ग्लास में सर्व की, दोनों ने ग्लास उठा लिए।

संयोगिता ज़ोर से चिल्लाई, 'टू लाइफ़, टू हैप्पीनेस... चियर्स!'

'चियर्स!'

मिताली ने जोश से कहा और एक ही साँस में पूरा ग्लास गले से नीचे उतार लिया।

'यार, मैं किसी अफ़सोस के साथ नहीं जीना चाहती। वो... बहुत कुछ खो चुकी हूँ। अब मेरे पास खुला आसमान है और हासिल करने को पूरा जहान।'

'चल तुझे अहसास तो हुआ, असली ख़ुशी ख़ुद के भीतर ही होती है, दूसरे की वजह से जो मिले वो ख़ुशी सामने वाले के मूड और नीयत पर डिपेंड करती है।'

मिताली ने अपने दोनों हाथ जोड़ संयोगिता को प्रणाम करने का नाटक किया। 'जी, गुरु माँ!'

उस रात मिताली और संयोगिता ने जमकर वाइन पी और बातें करते-करते वहीं फर्श पर सो गईं।

अगले दिन सुबह-सुबह विमल ने रोनित को बताया कि मिताली ने दस लाख रुपये अकाउंट में ट्रांसफर कर दिए हैं। ये वही दस लाख थे जो रोनित ने मिताली की हेल्प के लिए ट्रांसफर किए थे। जबसे मिताली गई थी, उसने रोनित को कोई कॉल नहीं किया था और न ही रोनित ने उसे।

रोनित कुछ नहीं बोला। वो मिताली की ज़िद और ख़ुद्दारी से वाकिफ़ था। उसकी ज़िंदगी में बहुत औरतें आईं और गईं। उसने किसी को इतना भाव नहीं दिया। पर मिताली सबसे अलग थी, उसमें कुछ बात थी। वो मिताली को मिस कर रहा था, फिर भी ख़ुद को कमज़ोर साबित नहीं करना चाहता था। वो सोचता था, जल्दी ही मिताली अपनी ग़लती मान कर उसके पास लौट आएगी। पर ऐसा नहीं हुआ।

आख़िरकार रोनित मजबूर हो गया। जब भी अकेला होता, मिताली का चेहरा उसकी आँखों के सामने आ जाता। उसके साथ बिताया वक़्त रोनित को

अकेला कर देता। शाम को उसने मिताली को फ़ोन मिला ही दिया। मिताली ने फ़ोन नहीं उठाया। न जाने कितने भाव आकर चले गए। रोनित को उसने बहुत प्यार किया था। जाने कैसे वो ख़ुद को रोके हुए थी...

बार-बार वो सोशल साइट पर रोनित की फ़ोटो देखती, अपने मोबाइल से उसका नंबर डिलीट करती और फिर सेव कर लेती... उसके पुराने मैसेज पढ़ती, उसके साथ बिताए पलों को याद करती।

फिर भी उसने सब ख़त्म करने की ठानी। वो कमज़ोर पड़ी तो वापस उसी बेनाम रिश्ते में जाना होगा। वो किसी कॉम्प्रोमाइज़ के मूड में नहीं थी।

उसने सोचा, *जिसे मेरी कद्र हो वो मेरे साथ रहे वरना मैं अकेली ठीक हूँ।*

उसके बाद रोनित ने कई बार उससे फ़ोन पर बात करने की कोशिश की, पर मिताली ने फ़ोन नहीं उठाया। गुस्से और चिढ़ में रोनित अपना आपा खोने लगा। उसका मन किया, इसी वक़्त मिताली से मिले और उसे ख़ूब सुनाए। पर कैसे पता चले कि वो है कहाँ? मिताली ने ख़ुद तक आने के सभी रास्ते बंद कर दिए थे। रोनित को कुछ नहीं सूझा। वो यही सोचता रहा कि कैसे एक झटके में मिताली उसे छोड़ गई।

मिताली ऑफ़िस में फ़ाइनल न्यूज़ रिपोर्ट फ़ाइल कर रही थी तभी अचानक बुलावा आया–*कोई मिलने आया है, बहुत ज़रूरी काम है।*

वो विज़िटर रूम में पहुँची तो विमल कुमार को देखकर चौंकी।

'विमल जी, आप ऑफ़िस क्यों आए?'

'मैडम, एक बार बॉस से बात कर लीजिए। आप फ़ोन नहीं उठा रहीं तो मुझे भेजा।'

'बात नहीं करना चाहती तभी तो फ़ोन नहीं उठाया। वो मेरा फ़ैसला जानते हैं।'

'मिताली जी, प्लीज़ एक बार बात कर लीजिए। वो काफ़ी परेशान हैं।'

मिताली विमल को बार-बार आग्रह करता देख नरम हुई। उसने धीरे से अपना सिर हिलाया। विमल ने फ़ोन मिलाकर मिताली की तरफ़ बढ़ा दिया और ख़ुद उठकर बाहर चला गया।

'जी, मिस्टर पटेल, क्या इमरजेंसी थी जो अपने पीए को मेरे ऑफ़िस भेजा?'

'मिताली, कबसे तुम्हारी आवाज़ सुनने को तरस रहा हूँ। यह क्या ज़िद है यार?'

मिताली भी उसको मिस कर रही थी, पर उसने ख़ुद पर काबू रख आवाज़ में तल्खी कायम रखी।

'रोनित, प्लीज़... मुझे मेरी ज़िंदगी जीने दो। मैं इस तरह छुप कर और ज़िंदगी नहीं बिता सकती। लगता था तुम मुझे बहुत प्यार करते हो, मेरे लिए दुनिया से लड़ सकते हो। पर नहीं, तुमने मुझे सिर्फ़ इस्तेमाल ही किया। वो प्यार हो ही नहीं सकता जिसे छुपाया जाए, नाम न दिया जाए। छुप के चोरी होती है। मैंने तुम्हारे लिए इतनी बदनामी मोल ली और तुम... बेदाग रहना चाहते हो।'

'मिताली, तुम मेरी फ़ैमिली सिचुएशन नहीं जानतीं।'

'सब समझ गई... इसलिए दूर हो गई हूँ। मुझे आपके पैसों से मतलब था, न रुतबे से। एक कनेक्शन फ़ील होता था... इसलिए जुड़ती चली गई। खैर, जो हुआ अच्छा हुआ। शायद इसी वजह से उस रिश्ते से बाहर निकल पाई, पर मेरी किस्मत में अकेले रहना ही लिखा था। इसी को जीना सीखूँगी...'

'सुनो, मिलकर बात करते हैं। इस तरह फ़ोन पर कुछ सॉल्व नहीं होगा।'

'सॉल्व क्या करना... आप शादी नहीं करना चाहते, न पब्लिक में इस रिश्ते को एक्सेप्ट करना। मैं छुपकर नहीं रहना चाहती। बात क्लियर। रास्ते अलग। बाय, मिस्टर पटेल!'

मिताली फ़ोन काट विज़िटर रूम से बाहर आ गई। विमल को मोबाइल थमाते हुए उसकी आँखें ख़ाली थीं। विमल चुपचाप फ़ोन लेकर चला गया।

मिताली बनर्जी और रोनित पटेल के बीच का ख़ूबसूरत रिश्ता, वीरान राहों की तरफ़ बढ़ चला था।

उस शाम रोनित का मूड बहुत ख़राब था। वो क्लब में एक कोने की टेबल पर बैठा स्कॉच के घूँट लेकर अपने अंदर की बेचैनी को मिटाने की कोशिश कर रहा था। वो सोच में उलझा हुआ था कि काले रंग की चमकती शॉर्ट ड्रेस में एक ख़ूबसूरत लड़की उसके पास आई।

'हाई। रोनित!'

रोनित ने उसे पहचाना। वो समीरा थी, चार साल पहले शादी के बाद अमेरिका चली गई रोनित की शॉर्टटाइम गर्लफ्रेंड।

'हाई ... समीरा?'

'यो मैन, तुम्हारी सामी!'

समीरा ने झुक कर रोनित को हग करते हुए चूम लिया और रोनित के पास वाली चेयर पर उससे सट कर बैठ गई।

'कब आईं अमेरिका से?'

'दस दिन हुए... बहुत मिस किया तुमको डार्लिंग।

'अकेली आई हो? हस्बैंड?

'वो अमेरिका ही है... अब ख़ाली बातें ही करते रहोगे...?' समीरा ने रोनित के गले में बाहें डाल दीं।

'ओह सॉरी। वेटर!' रोनित ने वेटर को इशारा किया। समीरा ने भी स्कॉच ही ली।

दोनों के बीच फॉर्मल बातें होने लगीं। समीरा ने बताया कि वो अमेरिका में मॉडलिंग कर रही है। रोनित को उसकी बातों में कोई इंटरेस्ट नहीं था पर उसके होने से रोनित के अकेलेपन को सहारा मिल गया था।

समीरा ने रोनित के गाल पर उँगली फिराई, 'बहुत हॉट लग रहे हो। कोई है पर्सनल लाइफ़ में आजकल?'

'थी... पर छोड़ गई।'

समीरा ने अपने होंठ रोनित के कानों से सटाए, उसकी शर्ट का ऊपर वाला बटन खोल उसके सीने पर हाथ फिराने लगी, 'ओह माय पुअर बॉय, नीड कंपनी फॉर टुनाइट?'

तीन पेग के बाद रोनित भी हाई था, समीरा उसे लगातार उकसा रही थी। उसने समीरा के सिर को हल्का सा झटका देकर उसके होठों पर अपने होंठ रख दिए और बाहें उसके जिस्म पर कस लीं।

3

जो न छूट पाए, वो इश्क़

अगले ही पल रोनित ने झटके से ख़ुद को समीरा से अलग कर लिया। नशे में होने के बावजूद वो मिताली को नहीं भूला था। समीरा उसके यूँ अलग होने से खीझ गई।

'व्हाट हैप्पेंड?'

'आई एम सो सॉरी। आई कांट डू दिस।' रोनित उठ गया।

समीरा ने एक ही घूँट में अपना ड्रिंक ख़त्म किया। रोनित के ऐसे रियेक्ट करने से उसका मूड बेहद ख़राब था। 'यू इंसल्टटेड मी। व्हाट्स योर प्रॉब्लम?'

रोनित ने उसकी तरफ़ देखा, फिर अपनी शर्ट का कॉलर ठीक किया। 'सॉरी समीरा! लगता है, मुझे सच में उससे प्यार है। अब किसी और की तरफ़ मेरे कदम नहीं उठते।'

रोनित वहाँ से चला गया। हैरान समीरा उसे देखती रह गई।

कार में बैठते ही रोनित ने मिताली को फ़ोन मिलाया। पर कॉल कनेक्ट न हुआ। 'अभी तक ब्लॉक्ड, बहुत ज़िद्दी हो, मिताली!'

रोनित को ड्राईवर की तरफ़ देख कुछ सूझा, 'देव, ज़रा अपना मोबाइल देना यार, और कार साइड में लगा दो।'

ड्राईवर देव ने चुपचाप पार्किंग लाइट जला कर कार एक तरफ़ पार्क की और मोबाइल रोनित को देकर कार से बाहर निकल गया। रोनित ने मिताली का नंबर डायल किया। कुछ देर घंटी जाने के बाद मिताली ने फ़ोन उठा लिया।

'हेलो!'

उसकी आवाज़ कान में पड़ते ही रोनित को जैसे राहत मिल गई हो। वो उस आवाज़ को अपने अंदर उतरता हुआ महसूस करने लगा। मिताली ने दोबारा हेलो बोला, तब रोनित के होंठ हिले।

'मिताली, प्लीज़ लौट आओ। मैं जी नहीं पा रहा हूँ। बहुत मिस कर रहा हूँ।'

रोनित की नशे में डूबी आवाज़ सुनते ही मिताली चौंकी, 'रोनित! तुम हाई हो?'

'मैं मर रहा हूँ, यार। मैं मर जाऊँगा, यार।'

रोनित की आवाज़ रुँध गई। मिताली कमज़ोर पड़ने लगी थी पर उसने ख़ुद को संभाल लिया।

'रोनित, मुझे अननोन नंबर्स से कॉल करना बंद करो। प्लीज़, इस बात को समझो, हम अलग हो चुके हैं।'

मिताली ने फ़ोन काट दिया पर रोनित को आराम आ गया था। उसने ड्राईवर को इशारा किया। देव वापस कार में बैठा और उसे घर की तरफ़ दौड़ा दिया। रोनित ने अपनी आँखें सुकून से बंद कर लीं।

मिताली को गए डेढ़ महीना बीत गया। लेकिन उसके साथ रोनित ने जो वक़्त बिताया था, वो इतना ख़ूबसूरत था कि चाहकर भी उसे भूल नहीं पा रहा था। फिर भूला उसे जाए जिसने कुछ ग़लत किया हो या दिल दुखाया हो... मिताली ने ऐसा कुछ नहीं किया था। वो जितनी कोशिश करता, मिताली की याद उसे और ज़्यादा जकड़ लेती। पिछले एक साल में वो मिताली की ज़िद से वाकिफ़ हो चुका था। मिताली ने उससे बातचीत के सारे रास्ते बंद कर दिए थे, फ़ेसबुक, ट्विटर, फ़ोन सब पर ब्लॉक कर दिया। केवल वॉट्सऐप पर ही उसे ब्लॉक नहीं किया था। वो दिन में कई बार उसकी तस्वीर देखता, उसके स्टेटस पढ़ता और उनसे मिताली उसे बहुत ख़ुश नज़र आती। रोनित ख़ुद को लाख

रोकने के बाद भी कई बार उसे वॉट्सऐप पर मैसेज कर देता जिसे वो बिना पढ़े ही डिलीट कर देती थी।

रोनित के बड़े बेटे राघव ने लोनावला में एक नया रिसोर्ट बनवाना शुरू किया था। बहू स्वीटी ने जुहू में अपने बुटीक की एक और ब्राँच खोली थी। सब अच्छा चल रहा था पर रोनित पटेल के मन में एक ख़ालीपन घर कर गया था। मिताली ने उसे जो दिया उसकी कमी अब वो उसके जाने के बाद महसूस कर रहा था। खलील जिब्रान ने सही कहा था–*बिछड़ने से पहले प्रेम क़भी अपनी गहराई नहीं जान पाता।*

उधर मिताली भी रोनित को मिस करती थी, पर रोनित के एटिट्यूड से उसे बहुत धक्का लगा। वो एक स्वाभिमानी महिला थी। ज़िंदगी को अपनी शर्तों पर सम्मान के साथ जीना चाहती थी। डीएन नगर के उस वन बीएचके फ्लैट में उसने सुंदर सी गृहस्थी जमा ली थी। पाछी उसके घर काम करने आने लगी थी। वो सुबह घर की साफ़-सफ़ाई करके मिताली के लिए नाश्ता बनाती और लंच पैक करके दे देती। ऑफ़िस से लौटकर मिताली अक्सर वर्सोवा बीच पर लंबी वॉक करने लगी थी। वो बीते कल से मुक्त एक ख़ूबसूरत ज़िंदगी जीना चाहती थी। अपने आप को मेंटली और फ़िज़िकली स्ट्राँग करने की पूरी कोशिश कर रही थी।

आज सुबह मिताली की आँख कुछ जल्दी खुल गई। उसने मोबाइल में देखा, सुबह के छह बज रहे थे। जनवरी का महीना था, इसलिए मुंबई की हवा में थोड़ी ठंड घुली हुई थी। अभी तक अँधेरा था, उसने दोबारा सोने की कोशिश की, पर नींद आँखों से दूर रही। कुछ देर करवटें बदलने के बाद उसने फिर मोबाइल उठाया... कई मिस्ड कॉल्स और ढेरों मैसेजेज़ आए थे। आज का दिन ख़ास था क्योंकि आज तेरह तारीख थी... मिताली का जन्मदिन!

अपने जन्मदिन का उसे साल भर इंतज़ार रहता था। मिताली ने ठंडी आह भरी, पिछला जन्मदिन याद आ गया। वो 12 तारीख को संयोगिता के साथ

शॉपिंग करके देर रात घर लौटी तो दरवाज़ा खोलते ही हैरान रह गई थी। पूरा घर गुलाब और ऑर्किड के फूलों से भरा था। जगह-जगह तोहफे रखे थे जिन्हें वो अपना पर्स और मोबाइल एक तरफ़ रख खोलने लगी। घड़ी में बारह बजते ही दरवाज़े पर बेल बजी। मिताली ने दरवाज़ा खोला तो देखा, हाथों में एक केक बॉक्स लिए रोनित मुस्कुरा रहा था। उसने मिताली के माथे को चूमा।

'हैप्पी बर्थडे, माय क्वीन!' मिताली की आँखें ख़ुशी से चमक उठीं। उसने रोनित को गले से लगा लिया।

'थैंक्स डार्लिंग! इतना बड़ा सरप्राइज़? तुमने तो बोला, जर्मनी से अगले वीक आओगे। पता है, मैं कितनी उदास थी कि मुझे तुम्हारे बिना अपना बर्थडे मनाना होगा।'

'मैं अपनी बेबी को उदास कैसे देख सकता हूँ?'

रोनित ने केक टेबल पर रखा और कैंडल्स जला दीं। एक और छह नंबर की कैंडल देखकर वो हँस पड़ी।

'सिक्सटीन? मैं छत्तीस की हो गई हूँ, डार्लिंग!'

'तुम सिक्सटीन की लगती हो, हनी!'

मिताली के चेहरे पर एक गुलाबी हँसी आ गई। उसने फूँक से कैंडल्स बुझाईं, केक का पहला टुकड़ा रोनित को खिलाया।

'चलो, अब अपने गिफ्ट्स खोलकर देखो। बहुत टाइम लगा तुम्हारे लिए शॉपिंग करने में।'

'रोनित, इतने सारे गिफ्ट्स क्यों लाए? मेरे लिए तो तुम्हारा आज रात आ जाना ही सबसे बड़ा गिफ्ट है।'

'जगह नहीं थी, वरना और लाता। इतने साल तुमसे दूर रहा, उन सभी सालों के बर्थडे गिफ्ट्स हैं।'

मिताली इतराती हुई उसकी गोद में आकर बैठ गई, 'बाकी गिफ्ट्स कल खोलेंगे, अभी तो मुझे अपना सबसे कीमती गिफ्ट खोलकर देखना है।'

उस रात को याद करके मिताली की आँखें नम हो गईं। वो उसकी लाइफ़ का

सबसे ख़ूबसूरत बर्थडे था... और आज वो अकेली है। मिताली ने दोबारा सोने की कोशिश की। बार-बार उसे रोनित का ध्यान आता और वो दुखी हो जाती। अब तक उसका मन यह बात स्वीकार नहीं कर पाया था कि उसे फूलों की तरह सहेजने और प्यार करने वाला रोनित उसके रिश्ते को नाम देने की बात से अलग हो गया। अपना ध्यान रोनित से हटाने के लिए मिताली ने अपने सिर को हल्का झटका दिया।

मिताली सोचने लगी—*जो बीत गया, वो अच्छा था। आगे पॉसिबल नहीं सो अब साथ नहीं... क्यों सोचकर दुखी हो, बेबी? आज तुम थर्टी सेवन ईयर्स की हो गई हो। तीन साल हैं हाथ में। चालीस की होने से पहले तुम्हें ख़ुद का बिज़नेस न्यूज़पेपर स्टार्ट करना है। ख़ुद से किया वादा याद है न!*

मिताली बिस्तर से उठ खड़ी हुई। अपने बालों को लपेट जूड़ा बनाया। बाथरूम जाकर मुँह पर पानी के छींटे मारे, गौर से अपने चेहरे को शीशे में देखा और मुस्कुराते हुए ख़ुद की तरफ़ एक किस उछाली।

'हैप्पी बर्थडे टू मी!'

'टिंग-टोंग!' डोर बेल की आवाज़ से मिताली का ध्यान टूटा। 'इतनी सुबह कौन होगा?'

उसने अलसाए हुए जैसे ही दरवाज़ा खोला, 'हैप्पी बर्थडे टू यू' की बहुत सारी आवाज़ें उसके कानों में पड़ीं। मिताली के माँ-बाबा, संयोगिता और पाछी दरवाज़े पर खड़े थे। हाथों में केक, बुके और तोहफे लिए। मिताली को एक बार तो अपनी आँखों पर यकीन ही नहीं हुआ। माँ-बाबा से एक साल से उसकी बोलचाल बंद थी। मिताली अवाक रह गई।

'अंदर आ जाएँ या दरवाज़े पर ही केक काटोगी?' माँ की आवाज़ से उसकी तन्द्रा टूटी। मिताली की माँ ने उसे गले लगा लिया।

मिताली पीछे हट गई और सबको अंदर आने का रास्ता दिया, फिर झुककर माँ-बाबा के पैर छुए और संयोगिता को गले से लगा फुसफुसाई, 'इन्हें तूने बुलाया ना?'

संयोगिता ने मिताली को आँख मारी और केक डाइनिंग टेबल पर रख दिया। पाछी माँ-बाबा का सामान उठाकर अंदर वाले कमरे में चली गई। मिताली एक

साल बाद अपने पेरेंट्स को देखकर सहज नहीं थी। उसे समझ में नहीं आ रहा था कि उनसे क्या बात करे। वो माँ की तरफ़ देखकर बुदबुदाई, *माँ ने बालों को डाई करना छोड़ दिया, काफ़ी सफ़ेद बाल दिखने लगे हैं।*

लाल गाजरी रंग की ताँत की साड़ी में माँ वनलता उसे कमज़ोर नज़र आईं। मिताली ने बात शुरू करने की कोशिश की, 'आप लोग चाय लेंगे या कॉफ़ी?'

संयोगिता सोफे पर पसर गई, 'इतना फॉर्मल क्यों हो रही है, यार। पाछी, कॉफ़ी बना ले और चीनी अलग से लाना।'

माँ-बाबा उठकर मिताली के घर का मुआयना करने चले गए और वो संयोगिता के पास सोफे पर ही बैठ गई। पाछी ने कॉफ़ी लाकर सेंट्रल टेबल पर रख दी। माँ-बाबा अंदर के कमरे से आकर सामने रखे सोफे पर बैठ गए और कॉफ़ी के मग उठा लिए। एक सिप लेकर बाबा ने मिताली से नज़रें मिलाईं।

बाबा बहुत कमज़ोर दिख रहे थे। मिताली के बाबा सुजॉय बनर्जी कोलकाता में सोशियोलॉजी के प्रोफ़ेसर थे। उन्हें रिटायर हुए चार साल हो गए थे। इकलौती होने के कारण मिताली हमेशा से अपने पेरेंट्स के बहुत क्लोज़ थी। वो उसके माँ-बाबा कम, दोस्त ज़्यादा थे।

पिछले एक-डेढ़ साल में जो भी उसकी लाइफ़ में घटा, उसमें उसे अपने पेरेंट्स का सपोर्ट नहीं मिला। इस वजह से उनके रिश्ते में कड़वाहट आ गई थी। वो अपने माँ-बाबा से दुर हो गई थी। मिताली एक्सट्रीमिस्ट थी, इसलिए उसने अपने पेरेंट्स के ख़ुद तक पहुँचने के सारे रास्ते बंद कर दिए थे। गुज़रते वक़्त के साथ रिश्तों पर जमी बर्फ पिघलने लगी थी। वो दोनों मिताली को बहुत याद करते थे, संयोगिता को फ़ोन करके मिताली को समझाने को कहते। एक-दो बार संयोगिता ने इस बारे में बात करने की कोशिश भी की।

लेकिन मिताली ने साफ़ बोल दिया था, 'देख सैंडी, जो मुझे और मेरे दर्द को न समझे, मुझे उनको दोबारा मौका नहीं देना। चाहे मेरे पेरेंट्स ही क्यों न हों! उनसे तो मुझे ज़्यादा उम्मीद थी कि वो यह समझें कि उनकी बेटी कभी ग़लत फ़ैसला नहीं लेगी। पर उन्होंने मुझे ही ग़लत ठहराया।'

तभी संयोगिता ने यह प्लान बनाया, पेरेंट्स जैसे भी हों, उन्हें मौका देना चाहिए। ख़ून के रिश्ते इतनी आसानी से नहीं भुलाए जा सकते। उसने सोचा,

मिताली के जन्मदिन पर उसे उसके माँ-बाप से फिर मिला दिया जाए। उनके बीच जो कड़वाहट है वो केक की मिठास से दूर की जाए।

मिताली की माँ अब तक चुपचाप बैठी थीं। अचानक उनके होंठ हिले, 'कोलकाता कब आएगी, मीतू?'

अरसे बाद माँ के मुँह से मीतू सुन मिताली का मन भीग गया। बाबा ने कॉफ़ी का ख़ाली कप मेज़ पर रखा और माँ की बात को आगे बढ़ाया, 'मीतू, तेरे बिना घर सूना है। हम कैसे जीते हैं यह हम ही जानते हैं। इतने लंबे समय तक कोई अपने माँ-बाबा से नाराज़ रहता है? बचपन में तो तू एक घंटा भी बोले बिना नहीं रहती थी और अब...' कहते-कहते उनकी आँखों के कोर भीग गए।

मिताली ने कभी उन्हें रोते नहीं देखा था। उसने बाबा के हाथों को थाम लिया, 'प्रोफ़ेसर साहब, इस बार होली पर पक्का घर आऊँगी और वनलता के हाथ से बना सरसों माछ खाऊँगी।'

मिताली प्यार से उन्हें प्रोफ़ेसर और माँ को वनलता बोलती थी। फिर से सब चुप हो गए। मन में शोर था और बाहर सन्नाटा। जब अपनों में दूरियाँ हो जाती हैं तो जहाँ पहले हज़ारों बातें होती हैं, वहाँ कहने को शब्द ही नहीं मिलते। संयोगिता यह समझ रही थी और माहौल को हल्का बनाए रखने की पूरी कोशिश कर रही थी। वो एकदम से खड़ी हो गई। 'चलो, अब केक काट लेते हैं।'

संयोगिता ने डिब्बे में से केक निकाल कर प्लेट पर रख दिया। 'पाछी, घर में मोमबत्ती है क्या?'

पाछी तुरंत किचन में घुस गई। बहुत ढूँढ़ने के बाद उसे एक मोमबत्ती मिली।

'एक ही मिली, दीदी!'

'गुड-गुड... एक ही काफ़ी है!'

संयोगिता ने मोमबत्ती केक पर लगाई और अपने पर्स में से लाइटर निकाल कर मोमबत्ती को जला दिया। मिताली की माँ उसका लाइटर देख हैरान हो गईं।

'तू लाइटर रखती है? उड़ी बाबा!'

'आंटी, मैं सिगरेट पीती हूँ तो रखना पड़ता है।'

इससे पहले कि वनलता कोई रिएक्शन देती, सुजॉय ने ताली बजाई।

'जल्दी केक काटो भाई, वरना मोमबत्ती पिघल जाएगी।'

मिताली ने फूँक मारकर कैंडल बुझाई और केक काटा। उसने केक का बड़ा सा पीस उठाया और माँ-बाबा को उसी में से खिला दिया। फिर वो संयोगिता को एक पीस खिलाते हुए धीरे से उसके कान की तरफ़ झुकी।

'तू मुझे अकेले चैन से नहीं जीने देगी। बॉयफ्रेंड गया तो वापस माँ-बाप को ले आई।' दोनों सहेलियाँ हँस पड़ीं।

'चल, अब तू अंकल-आंटी से बातें कर, मैं ऑफ़िस निकलती हूँ। डिनर पर मिलते हैं।'

संयोगिता के जाने के बाद मिताली अपने माँ-बाबा को देख धीमे से मुस्कुराई और उन्हें बताया कि उसको ऑफिस एक ज़रूरी मीटिंग के लिए जाना है। इतने लंबे अरसे के बाद वो अपनी बेटी के साथ वक़्त गुज़ारना चाहते थे पर मिताली मन-ही-मन सहज नहीं थी। रात को डिनर का वादा करके वो थोड़ी देर बाद ऑफिस को निकल गई।

ऑफ़िस पहुँचते ही स्टाफ ने उसका फूलों से स्वागत किया, उसके डेस्क पर केक काटा गया। ऑफ़िस की तरफ़ से एक बड़ा सा गिफ्ट पैक उसे दिया गया। आज मिताली काफ़ी हल्का महसूस कर रही थी।

सुबह के ग्यारह बज रहे थे। रोनित पटेल अभी भी बिस्तर पर लेटा हुआ था। आख़िरकार उसके पीए विमल को कमरे में आना पड़ा।

'सऊदी अरेबिया से आए डेलीगेट्स लंच पर इनवाइटेड हैं।'

'राघव को बोल दो, वो और स्वीटी अटेंड कर लेंगे। आई एम नॉट फ़ीलिंग वेल।'

विमल के चेहरे पर परेशानी के भाव उभर आए। मेड आकर दो कप कॉफ़ी रख गई। विमल ने रोनित की तरफ़ कप बढ़ाया।

'बॉस, आपका होना ज़रूरी है। पिछली बार स्विट्ज़रलैंड से आए डेलीगेट्स ख़ुश होकर नहीं गए। तबीयत ठीक नहीं तो डॉक्टर प्रकाश को कॉल करूँ?'

रोनित ने इनकार में सिर हिला दिया और शांत भाव से कॉफ़ी पीता रहा।

विमल फिर बोला, 'प्लीज़, थोड़ी देर के लिए आ जाइए।'

रोनित ने गहरी साँस ली। उसने इतना बिज़नेस फैला लिया था कि ख़ुद के लिए एक सुकून का पल नहीं बचा था। बच्चे इतने क़ाबिल हुए नहीं थे कि सब संभाल सकें।

'ठीक है। मैं एक बजे पहुँच जाऊँगा।

विमल जाने लगा तो रोनित ने उसे धीमे से पुकारा, 'विमल, आज मिताली का बर्थडे है।'

विमल ने ख़ामोशी से रोनित की आवाज़ में छुपी उदासी महसूस की।

'क्या करना है, बॉस?'

'मिलना चाहता हूँ उससे।'

रोनित परेशान होकर सिगरेट सुलगाने लगा। रोनित ने मिताली के जाने के बाद फिर से सिगरेट पीना शुरू कर दिया था।

'पर लास्ट टाइम उन्होंने आपसे बात करने से भी मना कर दिया था। ऐसे में क्या...'

'विमल, मैं क्या करूँ? तुम सब जानते-समझते हो। मिताली की ज़िद ने हमें दूर किया, पर उस जैसी पार्टनर मिलना मुश्किल। वो थी तो कुछ अलग ही बात थी मेरी लाइफ़ में।'

'अगर आप बुरा न मानें तो एक बात कहूँ, बॉस?'

रोनित ने अपनी गर्दन हामी में हिलाई।

'मिताली मैम ने कुछ गैर-वाजिब नहीं माँगा था आपसे। वो इस रिश्ते को नाम देना चाहती थीं। बहुत इंटेलेक्चुअल और डिसेंट लेडी हैं। उन्होंने आपको बिना किसी लालच के प्यार किया। आपकी शादी को राघव बाबा और माधव बाबा भी मान ही जाते। वैसे आप बॉस हैं। आपको किसी से पूछना नहीं, सिर्फ़ बताना है अपने फ़ैसले के बारे में। प्यार को निभाने में मुश्किल रास्ते पर तो चलना ही होता है। इसलिए अगर आप शादी का मन नहीं बना पा रहे तो उनको भूल जाइए। आपके कहने पर मैं उनके ऑफ़िस चला तो जाऊँगा, लेकिन वो फिर आपको कुछ बुरा-भला बोल देंगी। इससे आपको और मुझे, दोनों को दुख होगा।'

रोनित बड़ी गंभीरता से उसकी बात सुन रहा था, 'हम्म... तुम जाओ, मैं लंच पर पहुँचता हूँ।'

विमल के जाने के बाद उसकी कही बातें रोनित को कुरेदती रहीं। मिताली के पिछले जन्मदिन पर वो उसे सरप्राइज़ देने के लिए जर्मनी में अपनी ज़रूरी मीटिंग विमल के भरोसे छोड़ आया था। वो सारी दीवानगी, प्यार कैसे हवा हो गया? क्या वो मिताली को अपने घर में उसकी जगह देने की हिम्मत नहीं रखता। कई बातें उसके दिमाग में बार-बार आ रही थीं। वो कल रात से ही बहुत बेचैन था।

मिताली की चंचलता, गंभीरता, जीवन के लिए उसका उत्साह, इंटेलिजेंस सब पर वो दिल से फ़िदा था। जबसे मिताली गई थी, रोनित बहुत तकलीफ़ में था। उसके ईगो ने उसे मिताली को इग्नोर करने और कहीं दूसरी जगह मन लगाने की सलाह दी। वो कोशिश भी करता, पर जब वाकई में प्यार हो जाता है तो दुनिया की सारी ख़ूबसूरत चीज़ें मिलकर भी उस एक इंसान की जगह नहीं ले पातीं।

रोनित ने ख़ुद को बाथरूम की तरफ़ धकेला। उसने विमल से लंच से पहले पहुँचने का वादा किया था।

तैयार होकर रोनित ने मिताली को बर्थडे विश करने के इरादे से वॉट्सऐप खोला। यह क्या, मिताली ने उसे यहाँ भी ब्लॉक कर दिया? वो छटपटा उठा और सोचने लगा—*कहीं उसकी ज़िंदगी में कोई और आ गया हो। आ भी सकता है, वो इतनी ख़ूबसूरत और अच्छी है। मैंने उसे तकलीफ़ ही दी, उसे फिर से अकेला कर दिया।*

विचारों में डूबा हुआ वो कार में बैठ गया। ड्राइवर ने कार ऑफ़िस की तरफ़ दौड़ा दी। लगभग पौने एक बजे रोनित ऑफ़िस में था। उसने विमल को मिताली की पसंद के ऑर्किड भिजवाने को कहा और नाम लिखने से मना कर दिया। रोनित जानता था कि मिताली ऑर्किड देखकर ही समझ जाएगी।

दोपहर बाद प्यून छोटेलाल मिताली की टेबल पर ऑर्किड रख गया। किसी का नाम न देखकर मिताली समझ गई कि ये रोनित पटेल ने भेजा है।

मिताली को एकदम से बहुत तेज़ गुस्सा आया। वो सारे फूलों को नोच-नोचकर डस्टबिन में फेंकना चाह रही थी। पर ऑफ़िस में होने की वजह से वो ऐसा नहीं कर सकती थी। वो बड़बड़ाने लगी, 'आख़िर चाहता क्या है ये? अब क्यों मेरी ज़िंदगी से जाना नहीं चाहता?'

मिताली के मन में शोर मचा हुआ था। उसका किसी काम में मन नहीं लग रहा था। सामने रखे नीले ऑर्किड उसे बार-बार रोनित की याद दिला रहे थे। आख़िरकार दिल की ज़िद से मजबूर हो उसने रोनित को फ़ोन किया।

'क्यों फूल भेज रहे हो?'

'हैप्पी बर्थडे, डियर!'

मिताली ने उसकी बात को अनसुना कर दिया, 'मिस्टर पटेल, आप अच्छी तरह जानते हैं, मैं आपसे कोई बात नहीं करना चाहती।'

'मिताली, एक बार मिल लो प्लीज़। आज डिनर करते हैं।'

'मेरी लाइफ़ में और भी लोग हैं, मिस्टर पटेल! माँ-बाबा आज ही कोलकाता से आए हैं, उन्हें संयोगिता के साथ डिनर पर ले जाना है।'

'तो क्या आज अपने बर्थडे के दिन भी मुझसे नहीं मिलोगी?'

'बर्थडे में ऐसा क्या ख़ास है? इतने दिन आपको कभी मेरी परवाह हुई?'

'तुम्हारे ऑफ़िस के बाहर मेरी कार खड़ी है। प्लीज़, पाँच मिनट के लिए आ जाओ।'

'व्हाट! तुम बाहर हो? कब से?'

'एक घंटे से... तुम्हारे फ़ोन का ही वेट कर रहा था।'

'अगर मैं फ़ोन न करती तो खड़े रहते?'

'सारी ज़िंदगी... वैसे मुझे यकीन था कि तुम फ़ोन करोगी।' रोनित ने हँसते हुए कहा।

मिताली ने फ़ोन काट दिया। ऑफ़िस की दीवार पर लगी घड़ी साढ़े पाँच बजा रही थी। उसने गहरी साँस लेते हुए अपना पर्स ड्रावर से निकाल कंधे पर टाँगा। प्यून छोटेलाल को अपनी कार की चाबी देते हुए उसने सभी गिफ्ट्स और बुके कार में रखने को कहा। अपने बॉस को जल्दी जाने की बात बोलकर वो ऑफ़िस से बाहर निकली। उसकी धड़कनें बढ़ी हुई थीं। मेन गेट के दायीं तरफ़ पार्किंग में रोनित की ब्लैक बीएमडब्ल्यू उसे दूर से ही नज़र आ गई। वो तेज़ कदमों से चलती हुई उस तरफ़ बढ़ी। उसके मन में 'कोई देख न ले' वाला डर उतर आया था। रोनित कार में अकेला था। मिताली को देखकर वो कार से बाहर निकला और उसने मिताली की तरफ़ हाथ बढ़ाया लेकिन मिताली ने हाथ आगे नहीं किया। उसने रोनित को गौर से देखा। वो कुछ कमज़ोर और थका हुआ नज़र आ रहा था। मिताली कार का दरवाज़ा खोलकर अंदर बैठ गई। उसे देख रोनित भी अंदर बैठ गया।

'थैंक्स फॉर कमिंग।' रोनित इतना ही बोल पाया, फिर उसने गाड़ी स्टार्ट कर दी।

कुछ देर ख़ामोश रहने के बाद मिताली ने उसकी तरफ़ उड़ती सी नज़र डाली। 'इस तरह मेरे ऑफ़िस के बाहर खड़े होने का क्या मतलब है?'

'दीवाना हो चुका हूँ, यार!'

'मिस्टर पटेल, अब इन सब बातों का क्या मतलब रहा?'

'कोई और आ गया है तुम्हारी लाइफ़ में?

'मेरी पर्सनल लाइफ़ के बारे में जानने का हक आप खो चुके हैं।'

रोनित ने गहरी साँस ली। मिताली को रोनित को चिढ़ाने में मज़ा आने लगा था। वो उसे देख मन-ही-मन ख़ुश भी बहुत थी। मिताली के दिल का हाल 'दर्द भी तू, दवा भी तू' जैसा था। रोनित कुछ देर ख़ामोश रहा।

'हक तो खो चुका, पर यह जानना इसलिए ज़रूरी है कि अगर मैं तुमसे कोई दिल की बात कहना चाहूँ तो...'

मिताली ने उसकी बात बीच में ही काट दी, 'मुझे आपके दिल की बात जानने में अब कोई इंटरेस्ट नहीं बचा, मिस्टर पटेल।'

रोनित मिताली की टोन से खीझा, 'ये बार-बार मिस्टर पटेल क्यों बोल रही हो, यार!'

'क्योंकि आप वो नहीं जिससे मैं प्यार करती थी। अब कार सड़क पर ही दौड़ाते रहेंगे या कहीं रोकेंगे भी? मुझे लेट हो रहा है।'

'मेरे साथ कॉफ़ी भी नहीं पी सकतीं?'

'ओके... रोक लो कहीं, पी लेते हैं कॉफ़ी, अगर आपको मेरे साथ पब्लिक में देखे जाने का डर न हो तो!'

रोनित कुछ देर चुपचाप गाड़ी चलता रहा, फिर मिताली की तरफ़ देखा। मिताली का चेहरा सख़्त था, वो खिड़की से बाहर देख रही थी।

'मिताली, आई लव यू।'

मिताली ने झटके से घूम कर उसकी तरफ़ देखा।

'रोनित, जो हम दो महीने पहले छोड़ चुके हैं, उसे प्लीज़ दोबारा शुरू करने की कोशिश मत करो। मैं आपसे बहुत दूर जा चुकी हूँ।'

'मैं कुछ दोबारा शुरू नहीं करना चाहता, नया शुरू करना चाहता हूँ।'

मिताली ने रोनित की तरफ़ देखा, रोनित ने कार एक होटल के बरामदे में रोक

दी। लाल वर्दी पहने मूँछों वाले गार्ड ने मिताली की तरफ़ का दरवाज़ा खोला। मिताली बाहर आई। रोनित ने चाबी गार्ड को थमा दी और मिताली का सीधा हाथ धीमे से थाम लिया। मिताली ने कोई विरोध नहीं किया।

एक कोने में ख़ूबसूरत सी मेज़ के दोनों तरफ़ रखी कुर्सियों पर वो बैठ गए। मेज़ पर सुर्ख गुलाब फूलदान में सजे हुए थे। मिताली उनकी भीगी हुई पंखुड़ियों पर उँगली फिराने लगी। दोनों ख़ामोश रहे। पहले जब वो साथ होते तो एक मिनट के लिए भी चुप नहीं रहते थे और आज दोनों के बीच ख़ामोशी की दीवार खड़ी थी। वेटर जब मेनू कार्ड टेबल पर रखने लगा तो मिताली ने हाथ से उसे रुकने का इशारा किया।

'टू कैपुचीनो रेगुलर... ज़रा जल्दी।'

वेटर जैसे आया था वैसे ही उलटे पाँव लौट गया। मिताली फिर गुलाब की पंखुड़ियों से खेलने लगी। रोनित ने मिताली की तरफ़ गौर से देखा। वो रोनित से आँखें चुरा रही थी, इससे रोनित को उसे देखने में आसानी हो गई। गुलाबी रंग की फॉर्मल शर्ट और ब्लैक ट्राउज़र्स में वो पहले से बहुत ज़्यादा फ़िट नज़र आ रही थी। चेहरे पर उदासी और गुस्से का मिला-जुला रंग दिख रहा था। उसके बाल हमेशा की तरह जूड़े में बँधे हुए थे।

बात शुरू करने के लिए रोनित ने गला साफ़ किया, 'वेट कम कर लिया?'

मिताली ने चौंककर उसकी तरफ़ देखा और एक गहरी साँस छोड़ी, 'हाँ, छह किलो। अब सारा वक़्त मेरा है तो ख़ुद पर पूरा ध्यान दे रही हूँ। आप कमज़ोर दिख रहे हैं, जिम जाना छोड़ दिया?'

'हाँ, तुम्हारे जाने के बाद से बीमार हूँ।'

'क्या हुआ?'

'दिल टूट गया।'

'फिर वही बात, प्लीज़, मुझे इस बारे में कोई बात नहीं करनी। मैं बस आपके लिहाज़ में आई हूँ।'

रोनित ने मिताली के हाथ पर अपना हाथ रख दिया, 'कितनी ज़िद्दी हो तुम, मिताली! बिल्कुल याद नहीं आती मेरी? हर जगह से मुझे ब्लॉक कर दिया है।'

'याद आने से क्या होता है, रोनित? अपने मन को समझाना पड़ता है। जिसकी कोई मंज़िल न हो, मैं उस रास्ते पर नहीं चलना चाहती। यही ज़िद मुझे ज़िंदा रखे हुए है।'

रोनित चुप रहा। मिताली ने अपना पर्स उठाया, 'मैं अभी आती हूँ।' मिताली वॉशरूम की तरफ़ बढ़ गई।

रोनित क्यों आया है, वो इसकी वजह समझ नहीं पा रही थी। वो ख़ुद को कमज़ोर पड़ता महसूस कर रही थी। रोनित से मिलते ही वो उसकी बाँहों में झूल जाती थी और आज वो एक टेबल पर आमने-सामने फॉर्मल बैठे हुए थे। उसने गहरी साँस ली और ख़ुद पर काबू करने की कोशिश की। वो अब रोनित के सामने कमज़ोर नहीं पड़ना चाहती थी। मुँह धोकर उसने ख़ुद को संयत करने की कोशिश की।

वापस आकर उसने देखा तो टेबल पर एक छोटा सा केक रखा हुआ था। उस पर 17 नंबर की मोमबत्ती लगी थी। वो कुछ बोलना चाहती थी पर रोनित ने उसे चुप रहने का इशारा किया।

'हमारे प्यार की खातिर।'

'ये सब क्या है, रोनित? मुझे इरीटेट करना बंद करो प्लीज़। आख़िर तुम चाहते क्या हो?'

'सिर्फ़ एक मौका...'

रोनित ने कुछ इस तरह कहा कि मिताली ख़ामोश हो गई। उसने चुपचाप केक काटा। रोनित ने एक छोटा सा पीस उठाकर मिताली को खिला दिया। पर मिताली ने रोनित को केक नहीं खिलाया। रोनित को इस बात की कोई शिकायत भी नहीं थी क्योंकि वो जानता था कि उसने मिताली को बहुत तकलीफ़ दी थी... और गहरी मुहब्बत में शिकायत दूर होने में बहुत वक़्त लेती है। उसने ख़ुद एक टुकड़ा काटा और खा लिया। वेटर को इशारा करके उसने केक ले जाने को कहा। मिताली चुपचाप बैठी रही। कॉफ़ी आ गई थी। दोनों ने बिना कुछ बोले अपना-अपना कप उठा लिया।

रोनित बोल पड़ा, 'चियर्स!'

मिताली कुछ भी पीने से पहले हमेशा यही बोला करती थी। लेकिन आज मिताली ने रिस्पॉन्ड नहीं किया और चुपचाप अपनी कॉफ़ी का एक घूँट लिया। कुछ घूँट पीने के बाद उसे महसूस हुआ कि कॉफ़ी के कप में कुछ है। उसने चम्मच डाल उसे निकाला। वो एक रिंग थी। बड़ी ख़ूबसूरत सी डायमंड रिंग! चौंककर मिताली ने रोनित की तरफ़ देखा।

'सोचा था, इसे वाइन में डालूँगा पर तुम डिनर को राज़ी ही नहीं थीं... इसलिए कॉफ़ी में डाल दिया। सॉरी! मुझे ठीक से सरप्राइज़ देना भी नहीं आता।' रोनित ने हँसते हुए कहा और चम्मच से अँगूठी को उठाकर टिश्यू पेपर से साफ़ करके मिताली की तरफ़ बढ़ाया। 'मिताली बनर्जी, क्या तुम मुझसे शादी करोगी?'

मिताली को रोनित का यह रूप बिल्कुल समझ नहीं आ रहा था। वो एकदम बदला हुआ सा था।

'दो महीने तक तुम मुझसे बात नहीं करते... और फिर अचानक आकर शादी के लिए प्रपोज़ करते हो। कोई मज़ाक चल रहा है?'

'मैं बात करना चाहता था, लेकिन तुमने मुझे मौका नहीं दिया। मज़ाक नहीं है, बहुत सोच-समझ के बोल रहा हूँ। अब अगर तुमको मुझ पर भरोसा हो और तुम्हें किसी और से प्यार नहीं हुआ हो तो क्या तुम मुझसे शादी करोगी?'

जब वो रोनित के साथ अपने रिश्ते को ख़त्म मान चुकी थी, तब इस मरते हुए रिश्ते में फिर से धड़कनें शुरू हो गई थीं। मिताली के दिमाग में हज़ारों विचार आने लगे। रोनित से उसे कभी शिकायत नहीं रही सिवाय इसके कि वो रिश्ते को नाम नहीं देना चाहता था और आज वो पब्लिक प्लेस में बैठा उसे प्रपोज़ कर रहा था। उसने अपनी गर्दन को घुमाकर इधर-उधर देखा। आस-पास के टेबल्स पर बैठे कुछ लोगों की निगाहें उन पर थीं। मिताली के चेहरे पर खीझ साफ़ दिखाई दे रही थी।

'रोनित, मैं अब और कोई सेटबैक नहीं झेल सकती। प्लीज़, मज़ाक करना बंद करो। लोग देख रहे हैं! मैं अब तुम पर भरोसा नहीं करती।'

'मिताली, बहुत तड़पा हूँ तुम्हारे बगैर, अब तुम्हारे साथ जीना चाहता हूँ। तुम्हें तुम्हारा हक देकर। हमारे प्यार को एक नाम देकर।'

'अपनी फ़ैमिली से परमिशन ली?'

'मुझे परमिशन की ज़रूरत नहीं। बस उनको अपना फ़ैसला बताना है।'

मिताली की आँखें भीग गईं। उसे भरोसा नहीं हो रहा था कि रोनित इतना बदल गया। वो समझ नहीं पाई कि यहाँ रुके या उठ कर चल दे। रोनित ने आँखों से इशारा कर उससे मिन्नत की। मिताली उसकी आँखों में एकटक देखती रह गई। रोनित की आँखें डबडबा गईं। मिताली ने हौले से रोनित की तरफ़ अपना हाथ बढ़ाया। रोनित ने बड़े एहतियात से उसके हाथ को थामा मानो वो दुनिया की

सबसे कीमती चीज़ हो उसके लिए, फिर अँगूठी पहनाकर अपने माथे पर लगा कर उसे चूम लिया। आसपास की टेबल्स पर बैठे लोग उनको बधाई देने लगे। दोनों ने लोगों का हाथ जोड़ कर आभार जताया।

उसके बाद रोनित आकर मिताली के पास वाली कुर्सी पर बैठा और एक सेल्फी ली। मिताली हैरान थी, जो रोनित उसे कभी कोई फोटो साथ नहीं खींचने देता था, आज वो ख़ुद उसके साथ सेल्फी ले रहा है। रोनित ने अपना मोबाइल उसकी तरफ़ बढ़ाया।

'ये मेरी खींची पहली सेल्फी है। देखो ज़रा, कैसी आई है?' मिताली कुछ बोल न सकी, बस तस्वीर देखकर मुस्कुरा दी। रोनित ने उसके गाल पर धीमे से चपत लगाई।

'तुम्हें ऐतराज़ न हो तो यह फोटो ट्वीट कर मैं सबके सामने अपने इस रिश्ते को एक्सेप्ट करना चाहता हूँ।'

मिताली तो हमेशा से यही चाहती थी, उसने अपना सिर हाँ में हिला दिया। रोनित के उस फोटो को ट्वीट करते ही मिताली रोनित के गले से लग गई। इस बात को पाँच मिनट भी नहीं हुए कि रोनित और मिताली के फ़ोन बजने लगे। इस पर रोनित ने मोबाइल बंद किया और मिताली की तरफ़ देख मुस्कुराया, 'फिलहाल मैं सिर्फ़ तुम्हारे साथ रहना चाहता हूँ। लोगों को जवाब कल देंगे।'

'घर चलोगे, मेरे माँ-बाबा से मिलने?'

'हाँ, क्यों नहीं? चलो, पर मैं ठीक-ठाक लग रहा हूँ न? तुम्हारे पेरेंट्स मुझे रिजेक्ट तो नहीं कर देंगे?'

मिताली हँस पड़ी।

मिताली जब रोनित को लेकर घर पहुँची तो संयोगिता नीचे पार्किंग में ही उसका वेट कर रही थी। मिताली ने उसे फ़ोन करके रोनित के प्रपोज़ करने और घर आने की बात बता दी थी। वो जानती थी कि संयोगिता सारी सिचुएशन हैंडल कर लेगी, जिससे जितनी देर रोनित घर पर रहे, माँ-बाबा ठीक से बिहेव करें और कोई हंगामा न हो।

संयोगिता दोनों को देखते ही चिल्लाई, 'मुबारक हो!'

मिताली और रोनित ने एक साथ उसको थैंक्स बोला तो तीनों हँस पड़े। संयोगिता ने दोनों से हाथ मिलाया और तीनों लिफ्ट की तरफ़ चल दिए।

'यार, तू हमेशा कोई-न-कोई कांड करती है और मुझे बीच में डाल देती है फिर समझाने को। दिमाग ख़ाली हो गया मेरा, तेरे माँ-बाबा को समझाने में।'

'सिचुएशन कंट्रोल में है न?'

संयोगिता ने लिफ्ट में दस नंबर का बटन दबाया। 'हाँ, फिलहाल तो है।'

दरवाज़ा मिताली की माँ वनलता ने खोला। रोनित ने उनको नमस्ते की। वो हल्के से मुस्कुरा दीं। सुजॉय ड्रॉइंग रूम में बैठे थे। रोनित ने उनसे हाथ मिलाते हुए हालचाल पूछे। फिर सब बैठ गए, कमरे में पाँच लोग मौजूद थे पर एकदम शांत।

संयोगिता ने चुप्पी तोड़ने की कोशिश की, 'दुनिया में हंगामा मचा हुआ है, यार, और आप दोनों अपना फ़ोन ऑफ़ किए बैठे हो!'

'मेरी यह शाम सिर्फ़ मिताली की है.... और बड़ी धमाकेदार ख़बर से हंगामा तो होता ही है।' इस बात पर सब हँस दिए। मिताली के पेरेंट्स रोनित की उम्र देख सहज नहीं थे, लेकिन सहज दिखने की कोशिश कर रहे थे। रोनित ने मिताली को तैयार होने को कहा और ख़ुद संयोगिता के साथ उसके पेरेंट्स से बात करने लगा। वो सबको डिनर पर बाहर ले जाना चाहता था पर वनलता बोल पड़ीं, 'मैंने घर पर ही सरसों माछ और राइस बनाया है। सोचा, घर पर आराम से बातें होंगी।'

'यह बहुत अच्छा किया आपने। वैसे भी मैं बाहर खा-खा के बोर हो चुका हूँ। मिताली आपके बनाए खाने की हमेशा तारीफ़ करती है। कुछ हेल्प करनी हो तो बोलिए।'

'अरे नहीं, सब रेडी है।'

पाछी पानी लेकर आई और उसने रोनित को नमस्ते की। 'नमस्ते पाछी, आपकी बहुत तारीफ़ सुनी है मिताली से।'

पाछी अपनी तारीफ़ सुन शरमा गई। मिताली के आ जाने पर सबने साथ में डिनर किया। रोनित उनके साथ बहुत सहज रहा और बात-बात पर मज़ाक करता रहा। डिनर के बाद वो मिताली को लौंग ड्राइव पर ले गया। दोनों एक घंटे तक बैंड स्टैंड बीच के पास कार खड़ी करके देर तक समंदर को ताकते रहे।

'ऐसा लग रहा है जैसे पहली बार डेट पर आया हूँ। तुम्हारे माँ-बाबा के सामने बहुत शाई फ़ील कर रहा था। डर लग रहा था कहीं रिजेक्ट न कर दें।'

मिताली उसकी बात सुनकर खिलखिलाई। रोनित ने उसको करीब खींचा और दोनों के होंठ एक-दूसरे से मिल गए।

* * *

रोनित के घर पहुँचते ही राघव और स्वीटी ने उसे घेर लिया। राघव बहुत गुस्से में था, 'डैड, आप ये क्या कर रहे हैं?'

'वही जो मुझे अपने लिए सही लगा।'

'आपको हमारा ख़याल नहीं आया और न फ़ैमिली रेप्युटेशन का।'

'मिताली से शादी करने पर मेरी रेप्युटेशन बढ़ती है। अगर तुम्हारी कम होती है तो तुम अलग हो जाओ मुझसे और अपनी ज़िंदगी के डिसीज़न लेने के लिए मुझे तुमसे पूछने की ज़रूरत नहीं, बाबा।'

राघव को चुप रहने का इशारा कर स्वीटी बोल पड़ी, 'पर डैड, आपको हमें एक बार बताना तो चाहिए था। कितना एम्बेरेसिंग है।'

रोनित ने स्वीटी की तरफ़ ध्यान से देखा फिर अपना कोट उतार कर रखा और सोफे पर बैठ गया। राघव और स्वीटी उसके सामने खड़े रहे। दोनों के चेहरे गुस्से से तमतमा रहे थे। रोनित ने एक गहरी साँस ली।

'स्वीटी बेटा, जब तुमने और राघव ने शादी की थी तो बताया था? भवानी बिल्कुल ख़ुश नहीं थी, फिर भी मैंने शानदार रिसेप्शन दिया और आज तुम मुझे सही-ग़लत बता रही हो? सबको अपनी लाइफ़ जीने का हक है। मैंने तुम सबको यह हक दिया, बिना किसी इंटरफिरेंस के। मुझे मिताली के साथ की ज़रूरत है इसलिए उसके साथ शादी कर रहा हूँ। इससे ज़्यादा न मैं कुछ कहना चाहता हूँ, न सुनना।'

रोनित उठकर अपने कमरे की तरफ़ बढ़ गया। राघव और स्वीटी का मुँह उतर गया था।

मिताली के लिए यह सब खोकर दोबारा पाने जैसा था। आख़िरकार उसका प्यार जीत गया। हर जगह से उसे बधाइयाँ मिल रही थीं। इतने बड़े बिज़नेस टाइकून की बीवी बनना बहुत बड़ी बात थी। रोनित भी अपने घर में चल रही नाराज़गी के बावजूद मिताली को दोबारा अपनी ज़िंदगी में पाकर बहुत ख़ुश था।

शादी की तारीख़ 13 मार्च फिक्स हुई। मिताली के लिए तेरह तारीख़ लकी थी। रोनित दिल से अपने रिश्ते को दूसरे पड़ाव पर ले जाने को तैयार था। अब दोनों अपनी ही दुनिया में मगन थे, सोशल मीडिया की ट्रोलिंग से बेअसर, वैसे बधाई देने वाले भी कम नहीं थे।

रोनित और मिताली की शादी एक सादे समारोह में हुई जहाँ गिनती के गेस्ट मौजूद थे। लाल रंग की बनारसी साड़ी में मिताली बहुत ख़ूबसूरत लग रही थी। रोनित ने गहरे नीले रंग का कुरता और सफ़ेद पाजामा पहना था। कुरते पर चाँदी की ज़री का काम किया हुआ था। सिर पर महरून राजस्थानी पगड़ी बाँधे हुए रोनित किसी लिहाज़ से मिताली से कम नहीं लग रहा था। संयोगिता मिताली के माँ-बाबा के साथ मेहमानों के बीच थी।

हमेशा सूट में रहने वाला विमल कुमार भी आज कुरते-पाजामे में था। राघव और स्वीटी शादी में शामिल नहीं हुए। रोनित ने भी उनके आने में कोई दिलचस्पी नहीं दिखाई। मीडिया को भी शादी के समारोह से दूर रखा गया था। शादी की सारी रस्में हिंदू रीति-रिवाज़ से हुईं। रोनित ने मिताली की माँग भरते हुए उसके गाल को छुआ।

'बीवी, हमेशा ख़ुश रखूँगा आपको।' उसकी इस बात पर मिताली हँस पड़ी।

शादी के तुरंत बाद दोनों यूरोप टूर पर जाने वाले थे। रोनित ने वहाँ से लौटने के बाद रिसेप्शन प्लान किया था। विमल ने पूरे बंगले में रोशनी लगवाई। मिताली को लेकर रोनित जब घर पहुँचा तब राघव और स्वीटी कमरे से बाहर भी नहीं

आए। रोनित मिताली को बेडरूम में ले गया। राघव और स्वीटी के रूखे व्यवहार से मिताली का मन दुखी था, रोनित यह समझ गया।

उसने मिताली से कहा, 'हम साथ ख़ुश हैं, यह सबसे बड़ी बात है। चलो, चेंज कर लो।'

उसके कपड़े और सामान रोनित ने पहले ही मँगवा लिए थे। अलमारी से एक गाउन लेकर वो बाथरूम में घुस गई। उसके आने तक रोनित भी नाइट सूट पहन चुका था। रोनित उसके कदमों के पास बैठा और उसे एक ख़ूबसूरत सा ज्वेलरी बॉक्स दिया। मिताली ने बॉक्स खोला। उसमें एक एक्सपेंसिव डायमंड नेकलेस था। रोनित ने उसे मिताली को पहना दिया।

'सॉरी रोनित! मैं तुम्हारे लिए कोई गिफ्ट नहीं लाई।'

'तुम वापस मेरी ज़िंदगी में आ गईं, इससे कीमती क्या गिफ्ट दे सकती हो!' रोनित ने उसे अपनी बांहों में भर लिया।

अगले दिन उनकी पेरिस की फ्लाइट थी। दोनों जल्द ही एक-दूसरे की बाँहों में सो गए।

यूरोप में सबसे पहले वो फ्रांस गए। मार्च में भी सर्दी पूरे शबाब पर थी तो दिन छुपने तक वो होटल के कमरे में लौट आते। उन्होंने पेरिस के बाद लंदन, बेल्जियम, जर्मनी और कई छोटे-छोटे देशों की सैर की। लगभग पूरा यूरोप उन दोनों ने छान मारा। मिताली जितनी फ़न लविंग थी, रोनित भी उतना ही ज़िंदादिल था। वो हर बात में उसका साथ देता।

रोनित मिताली की ख़ुशी के लिए सब करता। उसे बार-बार सरप्राइज़ देता। ट्रैवल, शॉपिंग और रोमांस में दस दिन कैसे बीते, पता नहीं चला। इंडिया आने के बाद उनका रिसेप्शन था। मिताली के माँ-बाबा भी कोलकाता से आए थे। मिताली बहुत निखर गई थी। उसका रंग और ज़्यादा खिल गया था। मिताली के लाख मना करने के बावजूद रोनित ने बहुत बड़े लॉन में शानदार सेट लगवाया। महरून रंग के इंडो-वेस्टर्न आउटफ़िट में मिताली बहुत ख़ूबसूरत लग रही थी। रोनित ने मैचिंग रंग की शेरवानी पहनी थी।

तेरी ओर तेरी ओर हाय रब्बा गाने पर दोनों ने स्टेज पर डांस किया, जिसके लिए अपने हनीमून के दौरान दोनों ने ख़ूब प्रैक्टिस की थी। बिज़नेस वर्ल्ड और

बॉलीवुड की बड़ी-बड़ी हस्तियाँ, पत्रकार, बड़े सरकारी अफसर, मिताली के ऑफ़िस का पूरा स्टाफ सब रिसेप्शन में इनवाइटेड थे। राघव और स्वीटी बेमन से मेहमानों की आवभगत में लगे हुए थे। संयोगिता मिताली के पेरेंट्स के साथ खाने-पीने में बिज़ी थी। पार्टी पूरे शबाब पर थी। सबसे पर्सनली मिलने के बाद रोनित मिताली को ख़ास तौर पर बनाए गए मुग़ल स्टेज पर ले आया। दोनों अभी वहाँ बैठे ही थे कि एक ख़ूबसूरत नौजवान स्टेज पर आया। उम्र 27 साल, कद पाँच फ़ुट नौ इंच, गोरा रंग, ब्रिटिश स्टाइल की दाढ़ी, हल्के घुँघराले बाल जो कहीं-कहीं पर गोल्डन रंगे हुए थे, जिम में तराशी हुई बॉडी। काले रंग की शेरवानी में वो जँच रहा था, गर्मजोशी से रोनित के गले लगा।

'हे डैड, कांग्रट्स! यू हैव गोट अ गॉर्जियस वाइफ़।'

'मैडी! व्हाट अ प्लीज़ेंट सरप्राइज़! तुमने बोला था, तुम नहीं आ पाओगे।'

'ओ डैड, आपके लिए तो मैं कहीं भी, कैसे भी आ सकता हूँ!'

'मिताली, मीट माय यंगर सन, माधव...। मैडी, माय ब्राइड मिताली।'

मिताली उसकी तरफ़ देखकर मुस्कुराई। माधव ने मिताली की तरफ़ हाथ बढ़ा दिया।

'कांग्रेट्स, मिताली!'

'थैंक्स, माधव!'

माधव ने रोनित और मिताली की तरफ़ देखा और थोड़ा रूखेपन से बोला, 'बट रिमेम्बर, यू कांट रिप्लेस माय मॉम।'

मिताली को उसका एटिट्यूड बुरा लगा। पर वो जानती थी कि उन दोनों ने जो कदम उठाया है उसे स्वीकार करना, रोनित के जवान बच्चों के लिए आसान नहीं होगा। रोनित ने मिताली का हाथ थाम लिया, मिताली ने मुस्कुरा कर नॉर्मल दिखने की कोशिश की।

माधव स्टेज से उतरने से पहले मिताली के कान में फुसफुसाया, 'बाय द वे यू आर सो हॉट। माय डैड हेस ग्रेट टेस्ट फॉर वुमन।'

माधव स्टेज से उतर कर मेहमानों की भीड़ में खो गया। मिताली का मूड ख़राब सा हो गया, उसे माधव की नज़र और बातचीत का तरीका पसंद नहीं आया था।

4

रेशमी सुबह, नरम अँधेरे

बांद्रा में 7, पटेल विला अब मिताली बनर्जी का नया एड्रेस था। इसमें बहुत से कमरे थे और ओपन टेरेस के अलावा बड़ा लॉन, जिम, स्विमिंग पूल, इंडोर बैडमिंटन कोर्ट और मिनी थिएटर भी था। रोनित पटेल के बेडरूम का इंटीरियर पूरी तरह से बदल कर मिताली के टेस्ट का बना दिया गया था। पिस्ता रंग से रंगी दीवारें, मैचिंग परदे व फर्नीचर और रविंदर नाथ ठाकुर की पेंटिंग्स। शादी को पंद्रह दिन ही बीते थे, पर ये दिन एक ख़ूबसूरत सपने की तरह थे। रोनित इस सपने को हकीकत बनाए रखने के लिए कोई भी कीमत चुकाने को तैयार था। मिताली की ऊर्जा और प्रेम से उसको युवा होने का अहसास होता था। मिताली प्रेमिका और बीवी होने के साथ-साथ उसकी बहुत अच्छी दोस्त और सलाहकार भी थी। एक कंपलीट पैकेज!

रिसेप्शन पार्टी देर तक चली थी। इसके बावजूद मिताली की नींद जल्दी खुल गई। लिहाज़ा नींद पूरी न होने की वजह से उसका सिर थोड़ा भारी था।

उसने करवट बदल कर सोने की कोशिश की, पर नींद नहीं आई। कुछ देर पिछले दिनों की मीठी याद में खोए रहने के बाद वो उठी। बगल में सोया रोनित एक मासूम बच्चे सा लग रहा था। मिताली के होंठों पर मुस्कुराहट आ गई। उसने धीरे से रोनित को चूमा और बिस्तर से नीचे उतर कर खिड़की का पर्दा खिसका दिया। ईस्ट फेसिंग बेडरूम में धूप चमक उठी, रोनित कुनमुनाया।

'जानू, पर्दा डालो, सोना है मुझे।'

'उठो हनीमून ओवर, इट्स एक्सरसाइज़ टाइम।'

रोनित ने कम्बल से मुँह ढक लिया, 'यार, रात भर सोने नहीं देती हो। कल से एक्सरसाइज़।'

मिताली रोनित के ऊपर बैठ गई, 'झूठे, मैं नहीं सोने देती?'

'अच्छा-अच्छा सारी ग़लती मेरी, आओ, सो जाते हैं।'

रोनित ने मिताली को जकड़ा तो उसने रोनित से ख़ुद को छुड़ाया और उठ कर वापस पर्दा खींच दिया।

शादी के ख़ुमार में मिताली ने एक्सरसाइज़ और डाइटिंग बिल्कुल छोड़ दी थी। हनीमून में दोनों ने जमकर खाया-पिया और अब सारी मस्ती उसके बदन पर चर्बी बन के नज़र आने को थी। मिताली ने आज और अभी से एक्सरसाइज़ दोबारा शुरू करने का मन बनाया और किचन में जाकर अपने लिए ब्लैक कॉफ़ी बनाई।

कॉफ़ी पी कर वो फ़र्स्ट फ्लोर पर बने जिम के दरवाज़े पर पहुँची ही थी कि वहाँ माधव को देख ठिठक गई। माइकल जैक्सन का सौंग 'जस्ट बीट इट' फुल वॉल्यूम में बज रहा था। उसका मन किया कि लौट जाए। वो मुड़ने ही वाली थी कि माधव ने उसे देख लिया। वो अपने डंबल्स को स्टैंड पर रखते हुए मुस्कुराया, फिर रिमोट को उठाकर गाने का वॉल्यूम कम किया।

'हे गुड मॉर्निंग मिताली, कम इन।'

मिताली बिना कुछ बोले अंदर आ गई। माधव ने शेकर उठाया और शेक करने के बाद प्रोटीन ड्रिंक का एक घूँट लिया। मिताली कल रात की बात से उससे नाराज़ सी थी। उसे समझ नहीं आ रहा था कि रोनित के बच्चों से, जो उससे ज़्यादा छोटे नहीं थे, कैसे डील करे।

मिताली अपने बालों का ऊँचा जूड़ा बनाकर ट्रेड मील पर रनिंग के लिए चढ़ गई। उसने माधव को कनखियों से देखा। वो ब्लैक कलर की कट स्लीव टी-शर्ट

में था और उसका पूरा बायाँ हाथ टैटू से भरा हुआ था। सीधे हाथ पर हिंदी में 'माधव' नाम का बड़ा सा टैटू बना हुआ था। उसके सीने पर एक मोरपंख का टैटू झाँक रहा था। मिताली ने सोचा, *टैटू की दूकान है*।

माधव चुपचाप अपना वर्कआउट करता रहा। पंद्रह मिनट की रनिंग में मिताली पसीने-पसीने हो गई थी। उसकी गुलाबी टी-शर्ट का रंग ज़्यादा गहरा नज़र आने लगा था। उसने ट्रेड मील बंद किया और वहाँ रखे स्टूल पर बैठ गई। लगभग दो महीने बाद रनिंग करने की वजह से उसकी साँस फूल रही थी। मिताली ने अपने दाहिने हाथ से चेहरे पर आ रहे पसीने को पोंछा ही था कि माधव ने करीब आकर उसकी तरफ़ एक तौलिया बढ़ाया।

'आई लव फ़िटनेस फ्रीक्स।'

मिताली ने बिना कुछ बोले तौलिया ले लिया।

'मिताली, कितनी ऐज है तुम्हारी?'

'37'

'वाओ, मुझसे 10 इयर्स बड़ी। लेकिन कसम से कॉलेज गोइंग गर्ल लगती हो।'

मिताली ने उसकी इस बात पर कोई रिएक्शन नहीं दिया। माधव ने बहुत शानदार बॉडी बनाई हुई थी। वो मिताली को नयी एक्सरसाइज़, डाइट और फ़िटनेस के बारे में बताता रहा। माधव ने उसे बताया कि वो लंदन में कभी-कभी मॉडलिंग भी करता है। उसे बास्केट बॉल खेलने का शौक है। माधव और मिताली के बीच जमी बर्फ जिम में पिघलने लगी थी।

लगभग एक घंटे तक बातचीत और एक्सरसाइज़ करने के बाद मिताली जब जिम से निकली तो ख़ुश थी।

लंच के वक़्त टेबल पर मिताली और रोनित ही थे। मेड खाना टेबल पर लगा चुकी थी। राघव ऑफ़िस जा चुका था और स्वीटी ने लंच अपने रूम में ही मँगवा लिया था। मिताली को घर में छाई चुप्पी से घुटन हो रही थी। बस घर में मौजूद चार नौकरों के लिए वो मेमसाहब थी, घर के बाकी दो सदस्यों को उससे कोई मतलब नहीं था। रोनित लगातार उसका मूड ठीक रखने की कोशिश कर रहा था। तभी माधव अचानक आया और एक चेयर खींचकर बैठ गया।

'हे गाइस, व्हाट्स अप? आई एम स्टार्विंग, लेट्स ईट।'

रोनित और मिताली, दोनों के चेहरे पर माधव को देख मुस्कान आ गई। तीनों ने खाना शुरू कर दिया। माधव लगातार अपने दोस्तों और लंदन की लाइफ़ के बारे में बताता रहा और दोनों से उनके हनीमून और यूरोप टूर के बारे में पूछता रहा।

रोनित ने माधव से पूछा, 'मैडी, तुम्हारे रेस्टोरेंट का काम कहाँ तक हुआ?'

मिताली ने कुछ चौंकते हुए माधव को देखा, 'रेस्टोरेंट?'

'हाँ मिताली, मैं किंग्स्टन में एक रेस्टोरेंट प्लान कर रहा हूँ। आर्किटेक्ट ने शानदार मैप तैयार किया है। शाम को दिखाता हूँ, डैड।'

'फिर उसके इनॉगरेशन पर ही फ़ैमिली ट्रिप प्लान करते हैं।'

माधव पूरे जोश के साथ पटेल ग्रुप ऑफ़ कंपनीज़ को एक्सपेंड करने में लगा हुआ था, आख़िर उसकी रगों में भी सक्सेसफुल बिज़नेसमैन, रोनित का ख़ून था। उसकी आँखों की चमक देख रोनित को अपनी पहली बीवी भवानी की याद आ गई। वो बिल्कुल भवानी के नैन-नक्श पर गया था।

शाम को वॉक पर रोनित मिताली को अपने परिवार के बारे में बताता रहा था।

'पता है, जब भवानी की डेथ हुई, तब माधव अपने दोस्तों के साथ आल्प्स माउंटेंस पर ट्रैकिंग के लिए गया हुआ था। मौसम ख़राब होने की वजह से बहुत कोशिश के बाद भी उससे कॉन्टेक्ट नहीं हो पाया।'

मिताली को नई बात पता चली थी, उसने आश्चर्य से रोनित की तरफ़ देखा, 'अच्छा, फिर?'

'जब एक हफ्ते बाद माधव को अपनी माँ की मौत की ख़बर मिली तो वो टूट गया। आख़िरी बार माँ को न देख पाने का अफ़सोस उसके मन में घर कर गया। उसने घूमना, शराब पीना, डिस्को-क्लब जाना सब छोड़ दिया। अब लगभग पाँच साल बाद उसे ज़िंदगी और अपने सपनों की तरफ़ लौटता देख मुझे बहुत सुकून मिल रहा है।'

माधव के बारे में रोनित से ये सारी बातें जानकर मिताली के मन में उसके प्रति जो नाराज़गी थी, वो निकल गई। मैडी इतना भी बुरा नहीं था जितना वो कल रात समझ बैठी थी।

अगली सुबह दस बजे मिताली और रोनित ऑफ़िस के लिए निकले। रोनित मिताली को लेकर सीधे कॉन्फ्रेंस रूम में दाखिल हुआ जहाँ पहले से ही राघव, माधव, विमल और दस बोर्ड मेंबर्स मौजूद थे। मिताली को साथ देख सभी चौंक गए और एकदम शांत हो गए। सबने खड़े होकर उन्हें विश किया। रोनित ने भी सबको गुड मॉर्निंग कहा और एक कुर्सी खींचकर मिताली को बैठने का इशारा किया। दोनों के बैठते ही बाकी लोग भी बैठ गए।

'आप सभी का इतने शॉर्ट नोटिस पर आने के लिए शुक्रिया। जैसा कि आपको पता है मिताली बनर्जी अब मेरी वाइफ़ हैं, इसलिए उनको कंपनी में शेयरहोल्डर बनाने के लिए यह मीटिंग बुलाई गई है।'

राघव को छोड़ सभी ने इस बात पर तालियाँ बजाईं। उसके चेहरे का रंग तेज़ी से बदलने लगा। माधव ने उसका गुस्सा भाँप लिया और राघव का हाथ धीमे से दबाकर फुसफुसाया, 'कूल डाउन, ब्रो!'

पर राघव अपना आपा खो चुका था। वो गुस्से में खड़ा हो गया, 'सॉरी डैड, मैं इस बात पर एग्री नहीं हूँ।'

'प्लीज़ राघव, आई जस्ट...' वो बिना रोनित पटेल का पूरा जवाब सुने कॉन्फ्रेंस हॉल से बाहर निकल गया।

मिताली का चेहरा उतर गया। अपमान, गुस्से और दुख की मिली-जुली लहर उसके पूरे शरीर में दौड़ गई। रोनित को अपने बेटे राघव के इस व्यवहार पर बहुत गुस्सा आया, पर वो शांत रहा। माधव चेहरे पर बिना कोई भाव लाए बैठा रहा। रोनित ने विमल को इशारा किया। विमल ने एक फ़ाइल मिताली की तरफ़ बढ़ा दी। मिताली ने फ़ाइल खोलकर पढ़ी। मिताली को कंपनी के 20% शेयर दिए जा रहे थे। मिताली ने रोनित की तरफ़ कन्फ्यूज्ड होकर देखा। रोनित ने उसे देख मुस्कुरा कर सिर हिलाया।

'साइन करो, मिताली!'

सभी बोर्ड मेंबर्स ने मिताली के साइन करते ही तालियाँ बजाईं। माधव भी उसमें शामिल था और उसके चेहरे पर मुस्कान थी।

मिताली राघव के इस तरह उठकर चले जाने से आहत थी। सबके जाते ही वो रोनित पर चिल्ला पड़ी, 'रोनित आपको इतनी क्या जल्दी पड़ी थी? पहले सब सेटल तो होने देते। राघव गुस्से में मीटिंग से चला गया।'

'तुम मेरी वाइफ़ हो और तुम्हारे लिए सोचना सबसे ज़रूरी है, अब तुम मेरे एम्पायर का एक स्ट्रॉंग पिलर हो।'

'वो सब ठीक है, लेकिन मैं ऐसा कभी नहीं चाहूँगी कि मेरी वजह से आपको कुछ सुनना पड़े। वैसे भी मेरे लिए सेल्फ़ रिस्पेक्ट से बड़ा कुछ भी नहीं है।'

मिताली रोनित के कदम से ख़ुश तो थी पर घर में राघव और स्वीटी के साथ चल रही तनातनी से परेशान भी थी। अभी उनकी शादी को एक महीना भी नहीं हुआ था। स्वीटी और राघव मिताली से बिल्कुल बात नहीं कर रहे थे। अगर कभी आमना-सामना हो जाता तो भी कतरा कर निकल जाते।

रोनित से भी उनकी नाममात्र की बातचीत होती थी। घर के नौकरों के अलावा सिर्फ़ माधव मिताली से बात करता था।

इस घटना को एक हफ्ता बीत गया था, लेकिन हालात वैसे के वैसे बने हुए थे। घर में तनाव चरम पर था। राघव और स्वीटी के व्यवहार से रोनित भी दुखी था। आख़िरकार उसने मिताली के साथ मड आइलैंड वाले अपने फार्म हाउस में शिफ्ट होने का फ़ैसला किया।

शाम की चाय पर रोनित ने सबको हॉल में बुलाया। माधव के ज़िद करने पर स्वीटी और राघव को आना पड़ा। रोनित, मिताली, माधव, राघव और स्वीटी सब चुपचाप बैठे हुए थे। एक समय इस घर में हँसी गूँजती थी। बाप-बेटों और बहू में ख़ूब बातें होती थीं। मिताली के साथ शादी करने भर से उसका बड़ा बेटा और बहू एकदम अजनबी हो गए। कुछ बचा ही नहीं था बात करने को। रोनित ने अपना गला साफ़ करते हुए सबकी तरफ़ नज़र डाली।

'मैं और मिताली मड आइलैंड वाले फार्म हाउस पर रहने जा रहे हैं। तुम लोग आराम से रहो। मैं नहीं चाहता घर लड़ाई का मैदान बन जाए।'

राघव गुस्से में फट पड़ा, 'डैड, आपने अपनी उम्र से आधी उम्र की लड़की से शादी करके उसे हमारे सिर पर बैठा दिया है और हमसे एक्स्पेक्ट करते हैं कि हम रेस्पेक्ट करें? हद है।'

स्वीटी राघव की बात से सहमत थी। उसने बात को आगे बढ़ाया, 'यू नो... कितना मज़ाक बन रहा है हर जगह। सबको पता है कि पैसे के लालच में इन्होंने आपसे मैरिज की है।'

पति-पत्नी, दोनों मिलकर रोनित पर शब्दों के बाण चलाने लगे। मिताली और रोनित, दोनों ख़ामोश होकर उनकी बातें सुन रहे थे। माधव को यह सब बर्दाश्त नहीं हुआ।

'प्रॉब्लम क्या है यार तुमको? ग्रो अप। हम कौन होते हैं डैड की ख़ुशी में रोड़ा बनने वाले?'

मिताली की आँखों में आँसू आ गए, वो उठकर चली गई। रोनित, राघव और स्वीटी का एटिट्यूड देखकर दुखी था, पर ये उसके अपने बच्चे थे। घर में शांति बनी रहे और वो मिताली के साथ अपनी लाइफ़ एन्जॉय कर सके, इसके लिए उसने दूसरे घर में शिफ्ट होने का इरादा पक्का किया।

मिताली ने इंडियन डेली टाइम्स में अपनी जॉब से रिज़ाइन कर दिया। दोनों ने अगले हफ्ते तक शिफ्ट होने का प्लान किया। रोनित ने फार्म हाउस में रेनोवेशन का काम शुरू करवा दिया था। माधव डेढ़ महीने की छुट्टी पर आया था और उसे बहुत बुरा लग रहा था। पर वो कर भी क्या सकता था। उसकी वैसे भी इंडिया में ज़्यादा वक़्त रुकने में दिलचस्पी नहीं थी। उसका उसूल था जो जैसे जीना चाहता है उसे वैसे जीने दिया जाए। उसे ख़ुद भी अपनी लाइफ़ में किसी का दखल पसंद नहीं था। दिन में काम करना, फ़िल्म देखना, घूमना और रात को पार्टी करना उसका पसंदीदा काम था।

वो शाम बहुत उदास थी। रोनित एक मीटिंग के लिए दिल्ली गया हुआ था। उसके लौट आने के बाद शिफ्टिंग का प्लान था। मिताली का उस आलीशान घर में मन नहीं लग रहा था। उसने संयोगिता को फोन मिलाया।

'हाय सैंडी, कैसी है?'

'ओ हो, मैडम पटेल! आज कैसे याद आ गई हमारी? हम तो डिस्टर्ब नहीं करते आपको जान-बूझकर। भई, मैडम का हनीमून पीरियड चल रहा है तो दोस्त कहाँ याद आएँगे!'

'ऐसा नहीं है, डार्लिंग! तुझे तो मैं रोज़ मिस करती हूँ।'

'क्या हुआ? उदास लग रही है।'

'कुछ ख़ास नहीं, बस तुझसे मिलने का बहुत मन कर रहा है।'

'कल मिलकर बात करते हैं, आज तो मेरी डेट है। चलेगा न?'

मिताली कुछ उदास हो गई। उसे यह अकेलापन खाने को दौड़ रहा था। लेकिन वो संयोगिता की डेट को कैंसिल नहीं करना चाहती थी। वैसे भी संयोगिता को बड़ी मुश्किल से लड़के पसंद आते थे।

'ओके, जब तू फ्री हो। एन्जॉय योर डेट!'

संयोगिता मिताली की आवाज़ में छुपी ख़ामोशी और दर्द को समझ गई थी।

'वैसे तो बहुत एक्सपेंसिव हूँ पर तेरे लिए हमेशा फ्री हूँ यार, आज ही मिल लेते हैं। लड़के तो आते-जाते रहेंगे पर तेरे जैसी दोस्त आसानी से थोड़े मिलती है। डिनर साथ करते हैं, अपने पुराने अड्डे पर!'

संयोगिता से मिलने की ख़ुशी में उसने जल्दी से अपनी अलमारी खोल सुरमई रंग की लौंग फ्रॉक निकाली। ये फ्रॉक उसे संयोगिता ने ही उसके पिछले बर्थडे पर गिफ्ट की थी। फ्रॉक का कंट्रास्ट महरून स्कार्फ गले पर लपेट कर उसने जैसे ही बाहर निकलने के लिए बेडरूम का दरवाज़ा खोला, उसे बाहर माधव खड़ा दिखा। वो माधव को इस तरह अचानक देखकर डर गई।

'ओह तुम! कहो, कुछ काम था?'

'बस यूँ ही मिलने चला आया। कहीं जा रही हो?'

'हाँ, फ्रेंड से मिलने जा रही हूँ।'

माधव वहीं दरवाज़ा रोके खड़ा रहा। फिर मिताली की तरफ़ झुकते हुए बोला, 'मैं आपको ड्रॉप कर देता हूँ। वैसे भी बोर हो रहा हूँ घर पे। आप अपनी फ्रेंड से मिल लेना, मैं कुछ शॉपिंग कर लूँगा। यहाँ कोई ख़ास सर्किल नहीं है। एक दोस्त है प्रिंस, उससे भी रोज़ कितना मिलूँ।'

'ओके-ओके, चलो।'

मिताली और माधव, दोनों साथ निकल गए। बालकनी में खड़ी स्वीटी उन दोनों को साथ जाते हुए देखती रही। उसने गहरी साँस ली और राघव को फोन मिलाया।

'कब आओगे यार! मुझे शॉपिंग करने जाना है।'

'स्वीट! मुझे एक अर्जेंट मीटिंग के लिए रुकना पड़ेगा। मैडी को साथ ले जाओ, उसकी पसंद भी अच्छी है।'

'मैडी को फुर्सत कहाँ है। अभी उस बोंग मिताली के साथ चला गया। मुझे लगता है, दोनों बाप-बेटे पर काला जादू किया है उस बोंग ने!'

'ओह तो तुम किसी फ्रेंड को ले जाओ, जान।'

'फ्रेंड्स के साथ ही जाना था तो शादी करने की भी क्या ज़रूरत थी।'

इससे पहले कि राघव कुछ कह पाता, स्वीटी ने गुस्से में फ़ोन काट दिया। उसने और राघव ने पाँच साल पहले लव मैरिज की थी। स्वीटी बत्रा एक लोअर मिडिल क्लास की तीखे नैन-नक्श वाली पंजाबी लड़की थी। उसने फैशन डिजाइनिंग का कोर्स किया था और एक एक्सपोर्ट हाउस में जॉब करती थी। एक दिन जब वो ऑफ़िस के दोस्तों के साथ डिस्क गई तो वहाँ राघव पटेल से उसकी मुलाक़ात हुई। दोनों ने नंबर एक्सचेंज किए और मुलाक़ातों का सिलसिला शुरू हो गया। धीरे-धीरे मुलाक़ात मुहब्बत में बदल गई। राघव ने स्वीटी को घर पर सबसे मिलाया। उसकी माँ भवानी को स्वीटी बिल्कुल पसंद नहीं आई। वो राघव और स्वीटी की शादी के लिए राज़ी नहीं थी, उसने राघव के लिए एक गुजराती लड़की पहले से पसंद कर रखी थी। रोनित भी भवानी के साथ था।

राघव ने उनके दबाव में आकर स्वीटी से मिलना बंद ही कर दिया था। स्वीटी टूट गई, उसने एक बार सुसाइड की भी कोशिश की। आख़िरकार राघव झुक गया और उसने स्वीटी के साथ घरवालों को बिना बताए चुपचाप शादी कर ली। इस शादी में स्वीटी की माँ परमिंदर, छोटा भाई निहाल सिंह उर्फ़ निक्की, उसकी पत्नी डॉली और कुछ सहेलियाँ शामिल हुईं। मीडिया में यह ख़बर फैल गई थी।

रोनित पटेल को जब इसका पता चला तो उसने भवानी को समझाया और एक शानदार रिसेप्शन देकर स्वीटी को अपनी बहू स्वीकार किया। इतना ही नहीं उसके

लिए एक बुटीक भी खुलवाया। स्वीटी को ओशिवारा में एक फ़ोर बीएचके फ्लैट मुँह दिखाई में गिफ्ट किया। अब उस फ्लैट में उसकी माँ, भाई और भाभी रहते थे जो पहले मीरा रोड में एक किराये के मकान में रहते थे। स्वीटी की राघव के साथ शादी के बाद उनकी भी ज़िंदगी बदल गई थी। उसके भाई निहाल की भी रोनित ने अच्छी जगह नौकरी लगवा दी थी। स्वीटी अब बहुत बड़े बिज़नेस टाइकून रोनित पटेल की बहू बन चुकी थी। उसके रहन-सहन में ज़मीन-आसमान का अंतर आ गया था। उसने जल्दी ही रोनित और भवानी का दिल जीत लिया।

भवानी की मौत के बाद उसका रुतबा और बढ़ गया। अब हर बात में उसकी सलाह ली जाती। तीन आदमियों वाले घर में वो अकेली महिला थी। उसका दबदबा था। बुटीक तो वर्कर्स के सहारे चल रहा था। स्वीटी का ज़्यादातर वक़्त शॉपिंग और किटी पार्टीज़ में बीतता था।

स्वीटी ने राघव से नाराज़ हो अपनी माँ परमिंदर को फ़ोन मिलाया।

'कैसी है पुत्तर?'

स्वीटी ने अपनी माँ से दुआ-सलाम तक नहीं किया और बरस पड़ी, 'अब मेरी कोई औकात नहीं है इस घर में, हर काम तो मिताली की मर्ज़ी से हो रहा है। पापाजी और मैडी तो लट्टू की तरह उसके चारों तरफ़ घूम रहे हैं। और तो और, पापाजी ने डायन को कंपनी के 20% शेयर्स भी दे दिए।'

परमिंदर भी यह सुनकर उबल गई, 'बुढ़ापे में दिमाग फिर गया है तेरे ससुर का। तू परेशान मत हो, कुछ दिन मेरे पास आ जा।'

'आपके पास आने से क्या होगा मम्मी जी... नागिन तो मेरे घर में कुंडली मारे बैठी है।' स्वीटी ने चिड़चिड़ाते हुए फ़ोन काट दिया।

संयोगिता बेसब्री से मिताली का इंतज़ार कर रही थी। अभी आधे घंटे पहले ही उसने अपनी डिनर डेट कैंसिल की थी, जिसकी वजह से उसका नया बॉयफ्रेंड नाराज़ भी हुआ। पर संयोगिता के लिए मिताली ज़्यादा इंपॉर्टेंट थी, इसलिए उसने ख़ास परवाह नहीं की। तभी संयोगिता की नज़र दूर से आती मिताली पर

पड़ी। उसे माधव के साथ आता देख वो एक पल के लिए ठिठक गई। वो कुछ सोच पाती इससे पहले माधव ने आगे बढ़ कर उसको गले से लगा लिया, 'शादी में मिले थे, कैसी हैं आप?'

संयोगिता की घूरती निगाहें देख कर मिताली समझ गई कि अब सैंडी सवाल के साथ-साथ शक भी करने वाली है। वो माधव को साथ नहीं लाना चाहती थी पर मना भी कैसे करती। तीनों बैठ गए। सब चुप थे तो माधव ने बात शुरू की।

'मैं सिर्फ़ मिताली को ड्रॉप करने आया था। यू गर्ल्स कैरी ऑन।' माधव उठने लगा तो संयोगिता ने उसका हाथ पकड़ कर बिठा दिया।

'अब बिना बुलाए आ ही गए हो तो कॉफ़ी तो पी लो हमारे साथ!'

माधव उसकी इस बात पर ज़ोर से हँसा और झुक कर अदा से बोला, 'आप तो बहुत दयालु हैं, मैडम।'

'मैं सिंगल भी हूँ।' संयोगिता की इस बात पर मिताली और माधव ठहाका लगाकर हँस पड़े।

संयोगिता ने वेटर को तीन कॉफ़ी लाने को कहा। संयोगिता और माधव चटर-पटर शुरू हो गए थे। दोनों ने मिताली को साइडलाइन कर दिया था। मिताली वैसे भी ज़्यादा बातूनी नहीं थी। माधव अपनी कॉफ़ी ख़त्म करते ही उठ गया।

उसने संयोगिता की तरफ़ अपना हाथ बढ़ा दिया, 'चलो सैंडी, मिलते हैं फिर जल्दी। मिताली, आप फ्री होते ही मुझे कॉल कर देना।'

उसके जाते ही संयोगिता ने मिताली को आँख मारी। 'बड़ा हॉट है यार ये लड़का... मेरी सेटिंग करा दे। कसम से तेरी बहू बनकर तेरी सेवा करूँगी।' दोनों सहेलियाँ खिलखिलाकर हँसने लगीं।

'तेरे लायक नहीं है, यार। बड़ा फ़्लर्ट है और कई बार मुझे इसका बिहेवियर समझ में नहीं आता। उसे बोला था मैंने कि फ्रेंड के साथ डिनर पर जा रही हूँ तो भी ज़बरदस्ती साथ लग लिया।'

'कोई बात नहीं, यार। अपनी नयी मॉम से दोस्ती करना चाहता होगा।'

'मॉम...? वो मुझे स्टेज पर जो बोल के गया था, तुझे बताया था न।'

संयोगिता ने वेटर को डिनर लाने का इशारा किया। वेटर जैसे इंतज़ार में ही था, उसने फटाफट संयोगिता का पहले से दिया सारा ऑर्डर टेबल पर सजा दिया।

संयोगिता अपनी प्लेट में शाही पनीर परोसते हुए बोली, 'मैडी को डिनर ऑफ़र नहीं किया हमने... उसे बुरा लगा तो?'

'लगने दो, मुझे तुझसे पर्सनल बातें शेयर करनी थीं। ही शुड अंडरस्टैंड दिस। छोड़ उसे... तू सुना, किसके साथ डेट कर रही है?'

'डेंटिस्ट है, यार। राहुल जैन... डॉक्टर राहुल जैन। रूट कैनाल कराने गई थी, वहाँ मुहब्बत की जड़ें पनपने लगीं। अगली बार कॉफ़ी के लिए ऑफ़र किया और आज डेट थी डिनर वाली जो मैंने तेरे लिए कैंसिल कर दी। थोड़ा अपसेट था वो।'

'ओह, सॉरी यार! हम कल मिल लेते।'

'हाँ, अब इसकी सज़ा है बिल तू पे करेगी। देखते हैं डेंटिस्ट मेरे दिल का इलाज भी कर पाता है या नहीं। तू रोनित के साथ सेटल हो गई तो मुझे लगता है यार शादी कर लेनी चाहिए।'

'जल्दी कर यार, मैं तो कबसे रेडी हूँ डांस करने को।'

'तू ख़ुश है ना?'

'हाँ, बहुत। रोनित केयरिंग है। माधव भी ठीक है, लेकिन राघव और स्वीटी अभी तक नॉर्मल नहीं हुए हैं।'

'अब तू खज़ाने पर बैठी है तो साँपों से तो निपटना होगा न डार्लिंग!'

दोनों सहेलियाँ देर तक लज़ीज़ खाने का अपनी कभी न ख़त्म होने वाली बातों के साथ मज़ा लेती रहीं। फिर माधव का फ़ोन आया। वो पार्किंग में वेट कर रहा था।

मिताली और रोनित मड आइलैंड चले गए। सी फेसिंग बंगला... चारों तरफ़ से खुला हुआ... ढेरों नारियल के पेड़... मिताली को मज़ा आ रहा था। मड बीच मुंबई के बाकी बीचों के मुकाबले साफ़ और ख़ाली था। मिताली को हमेशा से समंदर बहुत पसंद था। सी फेसिंग बंगले में रहना एक सपने के सच होने जैसा था।

सबसे बड़ा सरप्राइज़ यह था कि रोनित ने इस बंगले का नाम *मिरोमि* कर दिया था। सुनहरे अक्षरों में अंग्रेज़ी में मिरोमि लिखा देख मिताली चौंकी थी। तब रोनित ने उसे बाँहों में भर लिया।

'मेरी ज़िंदगी अब मिताली से शुरू होती है और मिताली पर ख़त्म होती है। तेरे नाम से शुरू, तेरे नाम पर ख़त्म।'

'तब तो इसका नाम रोमिरो होना चाहिए, जान!'

पिछले दो सालों में यह मिताली का छठा ठिकाना था। ज़िंदगी और घर, दोनों तेज़ी से बदल रहे थे। मिताली को यह बदलाव अच्छा लग रहा था। कई सालों के तनाव के बाद वो हल्का महसूस करने लगी थी।

मिताली ऑफिस जाने के साथ-ही-साथ एक नया न्यूज़पेपर लॉन्च करने की प्लानिंग में लग गई। रोनित उसे हर तरह से सपोर्ट कर रहा था। मिरोमि में एक बड़ी सी लाइब्रेरी भी थी, जिसमें मिताली ने अपनी पसंद की किताबें भी सजा दी थीं। मिताली ख़ालिद हुसैनी की *काईट रनर* किताब उठा कर रोलिंग चेयर पर पढ़ने बैठ गई। अभी दो चैप्टर ही पढ़े थे कि एक आहट से उसका ध्यान टूटा, देखा, एक कप कॉफ़ी उसके साइड में रखे स्टूल पर रखी हुई थी।

'मुझे इतना भर के कॉफ़ी नहीं चाहिए... आधा कप हो और स्ट्रौंग।' मिताली ने सिर उठाकर देखा तो झटका खा गई, 'पाछी... तुम?'

'जी दीदी, साहब ने हमें यहीं एक कॉटेज दे दिया है। अब हम आपके साथ ही रहेंगे।'

मिताली बहुत ख़ुश हो गई। पाछी कई सालों से उसके साथ थी जिसे उसने कभी नौकर नहीं समझा। उसके खाने-पीने, उसके घर का ख़याल रखना पाछी की ज़िम्मेदारी थी। आज वो जो भी थी, पाछी का भी उसमें बहुत योगदान मानती थी। *रोनित इतना बिज़ी है फिर भी छोटी-छोटी चीज़ों का कितना ध्यान रखता है*, यह सोचते हुए मिताली के होंठों पर हँसी तैर गई। सच ही है, ज़िंदगी हमेशा छोटी-छोटी बातों से ही ख़ूबसूरत बनती है।

आज सुबह रोनित जल्दी उठ गया। चितकबरे रंग का कंबल ओढ़कर सोती हुई मिताली उसे गुड़िया जैसी लग रही थी। रोनित का मन किया उसे यूँ ही देखता रहे। मुहब्बत किसी भी उम्र में हो, सोलह की उम्र में पहुँचा देती है। रोनित,

मिताली के साथ अपनी जवानी के दिनों का दीवानापन और ऊर्जा महसूस करने लगा था। उसने कॉफ़ी का कप लाकर मिताली को जगाया। रोनित उसको घुमाने के लिए ले जाना चाहता था।

एक घंटे में तैयार होकर दोनों मनोरी आइलैंड जाने के लिए निकल पड़े। मार्वे बीच पर कार पार्क करके दोनों उस तरफ़ बढ़े जहाँ से नाव मिलती थी। वहाँ पहले से काफ़ी लोग खड़े थे। मिताली पहली बार इस तरफ़ आई थी जहाँ इस किनारे खड़े होकर दूसरा किनारा साफ़ नज़र आ रहा था।

सामने से एक बड़ी सी नाव धीरे-धीरे किनारे की तरफ़ आ रही थी, जिस पर मोटरसाइकिल और ऑटो लदे हुए थे। उस पर कारें नहीं जा सकती थीं। एक कोने में बेंच पर दोनों बैठ गए। सुबह के नौ बजे मौसम सुहाना था। सफ़ेद रंग पर काली छींटदार फ्रॉक में मिताली बहुत ख़ूबसूरत लग रही थी। बाल हमेशा की तरह ऊँचे जूड़े में बंधे थे। रोनित वाइट टी-शर्ट और डार्क ब्लू शॉर्ट्स में था। मिताली ने रोनित का हाथ थाम रखा था और रोनित एक हाथ उसके कंधे पर रखे बैठा था।

रास्ता केवल दस मिनट का था। उस पार उतरते ही एक अलग ही दुनिया थी। पतली सड़कें, पहाड़, हरियाली से भरा हुआ और समंदर से घिरा हुआ एक सुंदर टापू मनोरी।

वे दोनों जैसे ही नाव से उतरे, सनसेट रिसोर्ट की टैक्सी उनका इंतज़ार कर रही थी।

नारियल के पेड़ों से घिरा हुआ रिसोर्ट अलग ही दुनिया में था। बीचोबीच एक पूल बना हुआ था, जैसे आसमान उसमें डूब गया हो, इतना नीला और साफ़। सामान के नाम पर उनके पास एक छोटा सा बैग था। वो यहाँ शाम तक रुकने वाले थे।

'इस जगह को देखकर सिंगापुर की याद आ रही है न?' मिताली चहकी।

'हाँ, इसलिए तो यहाँ लाया हूँ। घर के टेंशन में रोमांस भी नहीं हो पाया ठीक से। इसलिए सोचा यहाँ रोमांस किया जाए।'

रूम नंबर 102, बेड के कोने पर रखे टेबल पर पहले से ही वाइन रखी हुई थी।

उसने बोतल उठा ली और पास रखे गिलासों में वाइन डालने लगा। मिताली कूद कर बेड पर चढ़ गई, 'सुबह-सुबह शुरू... अभी तो दस भी नहीं बजे।'

'मैं तो पहले से ही नशे में हूँ, थोड़ा और पीने में क्या बुराई है।' रोनित ने मिताली को बाँहों में भर लिया और एक लंबा सा स्मूच किया। दोनों वाइन पीने लगे।

जल्दी से ब्रेकफास्ट निपटा कर रोनित ने मिताली को बाँहों में भर लिया। सुकून के इन पलों ने उनके प्यार की ज्वाला को और धधका दिया। दोनों एक-दूसरे में डूबते चले गए फिर थककर सो गए। कई घंटों बाद मिताली की आँख खुली तो उसने मोबाइल में वक़्त देखा। तीन बज रहे थे।

उसने रोनित को किस करके उठाया, 'उठो न जान... भूख से मर रही हूँ।'

रोनित ने उसे अपनी तरफ़ खींचा, 'आओ, तुम्हारी भूख मिटाता हूँ।'

मिताली ने उसे प्यार से पीछे धकेल दिया, 'अब और नहीं... पहले कुछ खिलाओ।'

'मेरी आँखों में देखो।' रोनित फुसफुसाया।

मिताली ने उसकी आँखों में देखने का अभिनय किया। रोनित ने उसको अपनी मज़बूत बाँहों में जकड़ लिया।

मिताली नाटकीय अंदाज़ में चिल्लाई, 'तुम्हारी आँखों में मुझे हवस दिखती है, ज़ालिम दरिंदे... छोड़ दो मुझे।' फिर दोनों साथ ठठाकर हँस पड़े।

मिताली ने अपनी फ्रॉक पहनी और रोनित ने रूम सर्विस का नंबर मिलाकर सी-फ़ूड ऑर्डर किया। रोनित बाथरूम में घुस गया था। मिताली रूम की खिड़की का परदा हटाकर समंदर को देख रही थी, जो दोपहर की धूप में हीरे की तरह चमक रहा था। थोड़ी देर बाद वेटर खाना ले आया। खाने के बाद कुछ देर आराम करके दोनों रिसोर्ट के पर्सनल बीच पर चले गए। वीकडे होने की वजह से इस समय यहाँ कोई नहीं था। वहाँ रखी चेयर्स पर दोनों बैठ गए। मिताली कुछ देर बैठे रहने के बाद उठी और रेत में घर बनाने लगी।

'रोनित, एक घर हम मनोरी में भी बना लेते हैं। यह जगह तो मड आइलैंड से भी सुंदर है।'

'जैसा आप कहें !नीक्र याम ,लाइफ़ में दो ही काम करना चाहता हूँ।'

'वो क्या?'

'ख़ूब प्यार करना और ख़ूब पैसा कमाना।'

वो लव बर्ड की तरह बातों में मशगूल थे और सूरज धीमे-धीमे डूब रहा था। समंदर किनारे बैठकर बियर पीते हुए दोनों प्रकृति के नज़ारों का आनंद ले रहे थे। पूरे दिन का एक-एक लम्हा साथ एन्जॉय करके वो रिसोर्ट से अपने घरौंदे की ओर लौटने की तैयारी करने लगे। यूरोप में उनके हनीमून के बाद यह लोकल हनीमून था।

राघव परेशान सा '7 पटेल विला' में बने बार में बैठा हुआ स्कॉच सिंगल माल्ट पी रहा था। तभी माधव आकर उसके गले से लग गया, 'हे भाई।'

राघव उस पर झल्लाया, 'मैडी, तुम बहुत चेंज हो गए हो, डैड और उस बिच को सपोर्ट क्यों कर रहे हो?'

'भाई, और क्या चॉइस है मेरे पास? देखते जाओ, आगे क्या-क्या होता है। मैं माइंड गेम खेलता हूँ, फालतू चिक-चिक नहीं करता।'

माधव ने काउंटर से एक ग्लास उठाया। राघव ने उसके लिए भी सिंगल माल्ट का एक पेग बना दिया। माधव ने चियर्स का इशारा करते हुए एक सिप ली। अपनी आँखें बंद करके उसने सिंगल माल्ट को गले से धीरे-धीरे उतरते हुए महसूस किया।

थोड़ी देर में स्वीटी ने उन्हें ज्वाइन किया। उसकी आँखों में माधव के लिए नाराज़गी साफ़ दिखाई दे रही थी। वो अनमनी सी रोलिंग चेयर पर बैठ गई।

राघव ने आगे बढ़ कर स्वीटी को हल्के से किस किया, 'हनी, मैडी अभी तुमको ही याद कर रहा था।'

'मैडी को आजकल फुर्सत कहाँ है! ये अपनी नई मॉम के साथ बहुत बिज़ी है।'

माधव ने एक ग्लास में वाइट वाइन भरी। उसने वो ग्लास स्वीटी की तरफ़ बढ़ाया, 'ओह कम ऑन, भाभी। आप उनसे इतनी जेलस क्यों हैं? आपके लिए तो मेरे पास फुर्सत-ही-फुर्सत है। लेट्स गो फॉर अ डेट।'

माधव की बातें सुन दोनों मुस्कुराए, लेकिन फिर राघव के चेहरे पर उदासी छा गई। उसने अपना ग्लास काउंटर पर रख गर्दन को स्ट्रेच किया और गहरी साँस ली।

'डैड ने उसे कंपनी शेयर्स देकर अच्छा नहीं किया। वो अपने सामने किसी की सुनना ही नहीं चाहते। मुझे ऑफ़िस जाने का मन नहीं करता आजकल।'

स्वीटी ने मुँह बिचकाया, 'बड़ी चालाकी से उसने सब कुछ अपने नाम करा लेना है। वरना कोई औरत क्यों करेगी बुड्ढ़े आदमी से शादी?'

'छोड़ो यार, बार-बार वही बकवास।' माधव ने चिल्ला कर कहा और एक ही घूँट में अपना ग्लास ख़ाली कर दिया। राघव और स्वीटी उसकी तरफ़ हैरानी से देखने लगे। पर माधव सीटी बजाता हुआ अपने कमरे की तरफ़ बढ़ गया।

माधव बचपन से ही चुपचाप रहने वाला लड़का था जिसे समझना आसान नहीं था। उसके दिमाग में क्या चल रहा है, यह कई बार वो ख़ुद भी नहीं समझ पाता था। वो साल में एक-दो बार ही इंडिया आता। लंदन में पटेल ग्रुप ऑफ़ इंडस्ट्रीज़ का ऑफ़िस उसके ज़िम्मे था।

राघव ने अपना ड्रिंक ख़त्म किया और स्वीटी को देख मुस्कुराने की कोशिश की, 'ये मामला हमें ख़ुद ही हैंडल करना होगा। मैडी को क्यों फ़र्क पड़ेगा, वो तो नेक्स्ट मंथ वापस इंग्लैंड चला जाएगा। वैसे भी अब वो यहाँ से शिफ्ट हो गए तो कम-से-कम मिताली को देख तुम्हारा मूड तो ख़राब नहीं होगा। मुझे तो वो ऑफ़िस में रोज़ दिख जाती है।'

'तुम डैड से अपना हिस्सा माँग कर अपनी नई कंपनी स्टार्ट कर लो।'

राघव ने हैरानी से स्वीटी को देखा, 'तुम पागल हो गई हो, स्वीटी? ये कोई तुम्हारी किटी पार्टी नहीं कि साथ बनी नहीं तो नयी किटी स्टार्ट कर ली।'

स्वीटी उसकी इस बात को सुनकर चिढ़ गई, 'क्या मैं सिर्फ़ किटी पार्टी करती हूँ? अपना बुटीक मैंने अपने दम पर बनाया है। दिन में नौ-दस घंटे वहाँ काम करती हूँ।'

'सॉरी हनी, मेरा वो मतलब नहीं था। मैंने भी दस साल दिए हैं इस कंपनी को, उसकी वजह से सब छोड़ थोड़े दूँगा। अच्छा छोड़ो ये सब, आओ थोड़ा वॉक करते हैं।'

'नाइटी में हूँ।'

'अच्छा तो फिर बेडरूम में चलते हैं, हनी। वहीं कुछ किया जाए।' राघव ने उसे आँख मारी और प्यार से उसका हाथ थाम लिया।

राघव स्वीटी से बहुत प्यार करता था। स्वीटी रोनित और मिताली की शादी के बाद से रोनित से बहुत चिढ़ी हुई थी। उसने राघव को भी रोनित के प्रति बहुत नेगेटिव कर दिया था। राघव रोनित का बड़ा बेटा होने के नाते उसके बहुत करीब था, लेकिन रोनित ने न तो मिताली से शादी करने से पहले और न ही उसे कंपनी का शेयरहोल्डर बनाने से पहले उससे सलाह ली। उसे ऐसा लगा जैसे उसे एकदम साइडलाइन कर दिया गया हो और अब माधव का पिता और मिताली के साथ एकदम से सहज हो जाना उसे और इनसिक्योर कर रहा था।

शाम के छह बज रहे थे। सूरज अब मद्धम पड़ चुका था। बीच की तरफ़ खुलती खिड़की से रोशनी और नमकीन हवा कमरे में भर गई थी। परदे हवा से चंचल हुए जा रहे थे। इन सब बातों से बेख़बर सफ़ेद टी-शर्ट और ब्लैक शॉर्ट्स पहने माधव सोफे पर अधलेटा *फोर्ब्स* मैगज़ीन के पन्ने पलट रहा था। उसे पता था मिताली आने वाली है, इसलिए उसने पाछी को दो कप कॉफ़ी के लिए बोल दिया था। मिताली ऑफ़िस से लौटी तो माधव को देख चौंक गई। आहट सुन माधव मैगज़ीन के पीछे से झाँक कर मुस्कुराया, 'हाई, मिताली!'

'हाई!'

'आपके बिना मेरा मन नहीं लग रहा था, इसलिए आ गया।'

मिताली को बार-बार लगता कि माधव उससे लिबर्टी ले रहा है, लेकिन फिर वो यह सोचकर नज़रअंदाज़ कर देती कि वो लंदन के माहौल में पला-बढ़ा,अमीर बाप की बिगड़ी औलाद है। रोनित के परिवार में सिर्फ़ माधव ने उनकी शादी को एक्सेप्ट किया था। इसलिए मिताली के मन में उसके लिए उदारता थी। वो हल्की सी मुस्कान लिए सामने वाले सोफे पर बैठ गई।

'डैड बहुत लकी हैं, जो तुम उन्हें मिली। कई बार उनसे जेलस होने लगता हूँ।'

मिताली ने गहरी साँस छोड़ते हुए उसकी बात को नज़रअंदाज़ किया।

माधव तन कर बैठ गया, 'डोंट गेट मी रॉंग। मेरी वाइब्स मैच होती हैं तुमसे।'

मिताली ने गौर किया कि माधव 'आप' से 'तुम' पर आ गया है और उसमें कुछ ज़्यादा दिलचस्पी ले रहा था। दोस्ती और कुछ और में नज़र का फ़र्क मिताली की समझ में आता था। पर रिश्ते का लिहाज़ रखने और नयी पहचान की वजह से उसने कुछ कहने से ख़ुद को रोके रखा। वो बहुत तेज़ी से उसकी तरफ़ कदम बढ़ा रहा था।

'इतना इनफॉर्मल मत बनो, काफ़ी बड़ी हूँ तुमसे!'

वो हँस दिया। पाछी कॉफ़ी के दो कप लेकर दाखिल हुई। माधव और मिताली कुछ देर ख़ामोश रहे।

माधव ने कॉफ़ी का कप उठाया, 'हाँ, और काफ़ी हॉट भी हो। तुमने वो साँग सुना है, न उम्र की सीमा हो न जन्म का हो बंधन... जब प्यार करे कोई... ओह सॉरी, आई मीन, जब दोस्त बने कोई तो देखे केवल मन।'

मिताली ने उसकी तरफ़ घूरा तो माधव ने उसे आँख मारी, 'चिल बेब... मैं तो कॉफ़ी के बारे में बोला। सो हॉट!'

मिताली ने कॉफ़ी का कप उठाकर एक सिप ली। वो चुपचाप उसे ऑब्ज़र्व कर रही थी। शायद कुछ कहना जल्दबाज़ी होगी। माधव उसे लगातार उलझाए जा रहा था... अपनी बातों में, अपने चार्म में, वो मिताली को रिझाने की कोशिश में लगा था। माधव कॉफ़ी का कप उठाए उसके पास आकर झुका। उसके परफ्यूम की महक ने मिताली को घेर लिया। इससे पहले कि वो कुछ सोच-समझ पाती, माधव ने उसके दाएँ गाल पर धीमे से चूम लिया। वो उसके कान के पास फुसफुसाया, 'यू आर एडिक्टिव, माय डियर!'

यह सब इतना अचानक हुआ कि मिताली कुछ रिएक्ट न कर सकी। उसने इधर-उधर देखा कि उन दोनों के अलावा कोई और तो कमरे में नहीं।

5

उल्टी चाल

माधव हँसते हुए बाहर पूल की तरफ़ निकल गया। मिताली हक्की-बक्की उसको जाता हुआ देखती रही। ठंडी कॉफ़ी को एक बार में गले के नीचे उतारने के बाद मिताली वहीं सोफे पर लेट गई। माधव के बारे में सोचते-सोचते उसे नींद आ गई। जब नींद खुली तो अँधेरा घिर चुका था। माधव और रोनित के हँसने-बोलने की आवाज़ें उसके कानों में पड़ रही थीं। दिमाग कुछ सुन्न सा हो रहा था। उसे अभी भी अजीब सी फ़ीलिंग हो रही थी। माधव उसकी सोच पर हावी हो रहा था। उसने माधव से दूरी रखने का फ़ैसला किया। मिताली जानती थी कि अगर वो लिहाज़ छोड़ सख्त न हुई तो चीज़ें बिगड़ सकती थीं। रोनित हाथ में वाइन का ग्लास लिए कमरे में दाखिल हुआ और उसने मिताली के सिर पर प्यार से हाथ फेरा, 'मैडम, उठिए रात के आठ बज चुके हैं...। जाम हाज़िर है।'

'कब आए तुम? उठा दिया होता मुझे... ग़लत टाइम पर सो गई सो बॉडी पेन हो रहा है।'

रोनित शरारत से आगे बढ़ा, 'लाओ, बॉडी मसाज कर दूँ!'

'अच्छा जी, जनाब करीब आने के बहाने ढूँढ़ रहे हैं।'

रोनित ने ठहाका लगाया और वाइन का ग्लास टेबल पर रखकर मिताली के पैर दबाने लगा।

'अरे यार, छोड़ो न, कोई देख लेगा!'

'तो क्या हुआ, अपनी बीवी की सेवा कर रहा हूँ। कोई ग़लत काम नहीं कर रहा।'

मिताली ने उसके हाथ अपने हाथों से रोक दिए, 'प्राइवेसी भी कोई चीज़ होती है, पटेल साहब।'

तभी माधव स्कॉच भरे दो ग्लास थामे कमरे में आया और एक ग्लास रोनित की तरफ़ बढ़ाया, 'डैड, आप मिताली को बुलाने आए थे और ख़ुद भी यहीं बैठ गए!'

माधव ने टेबल पर रखा वाइन का ग्लास मिताली की तरफ़ बढ़ाया, 'हैव वाइन, यू विल बी फ़ाइन। चियर्स!'

मिताली ने माधव की तरफ़ गौर से देखा। वो ऐसे नॉर्मल था जैसे कुछ हुआ ही न हो। मिताली ने ग्लास थाम वाइन का एक घूँट लिया। रोनित सोफे पर मिताली के साथ बैठा रहा और माधव बीन बैग को पास खींचकर बिल्कुल उनके पैरों के पास सटकर बैठ गया। पाछी टेबल पर कुछ स्नैक्स और सलाद रख गई। रोनित अब तक तीन पेग ले चुका था। उस पर सुरूर चढ़ने लगा था। वो अब शेयर्स से शेरो-शायरी पर आ गया।

'*अगर तलाश करूँ तो मिल ही जाएगा मगर तुम्हारी तरह कौन मुझको चाहेगा...*'

माधव की नज़रें लगातार मिताली पर थीं। इस तरह देखे जाने से वो असहज होने लगी।

'वाह डैड, वाह। इसके आगे का मुझसे सुनिए...'

'*तुम्हें ज़रूर कोई चाहतों से देखेगा मगर वो आँखें हमारी कहाँ से लाएगा।*'

रोनित हँस पड़ा, 'वाह मेरे बशीर बद्र। रट्टा मारा हुआ है तूने भी!'

माधव ने रोनित की बात पर बड़ी अदा से सिर झुकाया। उसके चेहरे पर एक रहस्यमयी मुस्कान बनी हुई थी। मिताली के लिए यह मुस्कान उलझन पैदा कर

रही थी। वो उसके असर से दूर होने के लिए रोनित के करीब खिसक कर बैठ गई और उसके कंधे पर सिर टिका लिया।

माधव मिताली की इस हरकत को बारीकी से ऑब्ज़र्व कर रहा था, 'ओहो, लव बर्ड्स!'

रोनित ने मुस्कुरा कर मिताली के कंधे को थपथपाया और माधव की तरफ़ देखा, 'मैडी, लंदन में कोई लड़की पसंद आई?'

'जो पसंद आ सकती थी वो आपने पसंद कर ली, डैड!' माधव ने ग्लास उठाते हुए कहा।

एक पल के लिए मिताली के शरीर में करंट सा दौड़ गया। माधव ज़ोर से हँस दिया। रोनित ने उसका साथ दिया, 'हाँ, एग्री हूँ तेरी इस बात से। मिताली जैसी लड़की सिंगल पीस है। पर तुझे भी कोई-न-कोई मिल जाएगी।'

मिताली बिना कोई रिएक्शन दिए चुपचाप बुत बनी बैठी रही।

'फिंगर्स क्रॉस्ड! प्रॉब्लम तो यही है कि "कोई" नहीं चाहिए, डैड। कोई ख़ास चाहिए। वैसे डैड आपकी और मेरी चॉइस सेम है। है न?'

रोनित और माधव ने एक-दूसरे को पंच मारा और ज़ोर-ज़ोर से हँसने लगे। मिताली को महसूस हो रहा था कि माधव जान-बूझकर उसे टारगेट करके इस तरह की बातें कर रहा है और रोनित उसकी बातों को मज़ाक समझ रहा है।

वो उठ खड़ी हुई, 'मैं चेंज करने जा रही हूँ। ऑफ़िस से आकर सीधे सो गई थी।'

माधव ने हाथ फैलाकर मिताली का रास्ता रोका, 'अरे, जब शम्मा ही चली जाएगी तो महफ़िल क्या ख़ाक जमेगी?'

माधव की इस बात पर रोनित और मिताली दोनों ने हैरानी से उसे देखा।

रोनित ने माधव के फैले हाथ पर जोशीले अंदाज़ में हाथ मारा, 'वाह! इतनी अच्छी उर्दू बोलना कब सीखा?'

'डैड, आजकल शायरी पढ़ने का शौक हो गया है। ग़ालिब, बशीर और जौन एलिया को सुनता-पढ़ता रहता हूँ।'

रोनित ने गौर से माधव की तरफ़ देखा। माधव की आँखें पहले से ज़्यादा चमक रही थीं, वो बेहद ख़ुश नज़र आ रहा था।

'ये तो लव सिम्टम्स हैं, बेटे। कौन है वो जिसके लिए शायरी सीख रहे हो?'

'डैड, ऐसा कुछ नहीं है। आई डोंट बिलीव इन लव।'

अपने ग्लास में बची हुई वाइन को एक घूँट में ख़त्म करके मिताली बिना कुछ कहे-सुने उठ गई।

कमरे में आकर मिताली कपड़े बदल कर कटे पेड़ सी बिस्तर पर गिर गई। उसने धीरे से अपने दाएँ गाल को छुआ। माधव के होंठों की छुअन अब भी उसे काँटे की चुभन लगी।

संडे की सुबह बीच पर कुछ ज़्यादा ही भीड़ थी वरना आम दिनों में गिने-चुने लोग ही नज़र आते। मिताली मैट पर बैठकर योगा कर रही थी। दस मिनट शवासन में रहने के बाद जैसे ही उसने अपनी आँखें खोलीं, उसे सामने रोनित नज़र आया।

'अरे, इतनी जल्दी उठ गए?'

रोनित ने शरारत से हँसते हुए उसकी तरफ़ हाथ बढ़ाया, 'तुम मुझे छोड़कर चली आती हो तो अकेले मुझे नींद नहीं आती।'

मिताली ने रोनित का हाथ थामा तो उसने उसे खींचकर उठा दिया। मिताली स्ट्रेचिंग करने लगी और रोनित अब उसकी जगह पर लेट गया।

'कितनी फ्लेक्सिबल हो तुम!'

'उठो न रोनित! तुम भी थोड़ी एक्सरसाइज़ कर लो। जबसे हमारी शादी हुई है, तुमने जिम छोड़ दिया है। पेट देखो, ऐसा लगता है पाँच महीने की प्रेगनेंसी है, किसका पाप है, बोलो?' शरारत से मिताली ने चुटकी ली।

नहले का जवाब दहले से देते हुए रोनित ने अपने सिर पर हाथ रखा, 'मैं कसम खाकर कहता हूँ, मिताली! यह तुम्हारा ही बच्चा है।'

सुबह की धूप उनकी हँसी से नहा गई। दोनों एक-दूसरे में डूबे हुए बातें कर ही रहे थे, तभी विमल ने कॉल करके रोनित को ऑफिस बुला लिया।

'यार, यह विमल भी... हमेशा कबाब में हड्डी बनता!' रोनित मिताली को चूम कर अंदर चला गया। मिरोमि के फर्स्ट फ्लोर पर रोनित का पर्सनल केबिन था।

नींद जल्दी खुल जाने की वजह से मिताली को थकान हो रही थी। सुबह की नरम धूप उसे अलसा रही थी, वो मैट पर फिर लेट गई।

'हे गुड मॉर्निंग, स्वीटहार्ट!' माधव की आवाज़ से मिताली का ध्यान भंग हुआ। वो झटके से उठकर बैठ गई।

'लेट्स गो फॉर अ रन!'

'तुम जाओ, मेरा मन नहीं। वैसे भी योगा कर चुकी हूँ।' मिताली ने रुखाई से कहा।

'ये कहीं रूल है–योगा के बाद रनिंग नहीं करनी? और आप लास्ट ट्वेंटी मिनट से नैप ले रही थीं। कम ऑन, मूव योर बट्स।' यह कहकर माधव ने अपना हाथ मिताली की तरफ़ बढ़ाया।

मिताली ने उसके हाथ का सहारा नहीं लिया, पर वो उठी और मैट के पास रखे अपने स्पोर्ट शूज पहनने लगी। माधव पास खड़ा मुस्कुराता रहा। मिताली के हाथ लेस बाँधते-बाँधते अचानक रुके। उसने माधव की तरफ़ देखा, 'आई एम नोट योर स्वीटहार्ट!'

माधव ठठाकर हँसा, 'ओह, इतनी देर बाद सिग्नल रिसीव हुआ! प्लीज़ अपडेट योर सिस्टम, ब्रो।'

मिताली कुछ नहीं बोली। उसका चेहरा कुछ कठोर हुआ तो माधव हँस पड़ा, 'लिसेन, मेरे बोलने का यही स्टाइल है। इतना बात-बात पर बुरा मानोगी तो बात कैसे बढ़ेगी?'

'कम-से-कम थोड़ा डेकोरम मेन्टेन करना सीखो, माधव!'

'ओ रियली? आई विल ट्राई टू फॉलो मिसिज़ मिताली रोनित पटेल। नाउ शेल वी?' मिताली चुपचाप माधव के साथ बीच पर दौड़ने लगी। दोनों के कदम मिल रहे थे, फिर भी कभी मिताली आगे निकल जाती तो कभी माधव। दोनों करीब दो किलोमीटर दूर बीच से सड़क पर आ गए थे...

मिताली हाँफते हुए बोली, 'प्यास लग रही है।'

माधव कुछ नहीं बोला, चुपचाप चलता रहा। फिर सड़क किनारे नारियल की एक दुकान से उसने दो नारियल पानी खरीदे, एक मिताली को थमाकर दूसरे से ख़ुद पीने लगा।

'अब मैं नहीं चल सकती। रियली टायर्ड!'

'बस इतना ही था आपका स्टैमिना मिसिज़ पटेल?'

मिताली ने बिना कोई जवाब दिए इधर-उधर देखा। वहाँ कई ऑटोवाले खड़े थे। एक को मिताली ने इशारे से बुलाया, '...भैया! मड चर्च से थोड़ा पहले उतार देना।'

ऑटोवाले ने मीटर चालू किया और दोनों ऑटो में बैठ गए। दोनों के बीच में कोई बात नहीं हुई, पर उनके कंधे बार-बार टकरा जाते थे। माधव कुछ देर तो चुप रहा फिर बोला, 'आपको मेरा बोलना पसंद नहीं है न?'

'मैंने ऐसा कब कहा?'

'समझ आता है मुझे। पर क्या करूँ, आप इतनी ख़ूबसूरत हैं कि दिल पर काबू नहीं रहता।'

मिताली के चेहरे का रंग बदलता देख माधव ज़ोर से हँस पड़ा, 'मज़ाक कर रहा था... हर हाईनेस!'

मिताली चुप रही और ऑटो से दूसरी तरफ़ देखती रही... माधव ने उसके कंधे को दबाया, 'तुम अभी मुझे जानती नहीं, इसलिए बुरा मान जाती हो। मैं ऐसा ही हूँ, पर मेरी नीयत साफ़ है। कसम से!'

मिताली चुप रही तो वो फिर बोला, 'चलो, दोस्त बन जाते हैं... समझने में आसानी रहेगी।'

माधव ने मिताली की तरफ़ अपना हाथ बढ़ाया।

'कोई ज़बरदस्ती है, दोस्त बनना ही होगा?'

'सोच लो, एक ही घर में रहते हुए अनजान बने रहना ठीक होगा?' माधव ने कंधे उचका दिए।

'और दुश्मनी के बारे में क्या ख़याल है आपका, मिस्टर माधव पटेल?'

'मिस्टर माधव पटेल... वाओ! मेरे नाम को इतनी रेस्पेक्ट तो सिर्फ़ एड्रेस में मिलती है... आदत नहीं है सुनने की।'

'इसलिए तुमने अपना नाम मैडी रख लिया। नाम का पूरा असर आ गया है तुम पर।'

माधव उसकी बात सुन ज़ोर से हँसा, 'हा हा, वैसे माधव नाम का भी असर है, तभी तो इतना आशिक़ मिज़ाज हूँ।'

'हम्म।'

'और रही बात दुश्मनी की तो सामने इतना ख़ूबसूरत दुश्मन हो तो हम सरेंडर कर देंगे। अरेस्ट मी, माय लार्ड!' माधव ने अपने दोनों हाथ एक-दूसरे के ऊपर रख मिताली के सामने कर दिए।

'मैडी, बिज़नेस छोड़ो और राइटर बन जाओ।'

'आर यू सीरियस?'

'यस।'

ऑटो मिरोमि के सामने रुक चुका था, दोनों उतर कर घर की तरफ़ बढ़ गए। दोनों के बीच की झिझक ख़त्म हो रही थी और उनके बीच एक नया रिश्ता पनप रहा था।

मिताली का मोबाइल लगातार बज रहा था। उसने फ़ोन उठाया, दूसरी तरफ़ स्वीटी थी, जो गुस्से से भरी हुई थी, 'तुमको कितना चाहिए, मिताली? हमारी कंपनी में शेयर्स हड़प कर तुम्हें चैन नहीं मिला, अब घर भी हड़पना चाहती हो? थोड़ा इंतज़ार तो करो, कल तो मर नहीं रहा तुम्हारा दूसरा पति!'

स्वीटी की कड़वी आवाज़ सुनकर मिताली सन्न रह गई। उसे समझ में नहीं आया कि स्वीटी किस बारे में बात कर रही है, 'कौन सा घर?'

'कितनी भोली बन रही हो! यू ग्रीडी बिच।'

मिताली को स्वीटी की बदतमीज़ी पर गुस्सा आया, 'माइंड योर लैंग्वेज! इस तरह बात करने की तुम्हारी हिम्मत कैसे हुई? मुझे मालूम नहीं तुम किस घर के बारे में बात कर रही हो।'

'बांद्रा वाला घर। हमें निकालना चाहती हो यहाँ से?'

इससे पहले कि स्वीटी और ज़हर उग़लती, मिताली ने फ़ोन काट दिया। उसका सिर फटने लगा... गुस्से और अपमान से उसका पूरा शरीर सुलग उठा। ख़ूबसूरत सुबह में कड़वाहट घुल चुकी थी। रोनित शायद बाथरूम में था। वो गुस्से से चिल्लाने लगी, ''रोनित... रोनित!

रोनित ने बाथरूम से जवाब दिया, 'नहा रहा हूँ, डार्लिंग... तुम भी आ जाओ अंदर।'

मिताली इतने गुस्से में थी कि उसने कोई जवाब नहीं दिया। अगले पाँच मिनट में रोनित टरकॉइस ब्लू रंग के बाथिंग रोब में बाहर आ गया। मिताली अपना सिर पकड़े सोफे पर बैठी हुई थी... उसकी आँखें लाल थीं।

रोनित उसे देख घबराया, 'क्या हुआ, मिताली?'

'पहले तुम मुझे बताओ चल क्या रहा है? स्वीटी ने मुझे फ़ोन करके न जाने कितना कुछ सुना दिया। तुम बांद्रा वाला घर मेरे नाम क्यों कर रहे हो, रोनित?

'तुम मेरी वाइफ़ हो... तुम्हें तुम्हारा हक दे रहा हूँ।'

'रोनित, रहने को सिर्फ़ एक घर चाहिए और मिरोमि है न हमारे पास। मैं स्वीटी की बदतमीज़ी और बर्दाश्त नहीं कर सकती। प्लीज़, वो जहाँ रह रहे हैं वहाँ उन्हें शांति से रहने दो।'

रोनित ने गहरी साँस लेकर मिताली को गले लगा लिया, 'सॉरी डार्लिंग।'

'रोनित, मुझे कुछ नहीं चाहिए। बस मेरे साथ रहो, मुझे प्यार करते रहो। सिर्फ़ प्रॉपर्टी के लिए मैं कलह नहीं चाहती। अगर प्यार और ख़ुशी न हो तो पैसे और घर की क्या कीमत। प्लीज़, मुझसे प्रॉमिस करो कि अब कोई फ़ाइनेंशियल इशू नहीं उठाओगे। मुझे अपने काम की सैलरी मिल रही है और अगर ज़्यादा की ज़रूरत हुई तो अपने पति से माँग सकती हूँ न?'

'एनीथिंग माय लव, सब तुम्हारा ही है।'

'बड़ी मुश्किल से हम साथ हुए हैं... इस रिश्ते को जमने दो। हमारे प्यार के पौधे ने अभी तो आकार लेना शुरू किया है... इसे प्लीज़ मुरझाने मत देना। यू नो न, मेरा माइंड डिस्टर्ब हो जाता है फालतू लड़ाई से।'

रोनित की आँखों में गुस्सा था, उसे स्वीटी की हरकतें नाकाबिले बर्दाश्त हो रही थीं। मिताली को कोई तकलीफ़ पहुँचाए, यह वो सहन नहीं कर सकता था।

स्वीटी संडे की किटी पार्टी के लिए अपनी दोस्तों के साथ बाहर थी। होटल मरीन का वो हॉल नीले रंग के बैलूंस से सजा हुआ था। थीम ब्लू थी, नीले रंग में सजी सभी फ्रेन्डस कार्ड्स खेलने में बिज़ी थीं। अचानक अपने ड्राइवर को आता देख स्वीटी चौंक गई।

'क्या है? यहाँ क्यों आए?'

'मैडम, साहब ज़रूरी बात करना चाहते हैं। आप फ़ोन नहीं उठा रही थीं।'

स्वीटी ने झल्लाते हुए पर्स से मोबाइल निकाला। मोबाइल में कई मिस्ड कॉल्स थे राघव के। उसकी सभी सहेलियाँ अपने पत्ते छोड़ स्वीटी की तरफ़ देखने लगीं।

'फ़ोन साइलेंट पर रह गया था। तुम जाओ, मैं बात करती हूँ।'

ड्राइवर लौट गया। स्वीटी ने अपने पत्ते टेबल पर उलटे रख दिए। सभी ज़ोर से हँस पड़ीं। मिसेज़ रावत ने उसे कोहनी मारते हुए कहा, 'एक घंटे भी अकेला नहीं छोड़ता स्वीटी का हस्बैंड।'

उसकी इस बात का समर्थन जूली ने किया, 'मेरा हस्बैंड जब यूएस जाता है तब एक महीने तक कॉल नहीं करता। मुझे भी शांति रहती है और उसे भी।'

स्वीटी बिना कुछ बोले वहाँ से उठ गई। स्वीटी ने हॉल से बाहर ओपन टेरेस के एक कोने में जाकर फ़ोन मिलाया। फ़ोन पर रिंग जाते ही राघव ने फ़ोन उठा लिया। राघव बहुत गुस्से में था, 'तुमने मिताली को फ़ोन क्यों किया?'

'क्योंकि वो बिच हमसे सब छीन लेना चाहती है।'

'शट अप स्वीटी, डैड बहुत एंग्री हैं। तुम अभी कॉल करके मिताली से सॉरी बोलो।'

'व्हाट? क्या बुड्ढा बिल्कुल पागल हो गया है जो उस बोंग पर सब लुटाए जा रहा है?'

'माइंड योर लैंग्वेज, स्वीटी! बहुत घर हैं हमारे पास। अगर एक मिताली को दे भी दिया तो क्या होगा? तुम्हें भी तो शादी के बाद एक फ्लैट दिया था उन्होंने, जिसमें तुम्हारा भाई अपनी फ़ैमिली के साथ घुसा हुआ है।'

'मेरे भाई को बीच में मत लाओ, राघव।'

'तुम अभी के अभी घर आओ, स्वीटी।' राघव ने गुस्से से फ़ोन काट दिया।

गुस्से से तमतमाई स्वीटी ने बड़ी मुश्किल से अपने आँसुओं को रोका। राघव कभी उससे ऊँची आवाज़ में बात नहीं करता था। उसने पटेल विला पहुँच अपने बेडरूम में जाते ही वो महँगा नीला गाउन उतार फेंका जो ख़ास तौर पर आज की किटी के लिए ही डिज़ाइन किया था। इस किटी को उसी ने प्लान किया था और राघव की वजह से उसे पार्टी छोड़कर आना पड़ा।

स्वीटी बहुत ज़िद्दी और तेज़-तर्रार थी। राघव उससे दबता था। यह पहली बार था जब राघव उस पर हावी होकर उसकी ग़लती बता रहा था। वो हमेशा से मनमर्ज़ी करती आई थी लेकिन आज वो बहुत अपमानित महसूस कर रही थी। स्वीटी उससे लड़ना चाहती थी। नहाने के बाद वो राघव को ढूँढ़ने बार में पहुँची पर वो वहाँ नहीं था। स्वीटी ने उसे फ़ोन मिलाया।

राघव ने फ़ोन उठा लिया, 'स्टडी में आ जाओ।'

वो गुस्से से भन्नाई स्टडी रूम में पहुँची लेकिन राघव के साथ विमल को देख हड़बड़ा गई और वहाँ रखे सोफे पर बैठ गई। राघव ने स्वीटी की तरफ़ देखा भी नहीं और विमल से कुछ डिस्कस करता रहा। आख़िरकार स्वीटी का गुस्सा बाहर आया, 'अगर इतने बिज़ी हो तो मुझे क्यों बुलाया, मैं भी कहीं बिज़ी थी। रात में बात कर लेते...'

राघव ने गुस्से से फ़ाइल बंद की और जलती नज़रों से उसकी तरफ़ देखा, 'ओ रियली! अपनी बकवास किटी पार्टी के अलावा तुमको किसी और बात की चिंता है?'

'तुमने मुझे यहाँ अपने डैड के पीए के सामने इंसल्ट करने बुलाया है?'

उनके बीच की बातचीत गरम होती देख विमल कुमार उठ गया और फ़ाइल्स समेटने लगा। 'बाबा, कल ऑफ़िस में बाकी काम हो जाएगा।'

'बैठिए अंकल आप। स्वीटी, तुमको इंसल्ट बुरी लगती है और तुम किसी को कुछ भी कह लो उससे तुम्हें कोई फ़र्क नहीं पड़ता?'

'मैंने अपने हक के लिए बोला... वो कुतिया हमारी सारी प्रॉपर्टी छीन लेगी।'

'तमीज़ से बात करो, स्वीटी। ये सब डैड का ही कमाया हुआ है और उन्हें पूरा हक है अपनी बीवी को देने का।'

'पता नहीं बुढ़ापे में उनको शादी करने की क्या सूझी। रखैल बना के रखते तो कम-से-कम हमारी लाइफ़ में शांति तो रहती!'

उन दोनों मियाँ-बीबी की लड़ाई में विमल असहज महसूस कर रहा था। स्वीटी मीठी भी बहुत थी और जब लड़ती तब उससे कड़वा मिलना मुश्किल था। जो भी हो आख़िर मिताली पटेल इंडस्ट्रीज़ के मालिक रोनित पटेल की पत्नी थी। राघव के लिए भी स्वीटी की इस बगावत को सहना मुश्किल हो रहा था। उसे पूरा

अंदेशा था कि विमल ये सारी बातें उसके डैड को ज़रूर बताएगा जो आग में घी का काम करेंगी।

राघव ने गुस्से में उठकर स्वीटी का हाथ पकड़ लिया। 'इनफ़! अभी फ़ोन करके मिताली जी से सॉरी बोलो या निकल जाओ इस घर से।'

'तुम उस बोंग के लिए मुझे घर से निकलने को बोल रहे हो?'

'हाँ, क्योंकि तुम सारे मैनर्स भूल गई हो। डैड के फ़ैसले से मैं भी नाख़ुश हूँ पर डेकोरम मेन्टेन करना जानता हूँ।'

स्वीटी गुस्से में उठी और पैर पटकती हुई स्टडी रूम से बाहर निकल गई। राघव ने किक मारकर सोफे को पलट दिया। विमल ने उसके कंधे पर हाथ रखा।

'बाबा, जिस बात को लेकर स्वीटी मैडम नाराज़ हैं, वो बात अब है ही नहीं। मिताली मैडम ने ख़ुद ये घर लेने से साहब को मना कर दिया।'

'व्हाट?'

'जी बाबा, वो घर में शांति चाहती हैं और जितना मैंने उन्हें जाना है, उनको पैसों का कोई लालच नहीं। इन सब लड़ाई-झगड़ों से रोनित साहब की हेल्थ पर बुरा असर पड़ रहा है। बाबा, साहब को आपकी ज़रूरत है। चलता हूँ अभी।'

विमल फ़ाइल्स समेट कर निकल गया और पीछे राघव के लिए कई सवाल छोड़ गया।

वाकई रिश्ते पैसों की दौड़ में पीछे छूटते जा रहे। पहले उनकी एक भी शाम ऐसी नहीं होती थी जब राघव और रोनित शहर में साथ हों और एक साथ वक़्त न बिताएँ। जो डैड उससे बिना पूछे कोई फ़ैसला नहीं लेते थे, आज उससे बात नहीं करते। क्या वो ख़ुद इसकी वजह नहीं था?

जब माँ-डैड ने स्वीटी को स्वीकार नहीं किया था तब वो कैसे अपने परिवार से चिढ़ने लगा था। आज वो भी तो वही कर रहा है... डैड की पत्नी को रिस्पेक्ट न देकर।

अफ़सोस में डूबा राघव पुराने दिन याद करने लगा... हज़ारों किताबें भरी हुई थीं उसकी स्टडी में। दुनिया भर का साहित्य यहाँ था। संडे की सुबह अक्सर दोनों नयी किताबों और फिल्मों पर बातचीत करते थे। डैड की वजह से ही उसे बचपन से पढ़ने का शौक लगा था। वो उठकर उस कोने में गया जहाँ उसके

बचपन की किताबें रखी हुई थीं... *आज भी सब नयी लगती हैं*, उसने एक किताब को हाथ से छूते हुए सोचा। रस्किन बांड, चाचा चौधरी, नंदन, चंपक, पंचतंत्र न जाने कितनी ही किताबें उसे बचपन में लौटा ले गईं। जब उसके डैड का इतना बड़ा बिज़नेस नहीं था, फिर भी वो आधी कमाई किताबों पर ख़र्च करते और माँ अकसर गुस्सा करतीं।

'क्यों आप रोज़-रोज़ नयी किताब ले आते हो? देखना, रद्दी में बेच दूँगी सब।'

डैड तब मुस्कुरा कर माँ को मनाते, 'अरे मेरी भवानी... किताबें खज़ाना होती हैं। तुम बहुओं के लिए जैसे गहने जमा करती हो, वैसे ही मैं अपने लड़कों और पोते-पोतियों के लिए किताबें!'

माधव को खेलने का शौक था। वो किताबें उठाकर भी नहीं देखता था, पर दुनिया के हर तरह के सिनेमा और म्यूज़िक की उसको ख़बर रहती थी। इसलिए स्टडी रूम में किशोर, रफ़ी से लेकर पिंक फ्लॉयड, जस्टिन बीबर और लता से लेकर ब्रिटनी, शकीरा सबके एलबम्स भरे हुए थे। जब माँ ज़िंदा थीं तो महीने में एक बार वो सब मिलकर यहाँ महफ़िल जमाते थे। माँ भवानी ध्रुपद गाती थीं। वो दो घंटे बस उनके अपने होते थे, जब किसी को आने की इजाज़त नहीं होती। चारों अपने सुख-दुख शेयर करते। माँ गातीं, रोनित अपनी लिखी कोई कविता सुनाता। राघव अपनी पसंद की किताब से कोई हिस्सा पढ़ता और माधव कोई अंग्रेज़ी गाना गिटार पर बजाता। भवानी बोलती- *मेरे तीनों लड़के बहुत गुनी* छे।

भवानी की मौत के बाद सब बिखर गया। माधव तो पहले ही बाहर रहता था लेकिन राघव और रोनित भी दूर होते चले गए।

बहुत सोचने के बाद उसने रोनित को मैसेज किया।

'डैड, क्या मैं डिनर पर आपके पास आ सकता हूँ?'

थोड़ी देर में रोनित का जवाब आया–*अपने घर आने के लिए पूछना पड़ता है क्या, बेटे?*

राघव के चेहरे पर मुस्कुराहट आ गई। उसने बेडरूम में पहुँच कमरे पर नज़र डाली, सारा सामान फैला पड़ा था। स्वीटी अलमारी से कपड़े निकाल अपना सूटकेस पैक कर रही थी।

'मैं डिनर के लिए डैड के घर जा रहा हूँ, तुम भी चलो।'

'मैं नहीं जाऊँगी। तुम्हीं करो उन दोनों की ख़ुशामद! मैं मम्मी के पास जा रही हूँ।'

'भाड़ में जाओ!'

इससे पहले कि स्वीटी कुछ रियेक्ट करती राघव कमरे से निकल गया।

रात ठीक नौ बजे राघव की कार मिरोमि में आकर रुकी। राघव कई सालों बाद मड आइलैंड के फार्म हाउस में आया था जो अब मिरोमि बन चुका था। रोनित गेट पर ही खड़ा था। अपने बड़े बेटे को सामने देख वो बहुत ख़ुश हुआ... उसने राघव को कसकर गले से लगा लिया। दोनों ड्रॉइंग रूम में बैठे तब तक माधव भी आ गया। जब माधव ने स्वीटी के लिए पूछा तो राघव ने कहा कि उसकी मम्मी बीमार है तो वहाँ चली गई।

रोनित के इशारे पर दोनों भाई ड्रॉइंग रूम के कोने में बने बार की तरफ़ चले आए। इसी से लगा हुआ काँच का दरवाज़ा सीधे बीच की तरफ़ खुलता था। राघव दरवाज़े से बाहर निकल रेत पर रखी कुर्सी पर बैठ गया। चाँदनी रात थी तो अच्छा-खासा उजाला रेत पर था। लहरों की आवाज़ रात की शांति को सहला रही थी। माधव दो ड्रिंक्स लेकर वहाँ आया। रोनित के हाथ में उसका ड्रिंक था। रोनित और माधव ने चियर्स करने के लिए अपना-अपना जाम उठाया ही था कि राघव कुछ सोचकर रुक गया, बहुत देर से उसकी निगाह मिताली को ढूँढ़ रही थी, 'मिताली जी को भी बुला लीजिए।'

रोनित और माधव, दोनों इस बात पर हैरान थे। राघव का मिताली के बारे में पूछना अजीब था।

रोनित ने गहरी नज़र से राघव को देखा। मिताली ने पहले ही बाहर आने से मना कर दिया था और वो भी यह सोचकर सहमत था कि फिर कोई तमाशा न हो। पर राघव की यह पहल उसे अच्छी लगी, वो अपना जाम टेबल पर रख खड़ा हो गया।

मिताली कमरे में अपने लैपटॉप पर बिज़ी थी। सुबह की बातें अभी भी उस पर हावी थीं और वो रोनित से नाराज़ भी थी। रोनित कमरे में आया और उसके

बालों में अपनी उँगलियाँ फिराने लगा। मिताली बिना कुछ बोले अपनी उँगलियाँ लैपटॉप के कीबोर्ड पर चलाती रही।

'राघव तुम्हें बुला रहा है।'

'क्यों? स्वीटी भी है?'

'नहीं।'

मिताली कुछ देर सोचती रही। उसका मन लगातार चल रही बातों से आहत था। वो राघव और स्वीटी से बचना चाहती थी। आज सुबह ही स्वीटी से उसकी गर्मागर्मी हुई और अब राघव डिनर पर आया है और उसे भी बुला रहा है।

'रोनित, मैं नहीं आऊँगी। प्लीज़ मुझे फ़ोर्स मत करो, यार।'

रोनित ने उसके कंधे को दबाया और लौट गया। रोनित को अकेला आते देख माधव उठा, 'मिताली नहीं आई?'

'वो सो रही है। उसको शाम से हेडेक हो रहा है... डिनर तक उठ जाएगी शायद।'

'ओ दीज़ वीमेन! लेट मी अलाओ टू ब्रिंग हर।'

कोई कुछ कहता, इससे पहले माधव गया और बिना नॉक किए मिताली के कमरे में पहुँच गया, 'हेट बिज़ी बी... डैड तो बोले तुम सो रही हो।'

उसे यूँ अचानक देख मिताली चौंक गई, 'कुछ ज़रूरी काम कर रही हूँ।'

'बाहर आओ! ड्रिंक पर सब तुम्हारा इंतज़ार कर रहे हैं।'

'नहीं, मुझे कोई तमाशा नहीं चाहिए। आप दोनों हो न उसके साथ।' मिताली ने रुखाई से बिना उसकी तरफ़ देखे कहा।

माधव ने मिताली के लैपटॉप के सामने अपना हाथ लगा दिया ताकि वो स्क्रीन न देख पाए, 'ओ कम ऑन गर्ल, वो दोस्ती करने आया है। चलो न।'

मिताली कुछ बोलती लेकिन माधव ने उसे चुप रहने का इशारा किया और हक से उसका हाथ थामा। मिताली ने अपने बिखरे बालों को उँगलियों से समेटा और उसके साथ चल दी। मिताली को देख राघव खड़ा हुआ और उसे हाथ जोड़ कर नमस्ते की। माधव एक ड्रिंक मिताली के लिए बना लाया। सभी ने चियर्स बोलते हुए अपने ड्रिंक पीने शुरू किए। कुछ देर इधर-उधर की बातों के बाद राघव ने अपने डैड और मिताली से माफ़ी माँग ली तो रोनित ने राघव को गले लगा लिया।

रिश्तों पर जमी बर्फ धीरे-धीरे पिघलने लगी थी। मिताली की आँखों में छाई उदासी के काले बादल छँटने लगे और मुस्कुराहट की खिली धूप निकल आई। रोनित, राघव और माधव अपने पुराने रंग में लौटने लगे। सबका मन हल्का होने लगा, उनकी खिलखिलाहट से समंदर की आवाज़ दबने लगी थी। राघव को लगातार यह अहसास हो रहा था कि मिताली के लिए जितना बुरा वो सोच बैठा था वो वैसी बिल्कुल भी नहीं। वो तो बहुत समझदार, ज़िंदादिल और संवेदनशील है।

दूसरी तरफ़ स्वीटी ओशिवारा के फ़ोर बीएचके फ्लैट में थी, जहाँ उसकी माँ परमिंदर, छोटा भाई निहाल सिंह उर्फ़ निक्की और उसकी पत्नी डॉली रह रहे थे। जब वो घर पहुँची तो माँ ने दरवाज़ा खोला। स्वीटी को सूटकेस के साथ देख परमिंदर चौंकी। बार-बार कहने पर भी एक-दो घंटे से ज़्यादा नहीं रुकने वाली स्वीटी को आज अचानक सूटकेस के साथ देखना परमिंदर को अजीब लगा।

'पुत्तर, सूटकेस के साथ? सब ठीक है न?'

स्वीटी लापरवाही से अपना पर्स सोफे की तरफ़ उछाल ख़ुद बिस्तर पर लेट गई। 'कुछ ठीक नहीं है, मम्मी। मिताली से शादी के बाद ससुर साहब का दिमाग ख़राब हो गया है। सब उसके नाम किए जा रहे हैं।'

'जवान बीवी हो तो बूढ़े इसी तरह काबू करते हैं और तो कुछ करना उनके बस में होता नहीं।' परमिंदर ख़ुद अपनी बात पर 'हो-हो' करके हँस पड़ी लेकिन स्वीटी के चेहरे की गंभीरता बनी रही।

स्वीटी ने इधर-उधर देखा, 'निक्की नहीं दिख रहा?'

'दोनों खाने के लिए बाहर गए हैं।'

'तुम्हें नहीं ले गए? तुमने कुछ खाया, मम्मी?'

'मैंनू जाके क्या करना है? खिचड़ी खा लेनी है। मैंनू बाहर का खाना हजम नहीं हौंदा है।'

'हम्म।'

'अच्छा बोल, तू क्या खाएगी... वही बना देती हूँ।'

'रहने दो मम्मी, हम कुछ ऑर्डर करते हैं।'

स्वीटी ने लोकल फ़ूड जॉइंट से खाना मँगवाया जो आधे घंटे में आ गया। परमिंदर खाना प्लेट में परोसने में व्यस्त थी। स्वीटी का दिमाग राघव की बातों में उलझा था।

'तुम झगड़ा करके आई हो?'

'हाँ। जानती हो मम्मी, राघव ने मुझसे क्या कहा?'

परमिंदर ने हैरानी से सिर इनकार में हिलाया।

'उसने कहा– *या तो मिताली से माफ़ी माँगो या घर से निकल जाओ*। उस पीए विमल कुमार के सामने ही उसने मेरी इंसल्ट की।'

खाना परोसती हुई परमिंदर के हाथ ठिठके, 'देख, फिलहाल तुझे उसकी ज़रूरत है। तू माफ़ी माँग ले।'

'नो वे! आपने सोच भी कैसे लिया कि मैं माफ़ी माँगूँगी?'

'ऐसे ज़िद नहीं करते, पुत्तर जी। इस तरह की ज़िद से तो तुम पटेल फ़ैमिली से अलग-थलग पड़ जाओगी और वो बंगालन घर की मालकिन बन बैठेगी।'

इतने में निक्की और डॉली भी लौट आए। फिर तो बातों और गानों का सिलसिला चल पड़ा। स्वीटी का मूड अपने घरवालों के साथ अच्छा हो गया।

स्वीटी अपनी माँ के समझाने पर राघव के पास लौट आई। स्वीटी ने मिताली से माफ़ी तो नहीं माँगी पर राघव को प्रॉमिस किया कि वो मिताली से अब कोई बदतमीज़ी नहीं करेगी और पब्लिक फंक्शन में प्रॉपर रिस्पेक्ट और डेकोरम मेन्टेन करके रखेगी। माधव और रोनित कुछ दिनों के लिए गोवा गए हुए थे। गोवा में एक नया होटल खोलने पर विचार चल रहा था जिसके लिए दोनों साइट्स देखने में बिज़ी थे।

मिताली अपना नया बिज़नेस डेली न्यूजपेपर शुरू करने की तैयारियों में जुटी हुई थी, जिसकी वजह से गोवा नहीं गई। वो संयोगिता को चीफ एडिटर का पोस्ट देना चाहती थी, पर वो इतनी बड़ी ज़िम्मेदारी के लिए तैयार नहीं थी। मिताली को अपने बाद संयोगिता पर भरोसा था। उधर संयोगिता की भी डेंटिस्ट के साथ ट्यूनिंग जमने लगी थी। जल्दी ही वो इंगेजमेंट प्लान कर रहे

थे। मिताली इस ख़बर से बहुत ख़ुश थी... कभी शादी न करने का फ़ैसला करने वाली संयोगिता आख़िर में शादी करने का सपना देखने लगी।

तीन दिन बाद रोनित और माधव लौटे। रोनित बहुत ख़ुश था। पलोलेम में होटल की डील फ़ाइनल हो गई। अब अगले तीन महीने में होटल खुलना था।

शाम को जब डाइनिंग टेबल पर सब बैठे तो माधव बहुत उत्साहित था, 'पलोलेम का बीच ऐसा है जैसे हम इंडिया में नहीं, बाहर हों।'

मिताली को उसकी बात पसंद नहीं आई। उसने रोटी का कौर अपने मुँह में रखते हुए कहा, 'क्यों, गोवा इंडिया में नहीं क्या?'

'मेरा मतलब है कि एकदम क्लीन और ब्यूटीफुल है।'

'इंडिया में एक-से-एक ख़ूबसूरत और साफ़ जगहें हैं। ये अलग बात है कि हम साफ़ जगहों की तुलना विदेश से करने लगते हैं।'

रोनित ने मिताली की बात का समर्थन किया, 'यस, राईट। जब तक हम दूसरे देशों से अपने देश की तुलना करने के बजाय अपने रिसोर्सेज को सुधार में नहीं लगाएँगे, असली तरक्की नहीं हो सकती।'

'डैड, कल रात एक पार्टी में चलना है। मेरा दोस्त है न प्रिंस, उसने नया डिस्क खोला है, कल उसकी ओपनिंग है।'

'अरे, मुझे तो कल पुणे का सीमेंट प्लांट देखने जाना है। वापस आने में देर होगी।'

'ओह कम ऑन डैड, आज ही तो आए हैं। कभी-कभी रिलैक्स भी किया करो, बडी!'

'ज़रूरी है, वरना नहीं जाता। मिताली, अगर मन हो तो, तुम चली जाना।

'न बाबा न, तुम तो जानते हो मुझे भीड़ में जाना पसंद नहीं और शोर-शराबे में मुझे सिरदर्द होने लगता है।'

'वहाँ शोर बिल्कुल नहीं होगा... ये साइलेंट डिस्क है।'

'साइलेंट?'

'सबके पास ब्लूटूथ कनेक्टेड हेडफ़ोन होता है और जितना मर्ज़ी सुनो, जो मर्ज़ी सुनो, कोई डिस्टर्ब नहीं होता। ऐसा लगता है सब अपने आप में मगन झूम रहे हैं। जो दूर से देखता है, उसे बड़ा फ़नी लगता है। कई बार तो ऐसा...'

'ओके समझ गई पर कल थोड़ा बिज़ी हूँ!'

'ओहो, आप हमेशा बिज़ी रहती हैं! वैसे सैंडी और उसका बॉयफ्रेंड भी आ रहे हैं।'

'अच्छा? मुझको बताए बिना उनको इनवाईट भी कर लिया? ग्रेट...'

'आपके दोस्त, मेरे दोस्त। पूछने की क्या ज़रूरत है...'

'ओके पर ज़्यादा देर नहीं रुकूँगी।'

'डील! सिर्फ़ गेस्ट अपियरंस।'

मिताली ने डिस्क क्लब की ओपनिंग पार्टी के लिए पीच कलर का इवनिंग गाउन पहना और बाल खुले छोड़ दिए थे। माधव गहरे गले की नीली टी-शर्ट और आइस ब्लू जींस में था। उसके सीने पर बना मोरपंख का टैटू साफ़ नज़र आ रहा था। उसके बाल हमेशा की तरह स्पाइकी थे। जैसे ही मिताली कार में बैठी, माधव ने उसकी तरफ़ गौर से देखा।

'एलेगेंट एंड हॉट।'

'मुझे बार-बार तारीफ़ सुनने की आदत नहीं। वैसे तुम भी अच्छे लग रहे हो।'

'बस इस वजह से मैं तुम्हारी तारीफ़ कर रहा था, ताकि तुम मेरी थोड़ी तारीफ़ कर दो।'

आधे घंटे में दोनों रॉक ऑन के बाहर थे, वहाँ गेट पर संयोगिता और राहुल उनका इंतज़ार कर रहे थे। संयोगिता ने बताया उनकी सगाई की तारीख़ निकल आई है। मिताली को राहुल पसंद आया और उसे भरोसा था कि वो सैंडी को प्यार से रखेगा। चारों ने पार्टी में जमकर डांस किया, खाया, पिया। मिताली ने उस दिन शराब को हाथ भी नहीं लगाया जबकि बाक़ी तीनों टुन्न हो चुके थे। उनकी हरकतें देख मिताली की हँसते-हँसते हालत ख़राब हो रही थी। रात के साढ़े ग्यारह

हो चुके थे। मिताली ने माधव को चलने का इशारा किया, जबकि सैंडी और राहुल कुछ देर और रुकने के मूड में थे। उनसे विदा लेकर मिताली और माधव चल दिए। चूँकि माधव ने पी रखी थी तो वापसी में कार मिताली चला रही थी। अचानक माधव मिताली की तरफ़ झुका और उसके कान में फुसफुसाया, 'बहुत सेक्सी हो तुम।'

मिताली ने उसे झटक दिया। 'प्लीज़ ड्राइव करने दो।'

लेकिन नशे में चूर माधव पर कोई असर नहीं हुआ, वो लगातार कुछ-न-कुछ बोलता रहा... कभी मिताली के बालों को छूता तो कभी उसका हाथ थाम लेता। उसने मिताली की टाँगों को छूना शुरू किया, मिताली ने गुस्से में उसका हाथ हटाया और दो-चार बातें उसे सुना दीं। जिस पर माधव ने सॉरी बोला और मुँह खिड़की की तरफ़ करके बैठ गया। थोड़ी देर बाद वो सो गया। मिरोमि पहुँचने तक साढ़े बारह बज गए, मिताली ने उसे जगाया फिर पर्स से चाबी निकाल कर घर का लॉक खोला। दोनों अंदर आए। घर पर कोई नहीं था।

मिताली अपने कमरे की तरफ़ जाने लगी। माधव ने उसका हाथ पकड़ा, 'मिताली, बैठो न थोड़ी देर... बात करते हैं।'

'तुम बहुत हाई हो। अब सोना चाहिए।'

माधव उसके करीब आया और उसकी बाँहें मिताली की कमर पर कस गईं, 'तो साथ सोते हैं न डार्लिंग... लेट्स एक्सचेंज आवर एनर्जी।'

मिताली ने ख़ुद को उसकी पकड़ से आजाद करने की कोशिश की, 'व्हाट डू यू मीन?'

माधव की आवाज़ नशे में लड़खड़ा रही थी, 'कम ऑन डार्लिंग, यू नो व्हाट आई मीन।'

माधव मिताली को चूमने लगा और उसके शरीर पर हाथ फेरने लगा। मिताली ने उसे धक्का दिया, 'लीव मी।'

'प्लीज़, अब मत रोको। डैड को कुछ नहीं पता चलेगा।'

माधव ने उसे सोफे पर गिराया और उसके ऊपर चढ़ गया। माधव, मिताली की ड्रेस खोलने की कोशिश कर ही रहा था कि मिताली ने पूरी ताकत जुटाकर उसे धक्का मार अपने ऊपर से हटा दिया।

वो बुरी तरह हाँफ रही थी, 'छोड़ो माधव, तुम पागल हो गए हो?'

पर माधव ने मिताली के कन्धों को कस के थाम उसे शांत करने की कोशिश की। 'मिताली, यू नो हाउ मच आई लव यू। लेट मी शो यू।'

'शट अप... मैं तुम्हारे डैड की वाइफ़ हूँ। डू आई लुक लाइक अ होर, जो किसी के भी साथ सो जाऊँगी?'

'तुम मुझे ग़लत मत समझो, मिताली। आई रेस्पेक्ट यू अ लॉट।'

'माधव जाओ अपने रूम में, हम सुबह बात करेंगे, अभी तुम होश में नहीं हो।'

मिताली ने झटके के साथ उसके हाथ अपने कन्धों से हटाए और अपने कमरे की तरफ़ चल दी।

माधव उसे जाता हुआ देखता रहा, फिर अचानक वो उसकी तरफ़ झपटा और पीछे से उसको अपनी गिरफ्त में ले लिया... मिताली एकदम सकते में आ गई। वो कुछ कह पाती, उससे पहले ही माधव ने उसको कमरे के बंद दरवाज़े पर ही झटके से सटाया। मिताली के दोनों हाथों को उसने अपने मजबूत हाथों में जकड़ा और उसके होठों को ज़बरदस्ती चूमने लगा। मिताली माधव की पकड़ से छूटने के लिए छटपटाती रही।

6

छन्न से जो टूटे कोई सपना

माधव ने मिताली के कमरे का दरवाज़ा खोल उसे बेड पर गिराया। मिताली उठ पाती इससे पहले ही वो बाज़ की तरह उस पर झपटा। माधव ने मिताली की ड्रेस की ज़िप खोल दी। मिताली ने उसे दूर करने की कोशिश की, 'माधव प्लीज़ डोंट डू डिस। प्लीज़ स्टॉप।'

पर माधव उसकी सुन ही कहाँ रहा था, 'प्लीज़ डोंट स्टॉप मी नाउ। यू विल एन्जॉय इट।'

माधव की पकड़ से छूटना आसान न था, मिताली की आँखों से आँसू लगातार बहते रहे, फिर उसने पूरी ताकत जुटा कर माधव के कंधे पर काटा। माधव दर्द से तिलमिलाया। उसकी पकड़ ढीली पड़ते ही मिताली उसे धक्का देकर उठी और एक ज़ोरदार तमाचा माधव के गाल पर जड़ा, 'गेट आउट!!'

माधव अभी भी बेड पर अपना कन्धा पकड़े बैठा था। मिताली गुस्से में हांफ रही थी, उसकी आँखों से आँसू बहते रहे, 'आई सेड, गेट आउटऽऽ! गेऽऽट आऽऽउऽऽट!!'

मिताली को जैसे दौरा ही पड़ गया हो, उसने माधव का हाथ पकड़ ज़ोर से धक्का दिया। माधव को होश आ गया, वो अपमानित होकर कमरे से निकला। मिताली ने तुरंत रूम का दरवाज़ा लॉक किया। वो शॉक थी। उसने कभी नहीं सोचा था कि माधव ऐसा कर सकता है। किसी तरह उसने ख़ुद को संभाला और बाथरूम में घुसी। उसे रोना आ रहा था, अपनी ड्रेस एक कोने में पटक वह देर तक नहाती रही।

वो चुपचाप आकर लेट गई, रात के डेढ़ बज चुके थे और नींद आँखों से मीलों दूर... तभी रोनित की कार रुकने की आवाज़ आई। रोनित बिना आवाज़ किए कमरे में आया और चेंजिंग रूम में घुस गया। मिताली को सोता जान उसने लाइट भी नहीं जलाई। वापस आकर उसने मिताली को धीमे से चूमा और उससे सटकर लेट गया। मिताली के अंदर तूफ़ान मचा हुआ था। उसे माधव की इस हरकत के बारे में बताना चाहिए, पर कैसे... और किस तरह।

थोड़ी ही देर में रोनित के खर्राटे सुनाई देने लगे। मिताली की आँखें बार-बार डबडबा जातीं... माधव का गंदी तरह से उसे छूना, सेक्शुअल कमेंट करना और उससे ज़ोर-ज़बरदस्ती करने की कोशिश करना, इन सब बातों ने उसे बुरी तरह से हिला दिया।

वो माधव को लंदन में रहने वाला ऐसा बिंदास लड़का समझती थी जो खुली सोच का है। रिश्ते का लिहाज़ करके कई बार उसकी बातों को नज़रअंदाज़ भी करती रही। माधव से बात करना उसे भी अच्छा लगता था। उसकी ज़िंदादिली, बिंदासपन, शरारतें, समझदारी, अपने काम को लेकर उसका जुनून सब मिताली को पसंद था। वही था जिसने उसके और रोनित के रिश्ते को सहज भाव से स्वीकार किया था। ऐसे में रोनित के परिवार में स्वीकृति पाने और जगह बनाने के लिए वो जाने-अनजाने माधव के करीब आती गई।

जब कोई करीबी इस तरह की कोशिश करे तो इंसान बिखर जाता है। दिमाग में इतना शोर था और बाहर एकदम सन्नाटा। उसका दम घुट रहा था। बार-बार उसकी नज़र दीवार पर लगी घड़ी पर जाती। ऐसा लग रहा था जैसे सेकेंड की सुई पर भारी बोझ लटक गया था जिससे वो कई-कई घंटों में बड़ी मुश्किल से आगे बढ़ रही थी।

दूसरी तरफ़ गुस्से और अपमान से भरे माधव को कुछ समझ में नहीं आ रहा था। कमरे में घुसते ही उसने सामने रखी टेबल पर लात मारी, 'हाउ कैन शी डिनाई मी?'

माधव सेक्स को बहुत कैज़ुअल चीज़ मानता था और मिताली को भी ऐसी सोच का समझता था। वो मिताली के इनकार करने और थप्पड़ मारने से हिल गया। माधव को जीवन में पहली बार इनकार का सामना करना पड़ा। वो बेहद हैंडसम था, पैसे वाला था और हर तरह से डिज़ायरेबल था। उसको न सुनने की आदत नहीं थी। लड़कियाँ उस पर मरती थीं। डिस्क में उन्होंने अच्छा वक़्त गुज़ारा था। मिताली का नाचना-खिलखिलाना उसे बेचैन कर रहा था और आज बहुत ज़्यादा पी लेने के कारण माधव की बची-खुची झिझक भी चली गई थी। रोनित भी घर पर नहीं था। ऐसे में वो मिताली के साथ रात बिताने के बारे में सोचने लगा था।

उसने गुस्से में अपनी जैकेट उतार फेंकी। माधव का सारा नशा उतर गया। उसने सिगरेट सुलगा ली। मिताली उसे बहुत अच्छी लगने लगी थी और वो उसके करीब जाना चाहता था। मिताली और उसके बीच जो भी रिश्ता पनप रहा था, आज वो इस थप्पड़ से कुचल गया। माधव नशे की हालत में सोच नहीं पा रहा था कि उसने ठीक किया या ग़लत। काफ़ी देर बेचैन रहने के बाद माधव ऐसे ही बिस्तर पर सो गया।

मिताली के मन में कई सवाल उठ रहे थे- *क्यों वो समझ नहीं पाई माधव को? क्यों वो उसके साथ इतना घुलमिल गई?*

इन बातों के कारण मिताली की आँखें बार-बार भर आतीं। सोचते-सोचते सुबह होने को आई थी। किसी तरह उसकी आँख लगी।

रोनित जल्दी उठ गया। बाथरूम से फ्रेश होने के बाद जब वो रूम में आया तब भी मिताली को सोता देख उसे हैरत हुई क्योंकि वो हमेशा जल्दी उठ जाया करती थी। उसने मिताली के माथे पर हाथ फेरा, 'गुड मॉर्निंग हनी!'

मिताली के चेहरे पर गहरी उदासी काले बादलों सी छाई हुई थी। मिताली ने आँखें खोलकर उसे ऐसे देखा जैसे पहचानने की कोशिश कर रही हो। रात का सारा वाकया उसकी आँखों के सामने घूम गया। मिताली ने घबरा कर दोबारा अपनी आँखें बंद कर लीं।

'क्या हुआ?'

'कुछ नहीं, फीवर लग रहा है।'

'तुम रोई हो? तुम्हारी आइज़ पर स्वैलिंग है।'

'नहीं तो... रात में नींद भी नहीं आई। शायद इसलिए।'

'डॉक्टर गुप्ता को फ़ोन करूँ?'

लेकिन मिताली ने मना कर कह दिया कि वो आराम करेगी तो ठीक हो जाएगी। थोड़ी देर में पाछी कॉफ़ी और पोहे ले आई। उसने भी मिताली का चेहरा गौर से देखा।

रोनित अख़बार पढ़ रहा था। अचानक उसने मिताली की तरफ़ देखा, 'कल डिस्क कैसा रहा?'

मिताली अचानक से पूछे गए उसके सवाल से चौंक गई। गरम कॉफ़ी से उसकी ज़ुबान जल गई। 'हाँ, अच्छा रहा। काफ़ी डांस किया।'

'तभी तुमको बुखार आ गया। बहुत डेलिकेट है, मेरी डॉल, हाँ।'

मिताली ने मुस्कुराने की नाकाम कोशिश की। रोनित ने अपनी नज़र फिर अख़बार पर गढ़ा लीं। मिताली को जैसे कुछ याद आया।

'सैंडी और उसका फ़ीऑन्से भी था। राहुल... डॉक्टर राहुल जैन। बहुत अच्छा लड़का है, डेंटिस्ट है... संयोगिता रूट कैनाल कराने गई थी और वहीं से उनकी लव स्टोरी शुरू हुई।'

रोनित चुपचाप उसे सुनता रहा। मिताली ने एक बार रुककर उसे देखा जैसे वो रोनित को भरोसा दिलाना चाहती हो कि पिछली रात सब ठीक था और उसने ख़ूब मज़े किए।

रोनित ने अपना ट्रैक सूट पहना और रनिंग के लिए निकल गया। मिताली पैरासिटामॉल की एक गोली खाकर लेट गई, पर उसे नींद नहीं आई। मन में उमड़ते विचारों के कारण उसका सिर और भारी हो रहा था। एक घंटा बीतते

रोनित लौट आया। वो चुपचाप सोने का नाटक करती रही। रोनित फ़ोन पर माधव से बात कर रहा था।

'अरे, तुम बिना बताए क्यों चले गए अचानक? क्या हो गया ऐसा?'

मिताली ने सोचा- *कौन चला गया? क्या माधव चला गया?*

मिताली का दिल तेज़ी से धड़कने लगा। दूसरी तरफ़ से क्या बोला जा रहा था, उसे सुनाई नहीं दे रहा था।

'मिताली को फीवर हो रहा है। हाँ, उसने मेडिसिन ले ली है। सो रही है अभी। ओके, ऑफ़िस आओगे आज?'

पता नहीं दूसरी तरफ़ से क्या बोला गया। मिताली जानना चाहती थी। माधव घर से चला गया, अब पता नहीं क्या तमाशा खड़ा करे। मिताली को लगा सुबह खाए पोहे उल्टी में बाहर निकलने वाले हैं। उसने किसी तरह कंट्रोल किया।

कल दोपहर ही उसे पता चला कि वो प्रेग्नेंट है और वो रोनित के लौटने का बेसब्री से इंतज़ार कर रही थी। वो कोई सरप्राइज़ प्लान करके उसे यह ख़बर देना चाहती थी, पर उससे पहले ये सब हो गया। फिलहाल इस माहौल में उसका यह भी बताने का बिल्कुल मन नहीं कर रहा था। रोनित तैयार होने बाथरूम की तरफ़ बढ़ गया। मिताली बाथरूम से आती पानी गिरने की आवाज़ सुनती रही। रात पत्थर बन अभी भी मिताली के सीने पर बैठी हुई थी।

स्वीटी माधव को गार्डन में बैठ कॉफ़ी पीते देख चौंक गई, 'मैडी? सुबह-सुबह? नयी माँ ने घर से निकाल दिया क्या?'

माधव को बहुत तेज़ गुस्सा आया लेकिन उसने ख़ुद पर काबू किया, 'ये घर मेरा भी है, शायद आप भूल रही हैं। गॉड भी मैडी की मर्ज़ी पूछता है।'

'ओह तो माधव पटेल अपनी मर्ज़ी से आए हैं। ग्रेट!'

'भाई कहाँ है?'

'जिम।'

'ओह, वो कबसे जिम जाने लगे?'

स्वीटी वहीं सामने रखी कुर्सी पर बैठ अपने मोबाइल का फ्रंट कैमरा ऑन करके अपनी शक्ल देखने लगी, 'जबसे तुम्हारी नयी मॉम आई है तबसे सभी पर फ़िट रहने का भूत सवार हो गया है।'

'ओ शट अप भाभी, स्टॉप कॉलिंग हर माय न्यू मॉम!' माधव ने हाथ में जलती सिगरेट ऐशट्रे में बुझाई और कॉफ़ी एक घूँट में पीकर खड़ा हुआ।

'कहाँ जा रहे हो, मैडी? कभी अपनी स्वीटी भाभी के साथ भी बैठा करो।'

'भाई से मिलने। यहाँ बैठा रहा तो आपकी बातें सुन जलकर धुआँ हो जाऊँगा। आपका बस नाम ही स्वीटी है, बाकी आप बोलती तो सब कड़वा ही हैं, भाभी जी।'

स्वीटी ने मुँह बनाया।

माधव जिम में पहुँचा। एक छोटे कद का नया जिम ट्रेनर राघव को एक्सरसाइज़ करवा रहा था।

माधव को देखते ही राघव ने डंबल्स साइड में रखे और उसके गले लग गया।

'हे, मेरे भाई।'

माधव उसके कान में फुसफुसाया, 'भाई, आप स्वीटी भाभी को बियर कैसे करते हो? माय गॉड!'

'क्या हुआ?'

'कुछ नहीं, यार। क्यों आए सुबह-सुबह? नयी मॉम ने निकाल दिया क्या? व्हाट इज़ दिस नॉनसेंस? अपने घर में आने के लिए मुझे वक़्त देखना होगा?'

माधव का मूड ख़राब देख राघव ने दोबारा उसे गले से लगा लिया।

'चिल ब्रो! मिताली के आने से उसको ब्रेन स्ट्रोक हुआ है। फॉरगेट इट! चल, स्विमिंग करते हैं। बहुत टाइम हो गया हमारा कॉम्पिटिशन नहीं हुआ।'

'चलो भाई, आज हराता हूँ आपको।'

राघव और माधव, दोनों जिम से निकल पूल की तरफ़ बढ़ गए।

स्विमिंग के बाद माधव का सिर भारी हो गया तो वो घर पर ही रहा। वो अपने रूम में लेट कर मोबाइल पर बार-बार मिताली की तस्वीर देखता। सुबह से दो पैकेट

सिगरेट पीने के बावजूद उसकी बेचैनी ज्यों की त्यों बनी हुई थी। कहीं मिताली डैड को सब बता न दे। वो मिताली को कैसे फ़ेस करेगा। पता नहीं उसकी तबीयत को क्या हुआ। इन बातों से माधव परेशान हो रहा था। आख़िर में उसने अपने दोस्त प्रिंस को फ़ोन किया।

प्रिंस उसके बचपन का दोस्त था। माधव के लंदन जाने के बाद भी दोनों में लगातार संपर्क बना हुआ था। माधव जब भी इंडिया आता, उसका आधा वक़्त तो प्रिंस के घर ही गुज़रता था। प्रिंस लड़कियों के मामले में ख़ुद को उस्ताद मानता था। वो अमीर पिता की बिगड़ी हुई औलाद था। 27 साल उम्र, छह फ़ुट कद, मस्कुलर बॉडी और गोल्डन कलर में रंगे हुए बाल। लड़कियाँ उस पर फ़िदा रहती थीं। कल की पार्टी के बाद प्रिंस सो रहा था। वो माधव के फ़ोन से जागा। दो घंटे बाद डिस्क में ही मिलना तय हुआ।

माधव डिस्क के सेकेंड फ्लोर पर बने उसके केबिन में था। वो जगह ऑफ़िस से ज़्यादा गुफा लगती थी। कम रोशनी, म्यूज़िक, अलग सा फर्नीचर। दीवार पर फेमस पॉप सिंगर्स के फ्रेम्ड पोस्टर्स। कोने में रखी कीमती शराबें। प्रिंस ने उसे देखते ही कॉफ़ी सर्व कर रही लड़की को जाने का इशारा किया।

'की होया, यारा? कैसा है तेरा इश्क़ का बुखार?'

'इश्क़ का बुखार?'

'हाँ, मिताली के साथ तेरा इश्क़। तेरी आँखों में नज़र आता है। कल रात कैसे देख रहा था तू उसे।'

'ऐसा कुछ नहीं, यार। सुन प्रिंस, कल रात बहुत गड़बड़ हो गई।' माधव ने उसके करीब कुर्सी खिसकाई।

'यू फ़क्ड हर?' प्रिंस ने माधव को हाथ मारा लेकिन उसका तमतमाया चेहरा देख चुप हो गया।

'आई ट्राइड बट शी डिनाइड। मेरे कंधे पर काट लिया, देख।'

माधव ने उसे सारी बात तफसील से बताई। प्रिंस के चेहरे पर भी अब तनाव दिखने लगा था।

'अब मुझे टेंशन हो रहा है। कहीं वो डैड को बता न दे।'

'तुमने उससे बात की?'

‘क्या बात करूँ? मेरी हिम्मत नहीं हो रही है। कहीं वो मुझ पर अटेंम्ट टू रेप का चार्ज न लगा दे!’

‘घर का मामला है, वो ऐसा करके ख़ुद को बदनाम नहीं करेगी। वैसे कहाँ तक पहुँचा था तू? बता तो सही।’ प्रिंस हँसने लगा।

माधव तनाव में था, उसको प्रिंस का मज़ाक सहन नहीं हो रहा था। उसने गुस्से में टेबल पर हाथ मारा और उठ खड़ा हुआ, ‘यहाँ फटी पड़ी है और तुझे मज़ाक सूझ रहा है! इट्स अ सीरियस इशू।’

‘अरे सॉरी यार, सॉरी! बैठ जा प्लीज़, सोचते हैं कुछ।’

माधव साइड में बने मिनी बार की तरफ़ बढ़ गया और ग्लास में स्कॉच का एक पेग, बिना पानी मिलाए पी गया।

‘ओए दिन में ही... वो भी नीट? सब्र कर पुत्तर, सब्र! किन्नी कुड़ियाँ चाहिए तैनू, दस? मैंनू लाइन लगा देनी है।’

‘लड़कियों की कमी नहीं मुझे प्रिंस, पर मुझे मिताली चाहिए थी। उसने मुझे ना कैसे बोल दिया!’

माधव ने एक और पेग नीट लिया। ऐसा लग रहा था वो अपने अंदर की कड़वाहट को शराब की कड़वाहट से ख़त्म करना चाहता हो। वो तीसरा पेग बनाने लगा कि प्रिंस ने उसका हाथ पकड़ लिया, ‘होश में आ साले। वो अंकल की वाइफ़ है, योर स्टेप मॉम। जो हुआ उसे भूल जा, यार। हो सके तो मिताली को सॉरी बोल दे। मामला ख़त्म कर।’

‘मैं उसे सॉरी बोलूँ? सॉरी वो बोलेगी मुझे!’ माधव गुस्से में वहाँ से बाहर निकल गया।

प्रिंस आवाज़ लगाता रहा।

माधव आकर कार में बैठ गया। ड्राइवर ने धीरे से सिर घुमाया, ‘बाबा, कहाँ चलना है?’

‘पटेल विला।’

ड्राइवर ने कार बढ़ा दी। माधव खिड़की से सिर सटाकर बैठ गया। रात का मंज़र बार-बार उसकी आँखों के सामने घूम जाता। शराब का सुरूर उसके गुस्से को और हवा दे रहा था। मिताली के इनकार से उसके अहम को ठेस लगी थी। कार मरीन ड्राइव के पास से गुज़र रही थी।

'गाड़ी रोको। दस मिनट यहीं रुकता हूँ।'

माधव ने बाहर निकल कर सिगरेट सुलगा ली और समंदर किनारे बने फ़ुटपाथ पर टहलने लगा। आस-पास बैठे प्रेमी जोड़ों से उसे ईर्ष्या हुई। बिना कुछ खाए उसने दो नीट पेग गले से नीचे उतारे थे। अब उसके पेट में जलन हो रही थी। वहीं एक पेड़ की छाया में बैठ कर उसने अपनी हथेलियों में सिर थाम लिया। समंदर की हवा उसके नशे को बढ़ा रही थी। वो समझ नहीं पा रहा था कि उसके मन में क्या चल रहा है। उसे मिताली की बहुत याद आ रही थी, साथ-ही-साथ उस पर बहुत गुस्सा भी आ रहा था। उसने कुछ सोचकर मिताली को फ़ोन मिलाया। मिताली ने एक ही घंटी में फ़ोन उठाया। वो कुछ बोल पाती, इससे पहले ही माधव ने सवाल दागा, 'मिताली, क्या तुम मुझे बिल्कुल प्यार नहीं करतीं?'

'माधव, तुम पागल हो क्या?'

'वो घंटों साथ घूमना, बातें करना... सब मज़ाक था?'

'होश में हो? कुछ भी बोल रहे हो? तुम रोनित के बेटे हो, फ़ैमिली हो इसलिए...'

माधव ने उसकी बात काट दी, 'तुमने रात में ओवर रिएक्ट किया, मिताली। सब ठीक जा रहा था हमारे बीच।'

'माधव, मेरे मन में तुम्हारे लिए ऐसा कुछ नहीं है।'

माधव मिताली की सुने बिना गुस्से में बोले जा रहा था, 'मेरे साथ स्विमिंग करना, डिस्क जाना, डांस करना, ड्रिंक करना, मेरे करीब रहना और मुझसे उम्मीद करना कि मैं तुमसे दूर रहूँ जबकि तुम ख़ुद मेरे करीब रहना चाहती थीं। अगर घर में ठीक नहीं लगता तो हम किसी होटल में जा सकते थे... या कार में भी।'

मिताली गुस्से से पागल हो उठी, 'जस्ट शट अप! अभी भी तुम्हें अपने किए का कोई रिग्रेट नहीं है! मुझे लगा था, तुमने सॉरी बोलने के लिए फ़ोन किया।'

'सॉरी तुम बोलोगी, मिताली। तुमने मुझे थप्पड़ मारा, मेरी इंसल्ट की। पता नहीं कितनों के साथ सोई होगी तुम, अगर मेरे साथ भी सो जातीं तो क्या फ़र्क पड़ता।'

मिताली के दिमाग की नसें गुस्से और अपमान से फटने लगीं। माधव पता नहीं क्या-क्या बोले जा रहा था।

'रोनित को पता चलेगा तुम क्या बकवास कर रहे हो, तब देखना...' मिताली ने गुस्से से अपना मोबाइल दीवार पर दे मारा।

कॉल कट गई। माधव ने दोबारा फ़ोन मिलाया तो फ़ोन स्विच ऑफ़ आने लगा। वो एकदम से डर गया। माधव ने कई बार फ़ोन मिलाया पर फ़ोन हर बार ऑफ़ आता रहा था। उसने रोनित को फ़ोन मिलाया। उसका फ़ोन बिज़ी आ रहा था।

'ओह गॉड, पता नहीं क्या-क्या बोल गया मैं! कहीं वो डैड को न बता दे। अब क्या होगा। डैड कभी बियर नहीं कर पाएँगे। क्या करूँ?'

उसने फिर रोनित को फ़ोन मिलाया। फ़ोन अब भी इंगेज आ रहा था। उसकी साँसें तेज़ हो गईं। वो लगभग दौड़ता हुआ कार तक पहुँचा। ड्राइवर पास में खड़ी दूसरी कार के ड्राइवर से बात कर रहा था। माधव को देख वो जल्दी से कार के पास पहुँचा।

'हेड ऑफ़िस चलो।'

ड्राइवर ने उसके आदेश का पालन किया और कार घुमा ली। लगभग चालीस मिनट बाद वो रोनित के केबिन में था। रोनित उसे अचानक देख चौंक गया।

'डैड, मुझे आपसे अर्जेंट बात करनी है।'

रोनित ने सेक्रेटरी को बाहर जाने का इशारा किया और माधव को बैठने को कहा। माधव की आँखें लाल थीं और उसके चेहरे पर हवाइयाँ उड़ रही थीं। रोनित को लग रहा था कि कुछ ग़लत तो हुआ है, सुबह मिताली और अब माधव। आख़िर क्या हुआ है, जो दोनों परेशान हैं।

'बोलो, मैडी।'

फिर वो माधव के पास से आती शराब की स्मेल से चौंका, 'तुमने दिन में ड्रिंक किया?'

'ड्रिंक नहीं करता तो आपको बताने की हिम्मत नहीं होती, डैड। आपको कुछ बताना चाहता हूँ क्योंकि आपके लिए जानना ज़रूरी है।'

रोनित के दिल की धड़कनें बढ़ने लगीं। माधव ने रोनित की आँखों में देखा और गहरी साँस ली।

'लास्ट नाईट, मिताली ट्राइड टू गेट फ़िज़िकल विद मी।'

रोनित को लगा जैसे उसके सिर पर कोई बम फटा हो, 'व्हाट? होश में तो हो?'

'हाँ डैड, डिस्क में उसने ज़्यादा पी ली थी। मैं किसी तरह उसे सहारा देकर कार तक लाया। कार में बार-बार वो मेरे करीब आ रही थी। बार-बार मुझे किस कर रही थी। मैंने उसको मना किया। फिर वो कार में ही सो गई। जब घर आने पर मैंने जगाया तो अंदर आकर वो बोली, "मैडी स्लीप विद मी।" मैं शॉक्ड हुआ... फिर लगा वो ड्रंक है तो मैंने उसकी बात को अनसुना किया। पर वो मेरे गले से लग गई और मेरी शर्ट के बटन खोलने लगी। कहने लगी, "मैडी, तुम इतने हॉट हो कि कंट्रोल नहीं हो रहा। रोनित को कुछ पता नहीं लगेगा। प्लीज़ डार्लिंग," और मुझे बेतहाशा चूमने लगी।'

रोनित ने गुस्से में टेबल पर रखा सारा सामान फेंक दिया, 'क्या बकवास कर रहे हो?'

माधव ने रोआंसा चेहरा बना लिया, 'मैं जानता था डैड, आप मुझ पर भरोसा नहीं करेंगे। इसलिए कल से घुट रहा हूँ। इसी वजह से घर से निकल आया। समझ नहीं आ रहा था, अब मिताली को देख कैसे रिएक्ट करूँगा। मैंने मिताली को धक्का मारा तो वो गुस्से में आ गई और बोली, "तुम मुझे इनकार कर रहे हो, देखना तुमको इस घर में नहीं रहने दूँगी। रोनित से कहूँगी कि तुमने मेरा रेप करने की कोशिश की। अगर मुझे ख़ुश कर दोगे तो कुछ नहीं होगा।" मैं उसकी बातें सुनकर शॉक्ड था डैड!'

माधव ने रोनित की तरफ़ एक नज़र देखा। वो बिना पलक झपकाए उसकी बात सुन रहा था। माधव ने ग्लास उठाकर पानी का एक घूँट पिया।

'मैंने मिताली को एक थप्पड़ मार दिया और कमरे से निकल गया। वो पता नहीं क्या-क्या बोलती रही। डैड, कल रात से एक मिनट चैन नहीं मिला है। मैंने सोचा कि वो आपको कुछ कहती, इससे पहले मैं आपको बता दूँ। मैं समझ नहीं पा रहा हूँ कि आप इस बात को कैसे लेंगे। कैसे मिताली की असलियत को बर्दाश्त कर पाएँगे?'

रोनित का दिमाग घूम गया। उसे माधव की बात पर यकीन नहीं हो रहा था। वो रो पड़ा, 'माधव, तुम झूठ बोल रहे हो। मिताली ऐसा नहीं कर सकती है।'

माधव ने रोनित की बाँहें पकड़ लीं और एक हाथ से अपने कंधे से टी शर्ट खिसका दी, 'डैड, काश यह झूठ होता। यह देखिए, उसने मेरे कंधे पर बाईट भी किया।'

रोनित वो निशान देख कर हिल गया। उसके मुँह से एक शब्द न निकला।

'मिताली शुरू से मेरे क्लोज़ आना चाहती थी। कभी जिम के बहाने, कभी स्विमिंग में। पर मैं सोचता था वो दोस्त है। वो कई बार मुझे हॉट कहती थी। वो आपकी वाइफ़ है। मैं भले ही उसे मॉम नहीं मानता पर आपकी वाइफ़ की तरह उसकी रिस्पेक्ट करता था। सब इतना कॉम्प्लिकेटेड हो जाएगा, मैंने सोचा नहीं था। उसने बोला, वो मुझे प्यार करती है। मेरी बॉडी उसे पसंद है। वो बोली, "क्या फ़र्क पड़ता है, हम साथ में सो जाएँ तो। एक घर में सब आसानी से होगा।" समझ में नहीं आता वो इतना कैसे गिर सकती हैं?'

रोनित टूट गया था। जो माधव बोल रहा था, उस पर यकीन करना मुश्किल था। मिताली ऐसा कभी नहीं कर सकती। पर माधव और मिताली की बढ़ती नज़दीकियाँ उसने देखी थीं। उसके दिमाग में बहुत सी बातें आ रही थीं- *मिताली अकसर माधव के साथ सुबह रनिंग करने जाती थी और फिर कई घंटों बाद लौटती। वो जिम भी अकसर तब जाती जब माधव जिम में होता। क्या वो माधव के प्रति आकर्षित थी? माधव बहुत ख़ूबसूरत और हॉट था। पर मिताली ने रिश्ते का तो लिहाज़ किया होता।*

रोनित चुपचाप अपनी कुर्सी पर बैठ गया। माधव की कही बातें उसके दिमाग में हथौड़े की तरह बज रही थीं।

'तुमने किसी को यह बात तो नहीं बताई?'

'डैड, मैं किसी को क्यों बताऊँगा...यह बात बताने वाली है क्या? घर की इज़्ज़त की बात है। घर में पहले ही सब उसके अगेंस्ट थे... ये सुन के सब आपको ही बोलेंगे। मैं यह बात कभी न कहता, चुपचाप लंदन चला जाता। पर मिताली ने मुझे धमकी दी कि अगर मैंने उसकी इच्छा पूरी नहीं की तो वो आपको मेरे अगेंस्ट कर देगी। तो मैं और क्या करता, डैड?'

माधव की आँखों में आँसू आ गए। वो ख़ुद को बचाने के लिए मिताली को ग़लत साबित करने पर तुला हुआ था और यह बात कहीं-न-कहीं उसे चुभ भी रही थी, पर अपने डैड की नज़रों में वो गिरना नहीं चाहता था। वो मिताली से सुलह करना चाहता था, पर बात बिगड़ती गई। नशे में होने के बावजूद वो समझ रहा था कि रोनित के लिए यह झटका सहना कितना मुश्किल है।

इधर रोनित समझ नहीं पा रहा था कि क्या करे। उसके आँसू रुक ही नहीं रहे थे। माधव को अपने केबिन में छोड़ वो वहाँ से निकल गया। उसने मिताली को फ़ोन मिलाया तो फ़ोन ऑफ़ आ रहा था। रोनित घर की तरफ़ चल चुका था। उसने घर के नंबर पर फ़ोन मिलाया। फ़ोन बिज़ी आ रहा था। रोनित गुस्से से पागल होने लगा। माधव की कही बातों पर यकीन करना मुश्किल था पर वो अपने बेटे की बात पर कैसे भरोसा न करे। मिताली को दो साल से ही तो जानता था, पर बेटा तो बचपन से साथ है। फिर माधव झूठ क्यों कहेगा? लेकिन मिताली ऐसा कैसे कर सकती है? उसे समझ में नहीं आ रहा था। माधव और मिताली के बीच कुछ ज़रूर था, पर वो बात ऐसी होगी इस पर यकीन करना मुश्किल था। ऑफ़िस से घर का रास्ता उसे इतना लंबा कभी नहीं लगा। इतना बोझ उसके सीने पर था कि साँस लेना मुश्किल होने लगा था। माधव रोनित के जाने के बाद उसके केबिन में लगे सोफे पर ही लेट गया। रोनित को रोता देख वो हिल गया। माँ की मौत के बाद आज उसने अपने डैड को रोते हुए देखा था। उसके डैड उसकी ताकत थे, वो उनके बहुत करीब था। उसे समझ में नहीं आ रहा था कि अपने डैड की नज़रों में बने रहने के लिए उसने मिताली को गिराकर सही किया या नहीं। मिताली उसके डैड की बीवी थी और डैड उसके साथ बहुत ख़ुश थे। वो उलझता जा रहा था। उसका फ़ोन बजा, स्क्रीन पर प्रिंस का नाम दिखा। उसने फ़ोन उठाया और प्रिंस को सब बताया तो प्रिंस ने केवल एक बात बोली और फ़ोन काट दिया।

'मैडी, तूने यह सही नहीं किया। तूने उन दोनों की लाइफ़ ख़राब कर दी। एक नंबर का हरामी है तू!'

'सुन तो...' वो कुछ बोल पाता, इससे पहले ही प्रिंस ने फ़ोन काट दिया।

माधव सोचने लगा- *प्रिंस नहीं समझेगा। मैंने जो किया, ख़ुद को बचाने के लिए किया।*

मिताली माधव से बात करके बहुत डिस्टर्ब हो गई। वो यह नहीं समझ पा रही थी कि उसे क्या करना चाहिए। यह कौन सा नया तूफ़ान आ गया उसकी ज़िंदगी में। जब लगता कि सब सही हो गया और चीज़ें, रिश्ते अपनी जगह ख़ूबसूरती से हैं तब कोई-न-कोई ज़लज़ला आकर सब तहस-नहस कर जाता। पता नहीं उसकी किस्मत किस बुरे वक़्त में लिखी थी भगवान ने।

वो कल रात हुई बात को यह सोचकर भुला भी देती कि माधव नशे में है। लेकिन अभी माधव ने उसे जो फोन पर कहा, वो शब्द नश्तर की तरह सीने में चुभ गए, जैसे खौलता हुआ लावा उसके कानों में डाल दिया गया हो।

उसके मन में सवाल उठ रहे थे- *फीमेल हमेशा एक शरीर ही क्यों होती है? उसकी हर भावना को शरीर से जोड़कर क्यों देखा जाता है।*

माधव के लिए उसकी दोस्ती एकदम निश्छल थी। रोनित के अलावा उसके मन में कोई नहीं था। ये बातें उसे अंदर-ही-अंदर खाए जा रही थीं, इसलिए उसने संयोगिता को सारी बात बताने का फ़ैसला किया। रोनित को अगर पता चला तो वो कभी यह धक्का नहीं सह पाएगा कि उसके अपने बेटे ने उसकी वाइफ़ को मोलेस्ट करने की कोशिश की। मिताली ने अपना फ़ोन उठाया। उसकी स्क्रीन टूट चुकी थी और बहुत कोशिश करने पर भी वो ऑन नहीं हुआ। मिताली ने डायरी में संयोगिता का नंबर खोजा और लैंडलाइन से उसे फ़ोन मिलाया। संयोगिता फ़ोन ही नहीं उठा रही थी। मिताली बेसब्र होकर लगातार उसे फ़ोन करती रही। आख़िरकार संयोगिता का कॉल आया।

'क्या आसमान टूट पड़ा... कौन है जो बार-बार फ़ोन कर रहा?' वो झल्लाई हुई थी।

'मैं हूँ मिताली।'

'अरे तू! ये कौन सा नंबर है? सॉरी यार, मैं मीटिंग में थी।'

'मोबाइल टूट गया मेरा।'

'सब ठीक तो है न? क्या हुआ, कुछ बोल। हार्ट अटैक करवाएगी तू मेरा।'

'कल रात माधव ने मेरा रेप करने की कोशिश की।'

संयोगिता के हाथ से मोबाइल गिरते-गिरते बचा। मिताली ने उसे रात से अब तक की सारी घटना विस्तार से बता दी। संयोगिता के मुँह से बोल नहीं निकल रहे थे। उसे शॉक लगा था, 'बास्टर्ड! तूने रोनित को बताया?'

'नहीं, क्या बताऊँ और कैसे... समझ में नहीं आ रहा। मैं बुरी तरह उलझ गई हूँ, सैंडी। तू बता क्या करूँ?'

'मैं बात करती हूँ उस कमीने से। हड़काती हूँ उसे अच्छे से। वो तुझ पर लाइन मारता था, यह तो मुझे लगता था पर वो इस हद तक गिर जाएगा, यह कभी दिमाग में नहीं आया।'

मिताली रोने लगी, 'वो वापस लंदन चला जाए तो ठीक है। मैं उसकी शक्ल तक नहीं देखना चाहती। सैंडी, उसकी बातें, उसका टच मैं भूल नहीं पा रही हूँ। आज पता लग रहा है... जिनके साथ रेप होता है वो किस तरह सफ़र करती होंगी।' मिताली बहुत गुस्से में थी।

'ओ, तू हिम्मत रख। मैं उस कमीने से बात करके सब सेटल करती हूँ।' संयोगिता परेशान थी।

'ठीक है, थोड़ा आराम से हैंडल करना। वो वैसा नहीं जैसा हम समझते थे।'

'तू फ़िक्र न कर।'

संयोगिता से बात करके मिताली का मन कुछ हल्का हुआ। वो जानती थी कि संयोगिता सब सेटल कर देगी। माधव और उसके बीच जो बिगड़ा है वो तो अब ठीक नहीं होगा। वो बस इतना चाहती थी कि रोनित तक बात न पहुँचे और उसकी ज़िंदगी में भूचाल न आए। वो उठकर किचन में गई। अचानक उसका जी घबराने लगा। उसने अलमारी से एक इलायची निकाल मुँह में डाली और अपने लिए ब्लैक कॉफ़ी बनाने लगी। तभी वो किचन की खिड़की से रोनित की कार को आता देख चौंकी।

उसने अपने आप से कहा- *रोनित इतनी जल्दी!* उसने गैस बंद की, किचन के बेसिन में लगे नल से मुँह धोया और नॉर्मल दिखने की कोशिश की।

रोनित आते ही उसका नाम पुकारता था पर आज उसकी आवाज़ नहीं आई। मिताली को अजीब लगा। वो बाहर आई। रोनित कहीं नहीं था। वो बेडरूम में

गई तो रोनित लेटा हुआ था। वो जूते पहने ही बेड पर लेट गया था। मिताली का दिल धड़क उठा।

'रोनित...' रोनित ने सिर उठा उसकी तरफ़ देखा और बिना कुछ कहे आँखें बंद कर लीं।

'तबीयत ठीक है तुम्हारी? आज जल्दी?'

'क्यों... कोई और आने वाला था?'

'मतलब?'

रोनित चुप रहा, पर मिताली उसकी आवाज़ में छुपे तंज़ को समझ गई। उसको लगने लगा कि कुछ हुआ है। माधव ने कहीं रोनित को उसके ख़िलाफ़ भड़का तो नहीं दिया।

'कैसा है अब तुम्हारा बुखार? ज़्यादा आग लगी हो तो मैं बुझाऊँ?'

मिताली ने पहले इस तरह कभी रोनित का लहज़ा नहीं सुना था, 'ये क्या बोल रहे हो, रोनित?'

'मिताली, जो रात में तुम्हारे और माधव के बीच हुआ... वो मैं जान चुका हूँ। माधव ऑफ़िस आया था।'

मिताली का चेहरा फक्क पड़ गया, 'क्या जान चुके?'

'मिताली, तुम ऐसा कैसे कर सकती हो? रिश्ते में बेटा है वो तुम्हारा... कुछ रिश्ते का लिहाज़ किया होता...'

मिताली चीख पड़ी, 'पर मैंने क्या किया, रोनित? लिहाज़ वो भूल गया था। उसने मुझसे ज़ोर-ज़बरदस्ती करने की कोशिश की। पता नहीं उसने तुम्हें क्या बोला है।'

रोनित गुस्से में बिस्तर से उठ खड़ा हुआ, 'शट अप यू मिताली! उसने तुम्हारा रेप करने की कोशिश की या उसने तुम्हारे इरादे पूरे नहीं किए तो तुम उस पर इल्ज़ाम लगा रही हो?'

रोनित को इस तरह चीखता देख मिताली सहम गई।

'रोनित, तुम मुझे इतना ही समझे हो? कब सेक्स को लेकर तुमने मुझे भूखा देखा? मैं तुम्हें प्यार करती हूँ, रोनित।'

'तुमने अपनी शादी में रहते हुए मेरे साथ सिंगापुर में सेक्स किया था न? मिताली, तुम्हारी आदत है। तुम बिना सेक्स के रह नहीं सकती हो।'

मिताली रोनित की बात सुनकर हिल गई, आज उन करीबी लम्हों को वो उसके ही ख़िलाफ़ इस्तेमाल कर रहा है। कुछ सेकेंड्स के लिए उसके दिमाग ने जैसे काम करना ही बंद कर दिया। अपनी साँसों को सँभालते हुए उसने रोनित की तरफ़ देखा।

'रोनित, क्या बोल रहे हो? तुम जानते थे कि मैं उस शादी में अकेली थी और उसके बाद मैं बिकास से अलग भी हो गई थी।'

'हो सकता है, मेरे साथ भी तुम अकेला फ़ील करती हो! माधव बहुत हैंडसम है। घर पर कोई नहीं था तो तुम ख़ुद पर कंट्रोल नहीं कर पाईं।'

'रोनित, बस करो। तुम मेरे लिए ऐसा सोच भी कैसे सकते हो? तुम्हें माधव की बात पर भरोसा है, अपनी पत्नी की बात पर नहीं।'

'अगर माधव की ग़लती थी तो तुमने मुझे रात में ही क्यों नहीं बताया? क्यों?'

मिताली सुबकने लगी थी, 'क्या बताती? मैं शॉक में थी और समझ नहीं पा रही थी कि तुम कैसे रिएक्ट करोगे।'

'झूठ... तुमने इसलिए नहीं बताया कि तुम्हारे मन में चोर था... और माधव को धमकी दी कि अगर उसने तुम्हारे साथ फ़िज़िकल रिश्ता नहीं बनाया तो तुम उस पर रेप का चार्ज लगाओगी। वो बच्चा डर गया।'

उसकी आँखों से गुस्से और अपमान से आँसू छलछला पड़े, 'माधव इतना गिर सकता है! उसने अपनी ग़लती छुपाने के लिए मुझ पर इतना बड़ा इल्ज़ाम लगा दिया और तुम्हें उस पर यकीन भी है। मेरे प्यार-विश्वास को एक पल में मिट्टी कर दिया तुमने, रोनित।'

'बस करो, मिताली। हो सकता है, माधव की सेक्सी बॉडी देख तुम्हारा दिल मचलने लगा हो। वैसे भी तुम उसके साथ काफ़ी क्लोज थीं। कई दिनों से ऑब्ज़र्व कर रहा था मैं। मुझे लगता था सिर्फ़ दोस्ती है, पर दोस्ती की आड़ में कुछ और ही चल रहा था।'

मिताली सुन्न सी सोफे पर बैठ गई। उसे यकीन नहीं हो रहा था कि ये उसका रोनित है। जैसे हवा बंद हो गई हो। कमरे में घुटन सी हो रही थी। रोनित गुस्से में उसके पास आया और उसके कंधे पकड़ कर उसे झिंझोड़ दिया, 'बोलो, कुछ... बोलती क्यों नहीं?'

मिताली ने डबडबाई हुई आँखों से उसे देखा। रोनित की आँखों में उसके प्रति सिर्फ़ नफ़रत दिखी। मिताली की आँखें दुःख और अपमान से सुर्ख हो रही थीं, 'क्या बोलूँ... जब तुम सुनना ही नहीं चाहते? तुम पहले ही अपनी राय बना चुके। मेरे कैरेक्टर पर लांछन लगा रहे हो। मेरे पुराने रिश्ते को बीच में ला रहे हो। बचा ही क्या है... तुमने मेरी बात तो सुनी ही नहीं। अभी संयोगिता को फ़ोन करके मैं सब बता रही थी। तब उसने कहा था कि रोनित कभी नहीं सह पाएगा। मैंने इसलिए नहीं बताया कि तुमको यकीन नहीं होगा कि तुम्हारा माधव ऐसा कर सकता है, तुम टूट जाओगे। पर तुम्हारे बेटे ने तो पहले ही तुम्हें मेरे ख़िलाफ़ करके भेजा है। अब मेरे कुछ कहने से तुमको यकीन होगा?'

रोनित ने टेबल पर सजा काँच का ख़ूबसूरत फूलदान फेंककर तोड़ दिया। मिताली उसकी आवाज़ से सहम गई। बिखरे हुए टुकड़े उसकी नज़रों को चुभ रहे थे। उसमें सजे गुलाब के फूल जहाँ-तहाँ बिखर गए थे।

'सुनाओ, तुम अपनी कहानी भी सुना दो। बोलो।'

मिताली ने उसे रात का सारा वाकया सुनाया। पर रोनित का मन मानने को तैयार नहीं था। जो बात पहले दिमाग पर जम जाती है, उसे नकार दूसरी पर विश्वास करना मुश्किल हो जाता है।

मिताली उठकर रोनित के पास आई। उसने रोनित का हाथ थामा तो रोनित ने झटके से हाथ खींच लिया। मिताली को बुरा तो लगा पर वो शांत रही और बाथरूम से जाकर प्रेग्नेंसी टेस्ट स्ट्रिप ले आई।

'रोनित, कभी नहीं सोचा था... यह ख़ुशख़बरी मैं तुम्हें ऐसे वक़्त सुनाऊँगी जब तुमको मुझ पर भरोसा ही नहीं होगा।'

रोनित ने उसकी तरफ़ सवालिया नज़र से देखा।

'आई एम एक्स्पेटिंग आवर बेबी।'

रोनित ने प्रेग्नेंसी स्ट्रिप की तरफ़ देखा। कुछ सेकेंड सोचने के बाद वो झटके से उठा और स्ट्रिप को मिताली के हाथ से छीनकर फेंक दिया।

'यह ख़बर भी अब याद आई तुम्हें ताकि मेरा गुस्सा ठंडा हो सके!'

'कल दोपहर को चेक किया था, रोनित। पीरियड मिस हो गए थे तो... और फिर ये सब हो गया। तुम्हें बताने का मौका ही नहीं मिला। चाहती थी तुम्हें सामने

बताकर सरप्राइज़ दूँ। इस वजह से कल न मैंने ड्रिंक किया और न ज़्यादा डांस किया।'

मिताली बदहवास सी बोले जा रही थी, पर रोनित के सिर पर भूत सवार था। उसे मिताली की हर बात झूठ लग रही थी। वो उसकी बात पूरी सुनते ही चिल्ला पड़ा, 'बस... बस! मुझे इमोशनल फूल बनाने की कोशिश मत करो, मिताली। वो तो मेरा बेटा था, इसलिए उसने मुझे बता दिया। न जाने कितनों के साथ सोती होगी। किसका बच्चा है क्या पता...'

मिताली पूरी ताकत से चीख पड़ी, 'बस करो रोनित... इतनी घटिया बात कैसे बोल सकते हो मेरे लिए? हमें अलग करने का यह अच्छा तरीका ढूँढ़ा माधव ने। यह उसका प्लान है, कंस्पिरेसी है। वो सब मेरे ख़िलाफ़ हैं, पर तुम तो मेरे अपने हो। तुम ही नहीं सुनोगे तो कौन सुनेगा, रोनित। तुमने हमारे रिश्ते को गाली दी है... रोनित! रोनित!'

वो चीखती रही और रोनित गुस्से में कमरे से निकल गया। दरवाज़ा भड़ाक से बंद हुआ पर मिताली उसके पीछे नहीं गई। उसने रोनित की कार के जाने की आवाज़ सुनी। गुस्से और दर्द से पागल हो मिताली ने दोनों हाथों में अपना सिर थाम लिया।

मिताली ने अलमारी की दराज में पड़े हुए अपने पुराने मोबाइल टटोले। टूटे हुए मोबाइल से सिम पुराने मोबाइल में शिफ्ट किया और उसे चार्जिंग पर लगाया। लगातार रोने और तनाव से उसका सिर दर्द से फटा जा रहा था। अभी रोनित और उसके बीच जो हुआ उसके बाद उसके दिमाग ने काम करना ही बंद कर दिया। वो निढाल हो बिस्तर पर लेट गई।

7

इम्तिहान इश्क़ के

ऑफिस में माधव को राघव और स्वीटी मिले थे। एक ऑफ़िशियल मीटिंग के बाद दोनों एयरपोर्ट चले गए। कल उनकी शादी की छठी सालगिरह थी, जिसको सेलिब्रेट करने के लिए उन्होंने मॉरीशस का टूर प्लान किया था। राघव स्वीटी के साथ अपने रिश्ते में आए तनाव को कम करना चाहता था। उधर माधव पटेल विला लौट आया था। कल रात से आज तक न जाने इतना कुछ हो चुका था कि उसका कहीं जाने का मन नहीं हुआ। घर में नौकरों के सिवा और कोई नहीं था। उसे अपने डैड की चिंता हुई, पर वो फ़ोन करके कुछ पूछने की हिम्मत नहीं जुटा पाया था। उसने जाकर शावर लिया, फिर लाल बनियान और ब्लू बॉक्सर पहन कर अपने कमरे में बीन बैग पर बैठ गया। उसने सिगरेट सुलगा ली। उसने कुक, प्रह्लाद को शाम के खाने के लिए मना कर दिया। वो यह सोचकर बहुत बेचैन था कि रोनित और मिताली के बीच क्या बात हुई होगी। उसे समझ में नहीं आ रहा था कि आगे क्या किया जाए।

तभी उसका फ़ोन बजने लगा। फ़ोन पर संयोगिता थी। माधव ने फ़ोन नहीं उठाया, वो उसका नंबर देखकर कुछ नर्वस हो गया। वो बड़बड़ाया- अब ये क्यों फ़ोन कर रही है, मिताली ने इसे सब बता तो नहीं दिया?

माधव ने संयोगिता के नंबर को तुरंत ब्लॉक कर दिया। वो डर गया। उसका दिल दुगनी रफ़्तार से धड़कने लगा। माधव का मन बहुत बेचैन था। उसने घर में बने बार में जाकर स्कॉच की बोतल खोल ली।

माधव सही-ग़लत के सवाल को शराब में डुबो देना चाहता था। वो अपने जीवन में कभी इतना बेचैन नहीं हुआ। पूरा घर ख़ाली था और सवालों ने उसे घेर लिया था। उसे अपने डैड के मिताली से शादी करने पर ख़ुशी नहीं हुई थी। वो अपनी माँ भवानी की जगह किसी को नहीं देख सकता था। मिताली के साथ उसे अच्छा भी लगता था और कहीं-न-कहीं उसके मन में दबी हुई नफ़रत भी थी। कभी उसे लगता था, मिताली ने सिर्फ़ पैसों के लिए उसके डैड से शादी की है और कभी लगता कि वो सच में उसके डैड से प्यार करती है।

कल रात जो हुआ उसने रिश्तों को उलझा कर रख दिया था। वो डैड की नज़रों में गिरना नहीं चाहता था, साथ-ही-साथ उसे यह भी लगने लगा कि इस तरह मिताली उनके जीवन से हमेशा को चली जाएगी।

मिताली ने सिरदर्द को कम करने के लिए एक टैबलेट ले ली। कुछ देर के लिए उसकी आँख लग गई। उसे नींद में ऐसा लगा जैसे कोई साया उसके आस-पास घूम रहा हो और उसका गला दबाने की कोशिश कर रहा हो।

'कौन हो तुम? छोड़ दो मुझे...' उसने घबरा कर आँखें खोल दीं। कमरे में उसे डर लगने लगा। वो बाहर गार्डन में आ गई। शाम गहराने लगी थी। वो झूले पर बैठ गई। हल्की-हल्की नमकीन हवा उसके बालों से खेल रही थी। मिताली ने बालों को समेटा और हमेशा की तरह उनको जूड़े में कैद कर लिया।

एक ही रात में उसकी शादीशुदा ज़िंदगी की नींव हिल गई थी। उसे विश्वास नहीं हो रहा था कि रोनित ने उस पर जो भरोसा किया था उसकी बुनियाद इतनी कमज़ोर होगी!

संयोगिता के फ़ोन ने उसके विचारों पर विराम लगाया, 'मैंने उस कमीने को फ़ोन किया... पर उसने मेरा नंबर ही ब्लॉक कर दिया, मैं उसको...'

मिताली ने उसकी बात काटी, 'सैंडी, सब ख़त्म हो गया। जिस रोनित के लिए सब कुछ छोड़ा, इतनी बदनामी उठाई और दुनिया की बातों की परवाह नहीं की। आज उसी ने मेरी इज़्ज़त पर सवाल खड़ा कर दिया। क्यों रोनित ने एक बार भी मेरी बात न सुनकर सिर्फ़ माधव की बातों पर भरोसा किया?'

मिताली अपनी ही रौ में बहे जा रही थी और संयोगिता दम साधे उसे सुन रही थी। सवालों के फंदे जैसे मिताली के गले पर कसते जा रहे थे। उसको साँस लेने में दिक्क़त महसूस हुई, इसलिए वो गहरी-गहरी साँसें लेने लगी।

'सैंडी बाद में बात करूँगी... मेरा जी घबरा रहा है।' मिताली वहीं टहलने लगी, बहुत रोकने के बाद भी मिताली को उल्टी हो गई।

'दीदी, नींबू पानी ले आऊँ? जी ठीक होगा।' पाछी दौड़कर उसके लिए पानी ले आई।

मिताली ने सिर हिलाकर इनकार कर दिया।

'पी लो, दीदी। ऐसी हालत में उबकाई आती ही है। बेटा होगा, देखना।'

मिताली ने उसकी तरफ़ चौंककर देखा। पाछी को भी पता चल गया कि वो प्रेग्नेंट है। रोनित और वो वैसे भी बहुत चिल्ला-चिल्लाकर बात कर रहे थे। सुना ही होगा। मिताली फिर विचारों के भँवर में घिर गई।

पाछी भी क्या सोचती होगी मेरे बारे में! मेरी लाइफ़ में सुकून रेगिस्तान में बरसात की तरह आता है। जब लगता है कि सब ठीक है, तब ही सब बिगड़ जाता है।

पाछी न जाने कबसे नींबू पानी बनाकर दोबारा उसके सामने खड़ी थी। मिताली ने उसके हाथ से ग्लास लेकर एक ही घूँट में पूरा एक ग्लास नींबू पानी अंदर उतार लिया। उसे कुछ बेहतर महसूस हुआ। वो वहीं झूले पर लेट गई। ऊपर आसमान तारों से भरा हुआ था। पूरा चाँद टकटकी लगाए जैसे उसकी तरफ़ ही देख रहा था। वो बचपन में घंटों चाँद को निहारा करती थी और वहाँ सैर करने का सपना देखती थी।

मिताली की आँखें डबडबा गईं। उसका अकेलापन बढ़ गया। उसे माँ की गोद में सोने की इच्छा होने लगी। कुछ महीनों बाद वो माँ बनेगी। माँ-बाबा को मालूम

होगा तो वो कितने ख़ुश होंगे। आठ साल की शादी में जब उसका कोई बच्चा नहीं हुआ तो वो लोग बहुत दुखी थे। कितना इलाज कराया, कितनी मन्नतें माँगती थी उसकी माँ। किसी तरह कोई आए जो उन्हें नाना-नानी कहे। मिताली ने अपनी आँखें बंद कर लीं... हवा के झोंकों से उसको नींद आ गई।

सॉल्ट लेक इलाके में बने उसके पुराने घर की छत पर सुबह की नरम धूप में उसका गोलमटोल छोटा सा बच्चा लेटा हुआ है और वनलता उसकी सरसों के तेल से मालिश कर रही हैं। सुजॉय बंगाली भाषा का अख़बार पढ़ रहे हैं और बीच-बीच में वनलता और बच्चे पर भी नज़र डाल लेते हैं। रेडियो पर रविंद्र संगीत बज रहा है, वनलता उसके साथ-साथ गुनगुना रही हैं। बच्चा खिलखिला कर लातें मार रहा है। मिताली के होंठों पर अचानक मुस्कुराहट आ गई। मिताली चाय बनाकर लाई। तीनों बैठकर चाय की चुस्कियाँ लेने लगे और बच्चा अपने पैर चलाकर कसरत करता रहा। मिताली ने चाय का कप एक तरफ़ रख बच्चे को गोद में लेना चाहा, पर ये क्या, उसके हाथ तो हवा में झूल गए...

मिताली की नींद खुल गई।

वो अपनी छत पर नहीं, मिरोमि के लॉन में थी। वो झटके से उठ बैठी। पता नहीं कब पाछी आकर उसके ऊपर नरम शॉल डाल गई थी। कितना मधुर सपना था जिसने कुछ पलों के लिए उसके दर्द को गायब कर दिया। पर आँख खुलते ही वो दर्द दुगनी ताकत के साथ लौट आया था। उसका पूरा बदन थकान और दर्द से चूर था।

रोनित के मन में गुस्से और दर्द का तूफ़ान उमड़ रहा था। लाख कोशिशों के बाद भी आँसू उसकी आँखों में आ जाते। उसकी समझ में नहीं आ रहा था कि मिताली ने ऐसा क्यों किया। उससे मिताली को पहचानने में इतना बड़ा धोखा कैसे हो गया?

माधव के कहे शब्द बार-बार उसके कानों में गूँज रहे थे जिनके सामने मिताली की आवाज़ दब गई। ऐसा नहीं था कि रोनित मिताली की बात पर भरोसा करने की कोशिश नहीं कर रहा था। लेकिन बार-बार उसके दिमाग में यही बात आ रही थी कि उसका अपना बेटा, उसके जिगर का टुकड़ा माधव कभी ऐसा नहीं करेगा। वो अपने डैड की ज़िंदगी ख़राब क्यों करेगा। रोनित अपने उसी

फ्लैट में पहुँच गया जहाँ मिताली और उसने साथ रहना शुरू किया था। आठवें माले पर बना यह फ्लैट उनके नए रिश्ते का गवाह था। यहीं मिताली ने शादी की ज़िद पकड़ी थी और एक दिन बिना कुछ कहे उसे छोड़ गई थी।

रोनित ने व्हिस्की की बोतल खोल ली। बालकनी में बैठ वो मिताली के साथ बिताए हुए पलों को याद करने लगा। जब वो लंबे टूर के बाद लौटता तो मिताली उसको अपनी गोद में लिटा लेती और उसको दुलारती, 'कित्ता थक गया, मेरा लाल। अब मम्मा बाबू की चम्पी करेगी।'

रोनित सुकून से आँखें बंद कर मुस्कुराता, 'इतना बड़ा हूँ तुमसे, फिर भी ऐसा लगता है कि तुम मेरी माँ हो।'

मिताली उसके सिर को उँगलियों से दबाती और कभी उसका माथा चूमती। 'वो तो हूँ ही। बीवी तो माँ, दोस्त, प्रेमिका, बेटी कई सारे रिश्ते समेटे होती है... वो शेर सुना है तुमने?'

'कौन सा मेरी जान?'

'*कहाँ कहाँ से अलग करोगे तुम मुझको*
हज़ार रिश्तों में तुमसे बंधा हुआ हूँ मैं'

'वाह वाह!'

रोनित ने मिताली को अपनी बाहों में भर लिया। मिताली कसमसाई, 'अरे छोड़ो न, मालिश करने दो।'

'नहीं छोड़ूँगा। हज़ार रिश्तों में जो बंधा हूँ।'

'शैतान...' मिताली खिलखिलाती हुई उसकी बाँहों में समा गई थी।

अभी रोनित की बाहें ख़ाली थीं, उसका दामन ख़ाली था। एक पल में सब छिन गया था।

वो समझने की कोशिश करने लगा कि आख़िर उनके रिश्ते में क्या कमी रह गई। उस रात वो पीता गया और उसका मन मिताली के प्रति कड़वाहट से भरता गया। मिताली का कॉल आ रहा था, लेकिन उसने नहीं उठाया।

कई बार कोशिश करने के बाद भी जब रोनित ने मिताली का फ़ोन नहीं उठाया

तो मिताली गुस्से और अपमान से भर गई। उसने घर छोड़ने का फ़ैसला किया। अपना लैपटॉप खोलकर मिताली ने कोलकाता की फ्लाइट का टिकट बुक किया। उसे रात की ग्यारह बजे की फ्लाइट मिली। मिताली ने जल्दी-जल्दी अपना सामान पैक किया। पैकिंग करते-करते उसकी आँखों से लगातार आँसू गिरते रहे। पाछी कमरे में आ गई थी। उसने मिताली को बहुत रोका लेकिन मिताली ने उसकी एक न सुनी। अब वो इस घर में एक पल नहीं रहना चाहती थी। मिताली के जाने के साथ ही पाछी का भविष्य भी अधर में लटक गया। मिताली ने टैक्सी में बैठते ही संयोगिता को फ़ोन लगाया। संयोगिता को उसने एयरपोर्ट ही मिलने बुला लिया था।

मिताली जब एयरपोर्ट पहुँची तो संयोगिता इंतज़ार कर रही थी। संयोगिता ने मिताली को कसकर गले लगा लिया। दोनों सहेलियाँ कैफ़ेटेरिया में बैठ गईं।

'जल्दी कर रही है तू। वहाँ नहीं रहना तो मेरे पास आ जा।'

'नहीं सैंडी, वैसे भी कई साल हो गए कोलकाता गए हुए। मेरी जिंदगी में सुख नहीं है, कम-से-कम उन्हें कुछ दिन तो औलाद का सुख दे दूँ।'

'जो बिखरा है, उसे कौन समेटेगा? रोनित और तेरा रिश्ता? तू नहीं होगी तो माधव, राघव और स्वीटी को और मौका मिल जाएगा रोनित को तेरे ख़िलाफ़ भड़काने का।'

'जहाँ प्यार और विश्वास होता है, वहाँ कोई किसी के भड़काने में नहीं आता। आज जो हुआ, उससे मुझे समझ में आ गया। मुझसे ज़्यादा उसे माधव की बातों पर विश्वास है। प्रेग्नेंट होने की ख़बर दी तो पता है उसने क्या कहा?'

'तू प्रेग्नेंट है?' चौंकते हुए संयोगिता ने मिताली का हाथ थाम लिया। दोनों की आँखों से आँसू छलक आए।

'इस पल का कितने सालों से इंतजार था! मैं मौसी बनूँगी।'

'मुझे लगा था, रोनित बहुत ख़ुश होगा। पहले से ही उसके मन में मेरे ख़िलाफ़ इतना जहर था कि उसने इसे अपना बच्चा मानने से इनकार कर दिया। इससे बड़ी इंसल्ट क्या होगी मेरे लिए?'

सामने रखी कॉफ़ी ठंडी हो गई। कुछ पल ख़ामोश रहने के बाद संयोगिता ने गला साफ़ किया। 'रोनित ऐसा नहीं कर सकता। जब उसका गुस्सा शांत होगा और बातें समझ में आएँगी तो वो वापस आएगा।'

मिताली ने बेचैन होकर घड़ी देखी। 'इतना सब होने के बाद मुझे कोई फ़र्क नहीं पड़ता। वो वापस आए, ना आए। जिसके लिए इतना सब कुछ किया, वो अपने बेटे के कहने पर एक झटके में मेरे मुँह पर तमाचा मारकर चला गया। उसने मुझे बिल्कुल नहीं समझा?' मिताली ने अपनी आंखों में छलक आए आँसू पोछें।

'तू अपनी हेल्थ का ध्यान रख। इतने सालों बाद माँ बनने वाली है। तुझे टेंशन नहीं लेना है। उन्हें भाड़ में जाने दो।'

दोनों सहेलियाँ आँखों में आँसू लिए अलग हो गईं।

संयोगिता का दिमाग गुस्से से भन्ना रहा था। उसने रोनित को फ़ोन लगाया। पर रोनित ने उसका फ़ोन नहीं उठाया। संयोगिता ने उसे मैसेज किया– *आप बहुत ग़लत कर रहे हैं, मिस्टर रोनित। ग़लती माधव की थी। मिताली कोलकाता चली गई है।*

लगभग ढाई बजे मिताली ने अपने घर की घंटी बजाई। सुजॉय और वनलता गहरी नींद में थे। घंटी की आवाज़ सुनकर वो चौंक गए। सुजॉय ने मोबाइल में वक़्त देखा।

'रात के ढाई बजे कौन होगा?'

'कहीं मुखर्जी बाबू की तबीयत तो ख़राब नहीं हो गई।'

सुजॉय ने अपना चश्मा पहना और दरवाज़े के पास पहुँच कर पूछा, 'कौन?'

'बाबा, आमि... मिताली।'

मिताली की आवाज़ सुनकर वो हैरान रह गए। दरवाज़ा खोलते ही मिताली उनके गले लग गई।

'बाबा!'

'बिना बताए... इतनी रात!'

'क्यों बाबा, आपकी बेटी आपको सरप्राइज़ नहीं दे सकती?'

वनलता आँखें मलती हुई बाहर आईं और मिताली को देखकर चौंक गईं, 'मीतू, जँवाई बाबू भी आए हैं?'

मिताली वनलता के गले लग गई और जवाब में बोली, 'नहीं, वो थोड़ा बिज़ी थे। मुझे आपसे मिलने का मन किया तो फ्लाइट पकड़ कर चली आई। आप इतनी पूछताछ क्यों कर रहे हो? मुझे बहुत भूख लगी है। कुछ खाने के लिए बचा है कि नहीं?'

मिताली घर में कदम रखते ही किचन की तरफ़ बढ़ गई। वो लगभग चार साल बाद कोलकाता आई थी।

वनलता और सुजॉय अचानक नींद से उठा दिए जाने और मिताली के इस तरह बिना बताए आने के झटके से उबरे भी नहीं थे कि मिताली प्लेट में खाना लेकर ड्रॉइंग रूम में आ गई। वो कुछ ज़्यादा ही बोल रही थी, मानो अपने अंदर के दर्द को अपनी आवाज़ से दबा देना चाहती हो।

'तेरी तबीयत तो ठीक है, मीतू?' वनलता ने फ़िक्र करते हुए उसके माथे पर हाथ लगाया।

'हाँ माँ, सेवा करवाने आई हूँ और थोड़ी सेवा करने भी।'

'क्या हुआ?'

'आप नाना-नानी बनने वाले हो!'

सुजॉय और वनलता एक साथ ख़ुशी से चिल्ला उठे, 'क्या! सच मीतू?'

सुजॉय और वनलता को इस ख़बर पर भरोसा नहीं हो रहा था। उन्होंने आठ साल तक इस घड़ी का बड़ी बेसब्री से इंतजार किया था। और आज मिताली आधी रात बीते मुंबई से कोलकाता आकर उन्हें यह ख़ुशख़बरी दे रही थी। वनलता की आँखों से आँसू छलक आए। मिताली ने उनके हाथों को अपने हाथ में ले लिया।

'माँ... आख़िर दुर्गा माँ ने तुम्हारी सुन ली। बच्चे को आप ही पालोगी। मैं तो आपके काबू में नहीं, अब उसी को अपने हिसाब से बना लेना।'

तीनों हँस पड़े। एक घंटे बाद वो तीनों सोने चले गए। मिताली का कमरा रोज़ साफ़ किया जाता था। कपड़े, किताबें सब करीने से सजे हुए थे। मिताली कपड़े बदल कर अपने बिस्तर पर लेट गई। वो पुराने दिनों को याद करने लगी- *पहले कितना मज़ा आता था। ज़िंदगी की शुरुआत कितने सपनों के साथ हुई थी। अब तो कोई-न-कोई परेशानी मेरे जीवन में आती ही रहती है। माँ-बाबा को अभी क्या बताऊँ, वो परेशान होंगे।*

सोचते-सोचते उसे नींद आ गई। वनलता और सुजॉय की नींद तो ख़ुशी के मारे उड़ चुकी थी।

'पहला महीना है, कितनी ख़ुश दिख रही थी।' वनलता चहकी।

'मुझे तो वो उदास लग रही थी जैसे ख़ुश होने का नाटक कर रही हो!' सुजॉय ने चिंता जताई।

'अरे, ऐसा नहीं है। इस वक़्त शक्ल थोड़ी सी ऐसी हो ही जाती है। इतना बड़ा सरप्राइज़ देने वो मुंबई से कोलकाता आ गई। वक़्त कितना भी बुरा हो, गुज़र जाता है। हमारी मीतू हमारे पास वापस आ गई। वही मीतू जो अपनी हर छोटी से छोटी ख़ुशी के बारे में सबसे पहले हमें बताती थी।'

सुजॉय ने वनलता की तरफ़ करवट ले ली, 'सुनो वनलता, अभी ये बात सबको मत बताना। बहुत सालों बाद ख़ुशी मिली है, नज़र लग जाएगी। उसको बोलना अब कुछ दिन यहीं रहे। ज़्यादा ट्रैवल ना करे। लेट ऐज में प्रेग्नेंसी है, सिस्टम कमज़ोर हो जाता है।'

'अच्छा! नाना जी... तुम कबसे ये नज़र-वज़र मनाने लगे? मेरा तो बड़ा मज़ाक बनाते थे।'

सुजोय ने एक गहरी साँस लेकर वनलता को देखा, 'ज़िंदगी के झटके सब मानने पर मजबूर कर देते हैं मेरी मैडम।'

वनलता मुस्कुराते हुए सुजोय के पास खिसक आईं और आँखें बंद कर लीं, 'देखना अब माँ दुर्गा की कृपा से सब अच्छा होगा!'

सुबह वनलता मिताली के लिए कॉफी बनाकर लाईं। मिताली ने उठते ही अपना फ़ोन देखा। रोनित की तरफ़ से कोई फ़ोन नहीं था। लेकिन वो अपनी माँ के सामने दुखी नहीं दिखना चाहती थी। उसने अपने इमोशन पर काबू रखा... दोनों माँ-बेटी बातों में लग गईं।

रोनित ने सुबह संयोगिता का मैसेज देखा। उसे पढ़कर वो अंदर तक हिल गया। मिताली चली गई?

वो मिरोमि पहुँचा, मिताली वाकई घर पर नहीं थी। रोनित को समझ में नहीं आ रहा था कि जो हुआ वो सही है या ग़लत।

मिताली ऐसा कैसे कर सकती थी, लेकिन माधव पर भी उसे भरोसा था। वो उसका ख़ून था। जितना सोचता, उतना उलझता जाता। वो मिताली की कमी लगातार महसूस कर रहा था, पर माधव की बात को भी झुठला नहीं सकता था।

संयोगिता रोनित के ऑफ़िस पहुँची तो पता चला रोनित ऑफ़िस नहीं आया है। वो मिरोमि पहुँची और तमतमाती हुई सीधे रोनित के बेडरूम में घुस गई। रोनित अधलेटा हुआ विमल से ऑफ़िस के बारे में बात कर रहा था। संयोगिता को अचानक वहाँ देख वो हड़बड़ा गया। वो कुछ बोलता इससे पहले ही संयोगिता चिल्ला पड़ी, 'मिस्टर पटेल मैं उसे पिछले छह साल से जानती हूँ। वो कभी ग़लत नहीं हो सकती।'

'मैं मैडी को सत्ताईस सालों से जानता हूँ। वो भी ग़लत नहीं हो सकता।'

संयोगिता व्यंग्य से बोली, 'मैंने ख़ुद देखा है उसे मिताली से फ़्लर्ट करते हुए। आपका बेटा आपको तो फ़्लर्ट करेगा नहीं...'

'प्लीज़, आप जाइए यहाँ से। मुझे इस बारे में कोई बात नहीं करनी है।'

'आपने उसकी प्रेग्नेंसी का भी ख़याल नहीं किया, मिस्टर रोनित।'

'मैंने उसे जाने को नहीं कहा था।'

'क्यों, उतना अपमान काफ़ी नहीं था? कोई भी ख़ुद्दार लेडी इतना अपमान नहीं सह पाएगी।'

विमल हैरान सा ये सब सुन रहा था। यह पहली बार था जब रोनित ने उसे कुछ नहीं बताया था। उसने जब मिताली के बारे उससे पूछा था तो रोनित ने बात टाल दी थी।

संयोगिता बोले जा रही थी, रोनित भी बराबर उसकी हर बात काट रहा था। आख़िर में संयोगिता थककर उठ गई।

'मिस्टर पटेल, आपने ग़लत किया है। जब तक आपको इसका अहसास होगा, मिताली को आप खो चुके होंगे।'

विमल उसके जाने के बाद सवालिया नज़रों से रोनित की तरफ़ देखने लगा।

'मेरे सारे अपॉइंटमेंट्स कैंसिल कर दो। आज घर पर रहूँगा।'

'कोई परेशानी है?'

'विमल, प्लीज़ अभी तुम जाओ।'

विमल को कुछ-कुछ तो संयोगिता की बातों से समझ में आ गया था, पर उसकी हिम्मत ज़्यादा कुरेदने की नहीं हुई। वो चुपचाप कमरे से निकल गया।

मिताली दोपहर तक अपने माँ-बाबा के साथ रही। वो उनके सामने हँसने-खिलखिलाने की पूरी कोशिश कर रही थी ताकि उनको किसी बात का पता न चले। तभी संयोगिता का फ़ोन आया। उसने बताया कि कैसे रोनित से मिलने मिरोमि गई और उसने उसकी कोई बात नहीं सुनी। मिताली इस बात पर नाराज़ भी हुई। वो नहीं चाहती थी कि अब रोनित से कोई बात की जाए। संयोगिता ने माँ-बाबा के बारे में पूछा, वो जानना चाहती थी कि रोनित और उसके झगड़े को लेकर उनका क्या रिएक्शन था।

'उनको कुछ नहीं पता। बेचारे इस उम्र में कितना दुख झेलेंगे। वो अपने नाती के आने की ख़बर से हवा में उड़ रहे हैं। अच्छा लग रहा है उनको ऐसे ख़ुश देखना। थोड़े दिन यहाँ इनके पास रहकर ख़ुद को शांत करना चाहती हूँ। उसके बाद कुछ सोच पाऊँगी कि लाइफ़ में आगे क्या करना है।'

मिताली दोपहर बाद अपनी पुरानी दोस्त रमोना से मिलने निकल गई। इतने सालों बाद भी यह शहर बिल्कुल वैसा ही था। एक अलग सी महक थी कोलकाता की हवा में।

वो मुंबई में अपने शहर को बहुत याद करती थी, पर काम के प्रेशर और बाद में ज़िंदगी की आँधियों ने उसे इस शहर से दूर कर दिया। अब वो वापस आई थी अपने हिस्से की धूप और छाया की तलाश करने।

घर से थोड़ा आगे ही मच्छी मार्किट था। वो बचपन में लगभग हर दूसरे दिन यहाँ बाबा के साथ मछली लेने आती थी। मिताली ने वहाँ रुक कर कुछ चेहरे पहचानने की कोशिश की। *आज भी यहाँ कुछ नहीं बदला। बस भीड़ बढ़ गई है। कुछ नए चेहरे शामिल हो गए हैं। कुछ पुराने चेहरे गायब हो गए हैं...*

कुछ देर पैदल चलने के बाद उसने रिक्शा कर लिया। माँ ने उसे बार-बार कहा कि कार या टैक्सी से जाना ठीक रहेगा, पर वो पुराने दिनों को याद करना चाहती थी। इस पुरानेपन में उसे एक अलग सुकून मिल रहा था। वो थक गई थी भागते-भागते।

मिताली से फ़ोन पर बात होने के बाद से ही रमोना उसके इंतज़ार में बेचैन थी। पाँच साल हो गए थे उन्हें मिले हुए। रमोना यूएस चली गई थी और पिछले साल ही लौटी। बस मेल और फ़ोन पर दोनों संपर्क में थे। उसने बालकनी से मिताली को आता देख लिया था, वो भागकर बाहर निकली और मिताली को गले से लगा लिया।

'यार मीतू, कितनी बदली-बदली लग रही है।'

'ज़िंदगी ने इतने इम्तिहान जो ले लिए।'

ये कहते-कहते मिताली थोड़ी गंभीर हो गई... रमोना उसको अंदर ले आई।

'क्या हुआ बेबी, उदास क्यों है? रोनित ख़याल तो रखता है न?'

मिताली ने आह भरी, 'बहुत ख़याल रखता था। ऐसा लगता था जीते जी स्वर्ग में हूँ, पर एक रात ने सब तहस-नहस कर दिया। मुझको पागलों की तरह चाहने वाला मुझसे नफ़रत करने लगा।'

उसने धीरे-धीरे सारी बात रमोना को बताई जिसे सुन रमोना की आँखें आश्चर्य से फैलती गईं।

रमोना की मेड दो ग्लास जूस रख गई। मिताली को जूस देते हुए रमोना उदास थी। उसने कभी सपने में नहीं सोचा था कि हमेशा चहकने वाली उसकी दोस्त इतने साल बाद उसको इस तरह उदास मिलेगी।

उसने मिताली के दाएँ हाथ पर अपना बायाँ हाथ रखा, 'फिलहाल अपने और बच्चे के बारे में सोच। देखना, रोनित जब शांत दिमाग से सोचेगा तो वो सब कुछ समझ जाएगा।'

'उसे समझ आए-न-आए पर मैं समझ गई। लेडी कितना भी नाम कमा ले, कितना भी प्यार कर ले, रहेगी एक ऑब्जेक्ट ही। एजुकेशन, नॉलेज, स्टेटस सब साइडलाइन... किसी आदमी के साथ बाहर चली जाए तो इसका मतलब यह तो नहीं कि वो उसके साथ सेक्स ही करने गई होगी... छी... नफ़रत होती है मुझे इस दुनिया के लोगों की सोच से... रमोना, मुझे अपना पेपर इस्टैब्लिश करना है। मैं अब मुंबई वापस नहीं जाना चाहती। उस शहर ने मुझसे सब कुछ छीन लिया है।'

'सब हो जाएगा। हम मिलकर करेंगे। तू परेशान मत हो, डार्लिंग।'

'मैं बच्चे के आने से पहले पेपर को खड़ा करना चाहती हूँ।'

'चल, शॉपिंग को चलते हैं। तेरा मूड अच्छा हो जाएगा।'

'नहीं, आज नहीं, थकी हुई हूँ। दादा और बौदी कहाँ हैं आजकल?'

'दादा तो यूएस में ही हैं, बौदी भी वहीं पढ़ाती हैं। दो बच्चे हैं, बताया तो था लास्ट टाइम जब फ़ोन पर बात हुई थी।'

'अरे हाँ, लाइफ़ में सब कुछ इतनी तेज़ी से बदला है कि कई बातें दिमाग से वॉश आउट हो गईं। कॉलेज के दिन सबसे अच्छे थे। उसके बाद सुकून कभी नहीं लौटा।'

उस रात मिताली रमोना के घर पर ही रुक गई। रमोना ने शादी नहीं की थी। वो अपने एकेडमिक करियर में बेहद ख़ुश थी। जिसे चाहती थी, उसने किसी और से शादी कर ली। तबसे उसने प्यार पर भरोसा करना छोड़ दिया। उसने अपनी शर्तों पर जीने का फ़ैसला किया था। रमोना के चेहरे पर अभी भी कॉलेज वाली चमक बरकरार थी।

रमोना ने मिताली को पेपर शुरू करने के लिए एक ऑफ़िस का इंतज़ाम करने और बाकी हेल्प करने का वादा किया।

दो दिन हो चुके थे। रोनित ऑफ़िस नहीं गया था। माधव ने बड़ी बेचैनी से ये दो दिन काटे थे। आख़िरकार हिम्मत करके उसने रोनित को फ़ोन मिलाया, 'डैड, आप ऑफ़िस क्यों नहीं आ रहे?'

'मेरी कुछ सोचने लायक हालत नहीं है।' रोनित दर्द भरी आवाज़ में बुदबुदाया, 'वो चली गई घर छोड़ के।'

'क्या?'

'मुझे अब तक समझ में नहीं आ रहा कि उसने तुम्हारे साथ ऐसा क्यों किया... क्यों? मेरे प्यार में क्या कमी रह गई थी?' यह कहते-कहते रोनित की आवाज़ भर्रा गई थी, '...मैं तुमसे बाद में बात करता हूँ।' इतना कहकर रोनित ने फोन काट दिया।

माधव को एक बड़ा झटका लगा। वो उनकी आवाज़ का दर्द और नाराज़गी समझ रहा था। उसे यह जानकर अच्छा नहीं लगा कि मिताली घर छोड़ गई। सिर्फ़ शराब के नशे और उसकी ज़िद की वजह से यह सारा हंगामा खड़ा हो गया जो अब उसे सुलझता नहीं दिखता था। उसे लग रहा था कि वो ख़ुद के मकड़जाल में फँस गया है।

माधव में अब रोनित का सामना करने की भी हिम्मत नहीं थी। उसने अपना लंदन का टिकट करवा लिया। वो जल्द-से-जल्द यहाँ से लौट जाना चाहता था।

विमल शाम को रोनित के पास आया। उसके हाथों में कुछ फ़ाइल्स थीं, जिन पर रोनित के साइन चाहिए थे।

'क्या बात है, बॉस? आपने कभी कोई बात मुझसे छुपाई नहीं। ऐसी कौन सी बात है जो आपको अंदर-ही-अंदर खा रही है? मैडम भी कोलकाता चली गईं और मैडी बाबा पटेल विला में हैं।'

आख़िरकार रोनित ने विमल को सब बता दिया। सारी बातें जानकर विमल बहुत हैरान हुआ। बात थी भी हैरानी की।

'आपको मैडी बाबा की बात पर भरोसा है और मिताली मैडम की बात पर बिल्कुल नहीं? प्यार में भरोसा सबसे बड़ी चीज़ होती है। आपने दुनिया से लड़कर उनका हाथ थामा और एक झटके में उनका हाथ छोड़ दिया।'

रोनित ने उसकी तरफ़ देखा, 'यही तो मेरी तकलीफ़ है, विमल। जिस लेडी के लिए मैं दुनिया से लड़ गया, अपने परिवार से लड़ गया, जिसे सारी ख़ुशियाँ दीं...

उसने मेरे साथ ऐसा किया। किस बात की कमी थी उसको? उसने मेरे बेटे पर ही... ओ गॉड, सोचता हूँ तो दिमाग की नसें फटने लगती हैं। ।'

'दोनों के अपने-अपने सच हैं। कोई तो झूठ बोल रहा है, लेकिन वो मिताली मैडम ही हैं, यह फ़ैसला लेने में आपने बहुत जल्दी कर दी, सर।'

रोनित को लगा वो मिताली की तरफ़दारी कर रहा है। उसे गुस्से आ गया, 'मैडी को मैंने भवानी की मौत के बाद टूटते देखा है। वो सेंसिबल लड़का है, ऐसा कभी नहीं करेगा... कभी नहीं।'

विमल ने फ़ाइल्स समेटी और चुपचाप उठकर चला गया।

राघव और स्वीटी हनीमून से लौट आए थे। स्वीटी बेहद ख़ुश थी, राघव ने उसे ख़ूब शॉपिंग कराई थी। वो माधव और रोनित के लिए भी गिफ्ट्स लाए थे। राघव को विमल से सारी बात पता लगी तो वो सन्न रह गया। उसे जाने से पहले ही माधव का व्यवहार कुछ अजीब लग रहा था। अब सारी कहानी साफ़ हो गई थी।

स्वीटी को जैसे ही पता चला, वो ख़ुश हो गई। उसने तुरंत अपनी माँ को फ़ोन लगाया, 'मॉम, रब ने मेरी सुन ली। उस बोंग डायन को डैड ने घर से निकाल दिया।'

'पर हुआ क्या अचानक?'

'डिटेल पता नहीं... पर शराब के नशे में मैडी के साथ कोई लफड़ा हुआ है।'

'ओए रब्बा...'

'और क्या! बोंग ने पैसे के लिए ही शादी की। डैड कुछ कर तो पाते नहीं होंगे तो सोचा जवान बेटे को ही...' दोनों बेशर्मी से हँस दीं। राघव को कमरे में आता देख स्वीटी ने फ़ोन काट दिया।

राघव कपड़े बदल कर लेट गया। स्वीटी उसके करीब आई और उसका माथा सहलाने लगी, 'मैं कहती थी न वो बिच डेंजरस है... देखा, क्या कांड किया है। अच्छा हुआ तुम बच गए।'

'प्लीज़ स्वीटी, मुझे कुछ बात नहीं करनी इस बारे में। डैड अपनी तरह से यह मामला हैंडल कर लेंगे।'

मिताली के माँ-बाबा उसके घर आने से बहुत ख़ुश थे। मिताली भी पहले वाली मीतू बनना चाहती थी, बिंदास और एनर्जी से भरपूर। उसके पास एक उम्मीद पल रही थी। उसे बच्चे हमेशा से बहुत पसंद थे। अब सैंतीस साल की उम्र में उसे माँ बनने का सुख मिलने वाला था। डिलीवरी डेट दिसंबर की थी। वो सर्दियों में कोलकाता रहना चाहती थी। वनलता तो अभी से ऊन के गोले लिए बैठी थीं। वो बच्चे के लिए बहुत कुछ बुनना चाहती थीं।

मिताली ने उनके गले में प्यार से हाथ डाल दिए, 'अरे माँ, पूरे नौ महीने पड़े हैं, आप अभी से क्यों इतनी मेहनत कर रही हैं?'

'पूरा सेट बुनूँगी अपने पुचु के लिए... टोपे, मोज़े, स्वेटर।'

वनलता की बात सुनकर सुजॉय मुस्कुरा दिया। 'पुचु? लो, इन्होंने तो नाम भी रख दिया!'

'तुम लोग चाहे जो नाम रखो, मैं तो उसे पुचु ही कहूँगी।'

सुजॉय और मिताली दोनों हँस दिए। उनकी आँखों में सपने और चमक देख मिताली ख़ुश थी। पर उसके मन में जो तूफ़ान मचा हुआ था, उसके बारे में कैसे और क्या बताए। अब उसे आए एक हफ्ता हो चुका था पर रोनित ने कोई फ़ोन नहीं किया। आख़िर क्यों उसकी किस्मत में प्यार का रिश्ता नहीं, यह सवाल बार-बार उसके ज़ेहन में आकर अटक जाता। फिर वो उसकी झटक ख़ुद को अख़बार के काम में उलझा लेती।

रमोना ने उसे अपने घर का एक कमरा ऑफ़िस के लिए इस्तेमाल करने को कहा। मिताली के मना करने पर रमोना ने कहा वो पार्टनर है और फ़ाइनेंशियल ज़िम्मेदारी उसकी है। उसने मिताली को सिर्फ़ अख़बार का काम देखने को कहा। प्रॉफ़िट में दोनों की आधी हिस्सेदारी की भी बात कही, तब जाकर मिताली राज़ी हुई।

मिताली रमोना के साथ अपनी प्रोफ़ेशनल ज़िंदगी का नया चैप्टर शुरू करके अपने दर्द को भूलना चाहती थी। दिन में मिताली अख़बार का काम करती और शाम को रमोना के साथ घूमने निकल जाती। उन दोनों के पास कई सालों से

बचाए रखी बातों का ख़ज़ाना था जिसे वो दिल खोल कर लुटा रही थीं। उन्होंने अपना बचपन साथ जिया था और वो कॉलेज भी साथ गई थीं। मिताली को लगता था रमोना से बेहतर उसे कोई नहीं जान सकता और रमोना से उसे बहुत लगाव था। मुंबई में संयोगिता ने ज़रूर कुछ हद तक उसकी कमी पूरी की थी।

हुगली नदी के किनारे बने पाल पर मिताली और रमोना घूम रही थीं। ढलती शाम ने नदी के पानी में नारंगी लाल सा रंग घोल दिया था। दूर क्षितिज पर घर लौटती नावें दिख रही थीं। शाम मिताली को उदासी से भर देती, वो और रोनित अक्सर सी-बीच पर शामें बिताते थे।

मिताली ने घबरा कर रमोना का हाथ थाम लिया, 'रामो, तू ही है जिसने मुझे समझा। दोस्ती से बड़ा कोई रिश्ता नहीं, बाकी प्यार-मुहब्बत सब बकवास है। मैंने रोनित को दिल से चाहा था, पर मुझे क्या मिला? ख़ालीपन और अविश्वास... मेरी अहमियत क्या सिर्फ़ एक सुंदर औरत होना है? तूने सही किया जो शादी नहीं की। ख़ुशी से ज़्यादा तकलीफें मिलती हैं इस रिश्ते में।'

रमोना ने मिताली के कंधे पर हाथ रखा, 'ज़्यादा नेगेटिव मत सोच, बाबू। मेरे पुचु पर असर पड़ेगा।'

'पुचु? तुझे भी मालूम पड़ गया इसका नाम?'

'हाँ, आंटी ने फ़ोन पर बताया।'

'माँ-बाबा बहुत ख़ुश हैं, पर आज नहीं तो कल उन्हें पता चलेगा ही। उससे पहले मैं अपना अख़बार खड़ा करना चाहती हूँ और सबसे दूर अकेले रहना चाहती हूँ।'

'भागने से कुछ नहीं होगा। जीवन की हर सच्चाई का सामना हिम्मत से करना होगा और तू तो मेरी बहादुर दोस्त है न।'

यह सुन कर मिताली रमोना के गले लग गई, 'हम इस महीने के लास्ट में प्रोडक्शन शुरू करेंगे- "रामी इकोनॉमिक टाइम्स"। अपनी तरह का पहला इकोनॉमिक न्यूज़पेपर।'

'रामी? अरे, यह क्या बात हुई! पहले तूने जो नाम सोचा था वही सही था।'

'तबसे अब तक सब बदल चुका, रामो। मैं न भी रही तो तू इस अख़बार को चलाना और पुचु को पालना।' मिताली की उदासी उसके शब्दों में झलक रही थी।

'शट अप... पुचु को हम मिलकर पालेंगे। कुछ और नहीं सुनना मुझे।'

मिताली बीते कल को पीछे छोड़कर आगे बढ़ने की पूरी कोशिश में थी, पर इतने बड़े तूफ़ान के बाद सँभलने में वक़्त लगता ही है। उसे कई बार अकेलेपन का अहसास होता और रोनित की बहुत याद आती थी। मिताली उस रिश्ते के दर्द से पीछा नहीं छुड़ा पा रही थी। वो रोनित की बाँहों में सोना चाहती थी, पर जब उसके कड़वे शब्द याद आते तो वो तकलीफ़ से भर जाती।

स्वीटी ने अपनी दोस्त को भी रोनित और मिताली वाली बात बता दी। फिर तो यह बात स्वीटी के दोस्तों के ज़रिए दूसरे लोगों तक भी पहुँच गई। अगले दिन सोशल मीडिया पर यह ख़बर आग की तरह फैल चुकी थी।

मीडिया को भी मसाला मिल गया। उसने इस मामले को सेक्स और रहस्य का तड़का लगाकर उछाला—"जवान बीवी ने दिया धोखा, तीसरा कौन?"

टीवी पर यह ख़बर देखते ही राघव गुस्से से पागल हो उठा। वो तमतमाते हुए कमरे में गया जहाँ स्वीटी अपनी माँ से गॉसिप करने में बिज़ी थी। उसको देखते ही स्वीटी ने फ़ोन रख दिया।

'स्वीऽटीऽ! तुमने ये ख़बर लीक की न?' राघव बिफरा।

'मैं क्यों करूँगी, पर ये बातें छुपती हैं कहीं?'

'तुम्हारे अलावा और कोई ये काम नहीं कर सकता। तुम्हें अपनी मॉम को बताते हुए तो मैंने ख़ुद सुना था। घर की बात घर में रहकर सॉल्व हो सकती थी।'

'जो रिश्ता शुरू ही बदनामी से हुआ हो, वो बदनामी से ही ख़त्म होता है।' स्वीटी तुनक के बोली।

'ज्ञान मत दो, स्वीटी। वो उनका पर्सनल मैटर था, तुमने इसे सोशल मीडिया पर लीक करके अच्छा नहीं किया।'

'सुनो तो...'

राघव गुस्से में कमरे से बाहर निकला, उसे रोनित की फ़िक्र हो रही थी। इस बात के फैलने से मार्केट में उनकी कंपनी की साख को भी बट्टा लगा था। राघव जब मिरोमि पहुँचा तब विमल और रोनित गार्डन में बैठे हुए थे।

‘डैड, यह सब क्या हो रहा है?’

‘इसका जवाब तुम दो, राघव। जब तुम स्वीटी का नेचर जानते हो तो ये सब उसको बताने की क्या ज़रूरत थी?’

‘स्वीटी ने छुपकर सुन लिया था, डैड। यह तब की बात है जब विमल अंकल और मैं बात कर रहे थे। बाकी उसे मैडी ने बताया। वैसे कहीं मिताली ने ही तो मीडिया को नहीं बताया?’

‘वो ऐसा नहीं करेंगी। उनको करना होता तो पहले ही कर चुकी होतीं।’

रोनित और राघव, दोनों ने विमल कुमार की तरफ़ देखा।

‘मुझे नहीं पता ग़लती किसकी है, पर शराब के नशे में जो भी हुआ उसके लिए इतना तूफ़ान उठाने की ज़रूरत नहीं थी शायद।’ विमल कुमार ने दबी ज़ुबान में कहा।

‘डैड, इससे हमारी इमेज ख़राब हो रही है। मैडी में अभी लड़कपन है। मुझे भी लगता है, आपको मिताली की बात समझनी चाहिए थी। माधव कहाँ है?’

‘बाबा तो परसों लंदन की फ्लाइट से वापस जा रहे हैं।’

विमल की बात सुनकर रोनित चौंक गया, ‘क्या? यहाँ इतना बवाल मचा हुआ है और उसे वापस जाने की जल्दी है।’

विमल का मोबाइल बजने लगा। वो उठकर चला गया।

‘मिताली मैडम कुछ दिनों के लिए अपने पेरेंट्स के पास गई हैं... नहीं, यह कोरी अफवाह है।’

रोनित ने आँखें बंद करके सिर कुर्सी पर टिका दिया। राघव लाचार नज़र आ रहा था। उन्होंने विमल कुमार की बातें सुन ली थीं।

उधर मिताली के पास भी कॉल आने लगे। मिताली ने फ़ोन उठाया तो दूसरी तरफ़ एक पत्रकार था।

‘मिताली जी, मैं नवभारत उजाला से रविकांत शिंदे। हम मिल चुके हैं, अगर आपको याद हो तो।’

‘हाँ... रवि, कैसे हैं आप?’

'मैडम, जो लगातार ख़बरें आ रही हैं, उनके बारे में क्या कहना चाहती हैं आप?'

'कैसी ख़बरें?'

'मैडम, यही कि आपके अपने स्टेप सन से संबंध थे... और आप अब अचानक गायब हैं। मैं आपको जानता हूँ, आप ऐसी नहीं हैं। कुछ बोलिए, मैं आपका पक्ष अपने अख़बार में छापूँगा। आपके साथ जो अन्याय हुआ है उसका...' मिताली उसकी बात पूरी होने से पहले ही चीख पड़ी, 'मुझे कुछ नहीं कहना, कोई बात नहीं करनी, दोबारा मुझे कॉल मत करना।'

मिताली ने सोशल मीडिया खोला तो वहाँ ख़बरें देख उसे सारा मामला समझ में आ गया। उसके सूखते घाव को जैसे फिर से कुरेद दिया गया हो। मिताली ने तुरंत पास की दुकान से नया सिम लिया और पुराना सिम निकाल कर पर्स में रख लिया। वो जानती थी अब सब उसे फ़ोन करेंगे।

घर पहुँची तो उसके माँ-बाबा गुस्से में भरे हुए उसका इंतज़ार कर रहे थे, 'ये क्या ख़बर आई है, मिताली? तुम हमें इज़्ज़त से मरने दोगी या नहीं?'

वनलता गुस्से में चिल्लाईं, 'इसलिए बिना बताए यहाँ भागकर आई हो?'

'आप लोगों ने जो सुना, वैसा कुछ भी नहीं हुआ है। मैं तो आपसे सिर्फ़ मिलने आई थी। मैं आप पर बोझ नहीं बनूँगी। दो-चार दिन में शिफ्ट हो जाऊँगी।'

सुजॉय बेचैनी में इधर-उधर टहल रहे थे, 'मिताली, क्यों तुम्हारे साथ ही ऐसा होता है? कोई तो कमी होगी तुममें। मैंने बोला था अपने बाप की उम्र के आदमी से शादी मत करो, वो हमेशा तुम पर शक करेगा। अब उसने अपनी औलाद पर ज़्यादा भरोसा किया न?'

मिताली जैसे अलग ही दुनिया में थी... उसे समझ नहीं आ रहा था कि अपने पेरेंट्स को क्या और कैसे समझाए, 'बाबा। मैं रोनित के पास नहीं जाऊँगी, मैं इस बच्चे को अपना नाम दूँगी।'

वनलता क्रोध से काँपते हुए बोली, 'और किसका नाम दोगी, जब रोनित इसे अपना बच्चा मानेगा ही नहीं। तुम चली जाओ यहाँ से। हम मर गए तुम्हारे लिए। आज से हमारा तुमसे कोई संबंध नहीं है।'

सुजोय ने वनलता को थामने की कोशिश की, 'शांत हो जाओ, लता...'

'मैं शांत ही हूँ, मिताली तुम निकल जाओ इस घर से अभी और इसी वक़्त!'

8

सुनामी

मिताली रमोना के घर चली आई। सुबह अखबारों में चटखारे लेकर ख़बरें छपने लगीं। मिताली बहुत तनाव में आ गई। रमोना उसे शांत करने की कोशिश में उस दिन कॉलेज भी नहीं गई। उस रात वो वाइन पीती रही। मिताली को रमोना बहुत मना कर रही थी, पर फिर भी वो ज़्यादा पी गई। रोनित की बेरुख़ी, माँ-बाबा के ताने, सोशल मीडिया और अख़बारों में मज़ाक... मिताली टूट गई थी। उसने सोचा था, सब शांति से निपट जाएगा पर उसका फिर यूँ तमाशा होगा वो सोच भी नहीं सकती थी।

उस रात दो पेग लेने के बाद रोनित का दिल अचानक बहुत घबराने लगा था। वो मिताली से बात करने को बेचैन हो उठा। उसने मिताली को फ़ोन मिलाया पर उसका फ़ोन स्विच ऑफ आ रहा है। कई बार फ़ोन करने की कोशिश

की। उसे मिताली की हर बात याद आ रही थी। वो शांति से मामला सुलझाना चाहता था।

क्या वाकई मिताली माँ बनने वाली है या उसने मेरे गुस्से को शांत करने के लिए ऐसा कहा होगा? यह सवाल बार-बार उसे परेशान करता। मिताली उसके सबसे करीब थी और अचानक उनके बीच हज़ारों मील की दूरी आ गई।

वो जितना सोचता, उतना उलझता। उस दिन के बाद माधव उससे मिलने भी नहीं आया था और आज मालूम हुआ, वो वापस जा रहा है। ग़लती माधव की भी तो हो सकती थी पर उसका दिल न जाने क्यों यह मानना नहीं चाह रहा था कि उसका अपना ख़ून उससे गद्दारी करेगा।

वाइन का ख़ुमार मिताली पर हावी था, रमोना उसे सहारा देकर कमरे तक लाई। मिताली का जी ख़राब होने लगा और उसने कमरे में ही उल्टी कर दी। वो नशे में बार-बार रमोना से माफ़ी माँग रही थी। 'मैं नींबू पानी लाती हूँ। पहले ही मना किया था न, मत पी ऐसी कंडीशन में, पर तू मानती कहाँ है।'

'बहुत दर्द है। क्या करूँ, कम नहीं हो रहा। मुझे खोखला कर रहा है। रमोना, मुझे बचा ले इस तकलीफ़ से।' मिताली को रोता देख रमोना की आँखें भर आईं। उसने मिताली को नींबू पानी पिलाया। गीले तौलिये से उसका मुँह पोंछा और उसको बिस्तर पर लिटा दिया और उसके बालों में धीरे-धीरे उँगलियाँ फिराती रही, थोड़े देर में मिताली सो गई। रमोना निश्चिंत हो सफाई कर अपने कमरे में चली गई। कुछ घंटों बाद मिताली की नींद अचानक खुली, आँख खुलते ही उसको भयंकर डिप्रेशन होने लगा। दीवार पर टंगी घड़ी की आवाज़ उसके कानों में गूँज रही थी। उसने उठ कर घड़ी का सेल निकाल दिया। गला बुरी तरह सूख रहा था, उसने पास में रखी बोतल से पानी पिया। वो ख़ुद को शांत करना चाहती थी पर एक अजीब सी बेचैनी उस पर हावी थी। मिताली को अँधेरा नज़र आ रहा था, वो रोनित के लिए तड़प रही थी, उसने रोनित को बहुत प्यार किया था। नशे में दुःख और ख़ुशी कुछ ज़्यादा ही लगते हैं। उसने रोनित को फ़ोन मिलाया।

यह नंबर रोनित के पास नहीं है तो शायद वो फ़ोन उठा ले, एक बार उसकी आवाज़ सुनना चाहती हूँ... पर रोनित ने फ़ोन नहीं उठाया। रात के तीन बज रहे थे।

मिताली ने सोचा, *रोनित फ़ोन साइलेंट कर के सोया होगा। उसे नींद आ जाती होगी मेरे बगैर? नंबर तो मैंने अभी बदला है पर इतने दिनों में उसे एक बार भी मेरी फ़िक्र नहीं हुई।*

वो पागल हुए जा रही थी, उसे कोई रास्ता नज़र नहीं आ रहा था। उसने सोचा, *थोड़ी देर बाहर घूम आऊँ, ताकि इस बेचैनी से आराम मिले*। उसने रमोना की कार की चाबी उठाई और चुपचाप घर से निकल गई।

मिताली ने रमोना की कार स्टार्ट की और सड़क पर दौड़ा दी। उसका सिर दर्द से फटा जा रहा था। उसने खिड़की खोल ली। सड़कें ख़ाली थीं और ठंडी हवा बह रही थी। घर से बाहर निकल कर उसके बेहाल दिल को थोड़ा सुकून मिला। वो कार की रफ़्तार बढ़ाती जा रही थी, मानो वो अपनी हर समस्या और दर्द को पीछे छोड़ देना चाहती हो। अपने विचारों में खोए हुए वो गाड़ी चलाते हुए दूर निकल आई थी। अचानक एक मोड़ पर साइकिल पर ढेरों अख़बार लादे एक लड़का उसके सामने आ गया। उसे बचाने के चक्कर में मिताली ने ब्रेक लगाया। स्पीड बहुत तेज़ थी। कार अपना नियंत्रण खोकर घूम गई और फ़ुटपाथ पर चढ़कर दीवार से टकरा गई। मिताली की आँखों के आगे अँधेरा छा गया।

रमोना रात में बाथरूम जाने के लिए उठी। उसने टेबल पर रखी घड़ी में वक़्त देखा तो सुबह के साढ़े चार बज रहे थे। उसने मिताली के कमरे में झाँककर देखा तो उसे मिताली कमरे में नज़र ही नहीं आई। उसने सोचा बाथरूम में होगी, पर बाथरूम का दरवाज़ा खुला हुआ था। उसे हैरानी हुई कि इतनी सुबह मिताली कहाँ जा सकती है?

उसने दरवाज़े के पास लगे स्विच बोर्ड पर अपना हाथ फिराया और टटोल कर लाइट ऑन की। मिताली का पर्स भी नहीं था। रमोना परेशान हो गई, वो भागती हुई अपने कमरे में पहुँची और उसने अपने कमरे में जाकर मिताली को

फ़ोन मिलाया। फ़ोन पर लगातार घंटी जा रही थी, पर मिताली ने फ़ोन नहीं उठाया। रमोना की घबराहट बढ़ने लगी। उसने एक गहरी साँस ली और ख़ुद को समझाया, रमोना, डोन्ट वरी, ऑल इज़ वेल।

लेकिन फिर भी उसे चैन नहीं मिला। उसने अपने लिए गैस पर चाय चढ़ा दी और दोबारा मिताली का नंबर मिलाया। इस बार भी मिताली ने फ़ोन नहीं उठाया।

अख़बार वाला लड़का बुरी तरह घबरा गया था। उसने अपनी तरफ़ मौत बढ़ती हुई देखी थी। कुछ देर वहीं खड़े रहने के बाद वो हिम्मत करके कार की तरफ़ बढ़ा। कार की लाइट्स अभी भी ऑन थीं। उसने खुली खिड़की से देखा। मिताली स्टेयरिंग पर झुकी हुई थी। कोई हलचल नहीं थी।

'हेल्लो... हेल्लो मैडम... आप ठीक हो?'

डैशबोर्ड पर रखा फ़ोन लगातार बज रहा था। अख़बार वाले ने हाथ बढ़ाकर फ़ोन उठा लिया।

'हेल्लो... ये एक्सीडेंट हो गया है इनका!'

'कौन... मिताली का? कौन बोल रहा है? किसका एक्सीडेंट हो गया?'

'ये मैडम का... कार दीवार से टकरा गया है।'

'कार! कहाँ हो? किस तरफ़ हुआ एक्सीडेंट? वो ठीक है? पुलिस को फ़ोन करो... एंबुलेंस को...'

अख़बार वाले लड़के ने उसकी बात काट दी, 'मैडम, हम इन चक्करों में नहीं पड़ता। इसने तो मुझे मार ही दिया था, बाबा। हवाई जहाज की रफ़्तार से दौड़ा रहा था कार। अचानक ब्रेक लगाया और कार घूमकर फ़ुटपाथ पर चढ़ गया। आपको बता दिया क्योंकि फ़ोन आ रहा था। हावड़ा ब्रिज के ठीक पहले वाली रेड लाइट पर...'

अख़बार वाले ने फ़ोन काटा और उसे वापस कार में रख दिया। फिर वो अपनी साइकिल उठाकर जल्दी-जल्दी पेडल मारता हुआ निकल गया।

रमोना पसीने-पसीने हो गई। इसका मतलब मिताली उसकी कार ले गई थी। उसे इस बात की बिल्कुल उम्मीद नहीं थी कि मिताली ऐसा कुछ करेगी। रमोना बहुत नर्वस हो गई। कुछ समय के लिए जैसे उसके दिमाग ने काम करना बंद कर दिया था। फिर अचानक उसे कुछ याद आया। मोबाइल में सारे कॉन्टैक्ट्स स्क्रॉल कर लेने के बाद वो 'मृत्युंजय' के नाम पर आकर रुक गई। मृत्युंजय डॉक्टर था और उसका बहुत अच्छा दोस्त भी। पर पिछले एक महीने से उनके बीच बातचीत बंद थी लेकिन वो उस पर भरोसा करती थी। रमोना ने नंबर डायल किया, उसके हाथ काँप रहे थे। दूसरी तरफ़ से फ़ोन तीसरी-चौथी घंटी में उठ गया।

'हेलो।'

'आई नीड योर हेल्प। इट्स अर्जेंट।' रमोना हाँफ रही थी।

मृत्युंजय उनींदी आवाज़ में बोला, 'व्हाट हप्पेंड?'

रमोना की आवाज़ में घबराहट साफ़ झलक रही थी, 'मिताली... मेरी दोस्त... वो घर से मेरी कार लेकर निकल गई थी। अभी पता चला उसका एक्सीडेंट हो गया है।'

'डोंट पैनिक, लोकेशन भेजो, मैं एंबुलेंस भिजवाता हूँ।'

मृत्युंजय से बात करके रमोना कुछ शांत हुई। उसने गैस बंद की और बाहर जाने के लिए जल्दी से कपड़े बदल लिए। ठीक बीस मिनट बाद मृत्युंजय उसको लेने पहुँच गया।

'वो कैसी है?'

'अनकॉन्शस है। एंबुलेंस हॉस्पिटल पहुँचने वाली है। क्या उसने ड्रिंक किया हुआ था?'

'हाँ, हमने रात में वाइन पी थी।'

'हम्म... ड्रिंक ऐंड ड्राइव का केस हो सकता है। पर मैं कोशिश करूँगा तुम्हारी दोस्त को कुछ न हो।'

सुबह पौने छह बजे रमोना आईसीयू के बाहर दम साधे बैठी थी। ठीक छह बजे मृत्युंजय ने बाहर आकर रमोना को इशारे से बुलाया।

'फिलहाल थोड़ी स्टेबल हुई है। ब्लड चढ़ रहा है। काफ़ी ब्लड लॉस हुआ है।'

'उसका बेबी?'

'फीटस सेफ़ है। अगर आधा घंटा और देर होती तो मिताली का बचना मुश्किल होता।'

रमोना ने मृत्युंजय के हाथों को कसकर थाम लिया, 'थैंक्स यार, तेरी वजह से इसकी जान बच सकी।'

'मिताली के पेरेंट्स को इन्फॉर्म किया?'

'नहीं, उनकी अभी आपस में नहीं बन रही।'

'कम ऑन, इस समय उसे मेंटल और इमोशनल हीलिंग के लिए उनके सपोर्ट की ज़रूरत है। तुमको बताना चाहिए उन्हें।'

रमोना ने सहमति में सिर हिलाया और पर्स से मोबाइल निकाला। उसने मिताली के घर का नंबर मिलाया। काफ़ी देर घंटी जाने के बाद सुजॉय ने फ़ोन उठाया।

'अंकल, मैं रमोना... आप आंटी के साथ आरोग्य हॉस्पिटल आ सकते हैं?'

'हॉस्पिटल? क्या हुआ?'

'कुछ ख़ास नहीं। बस मिताली थोड़ी बीमार है। आपको लोकेशन व्हाट्सएप पर भेजती हूँ।'

वनलता ने सुजॉय के हाथ से फ़ोन ले लिया। इतनी सुबह फ़ोन आने का मतलब कुछ गंभीर बात थी। 'रमोना, क्या हुआ मिताली को?'

रमोना की रुलाई फूटने को थी, 'आंटी, अगर आप आ सकें तो...' रमोना ने फ़ोन काट दिया।

मृत्युंजय उसकी तरफ़ देखकर हौले से मुस्कुराया। 'चलो, कैंटीन चलते हैं। भूख लग रही है।'

रमोना बिना कुछ कहे उसके साथ चल दी।

मृत्युंजय घोष बत्तीस साल का ख़ूबसूरत, साँवला बंगाली लड़का था। यह हॉस्पिटल मृत्युंजय के पिता डॉक्टर अर्जुन घोष ने शुरू किया था। अमेरिका से एमबीबीएस और एमडी की पढ़ाई के बाद मृत्युंजय ने कोलकाता आकर इस हॉस्पिटल को सँभाल लिया। माँ की मौत के बाद से उसके पिता ने हॉस्पिटल आना लगभग छोड़ ही दिया। ऐसे में मृत्युंजय का सारा समय हॉस्पिटल में ही बीतता।

रमोना उससे छह साल बड़ी थी। इसी हॉस्पिटल में दो साल पहले उनकी मुलाक़ात हुई जब रमोना को डेंगू हुआ था। उसके घर में कोई नहीं था। दादा और बौदी तो अमेरिका में थे। रमोना की पड़ोसन उसे यहाँ एडमिट कर गई थी। हालाँकि रमोना के पास रोज़ कोई-न-कोई दोस्त मौजूद रहता, पर मृत्युंजय उसका ख़ास ख़याल रखता। रमोना के ठीक होते-होते मृत्युंजय उसके इश्क़ में बीमार हो चुका था।

रमोना उसे सिर्फ़ दोस्त मानती थी और यह बात मृत्युंजय के प्रपोज़ करने पर उसको अच्छे से समझाई भी थी। पर इश्क़ में लोग आसानी से कहाँ समझते हैं! मृत्युंजय अक्सर कहता, 'तुम मुझे दोस्त मानती रहो, मैं तुमको प्यार करता रहूँगा।'

रमोना उसकी इस बात पर अक्सर चिढ़ जाया करती, 'मैं बड़ी हूँ तुमसे। समझ नहीं आता तुमको?'

मृत्युंजय हँस कर कहता, 'उससे क्या फ़र्क पड़ता है, समझदार तो मैं ज़्यादा हूँ।'

रमोना को कोई भी दिक़्क़त होती तो मृत्युंजय को हमेशा अपने साथ खड़ा पाती। मृत्युंजय ने साफ़ बोल दिया था कि वो शादी तभी करेगा जब वो हाँ कहेगी वरना सारी उम्र उसका इंतज़ार करेगा।

'रमोना, एक लड़के से तुमने प्यार किया और उसने तुमको डंप किया, इसका मतलब यह नहीं कि दुनिया में प्यार नहीं होता।'

'मृत्युंजय, प्लीज़, हम दोस्त हैं और हमेशा दोस्त ही रहेंगे। तुम बेकार मुझसे कोई उम्मीद मत करो, वरना दोस्ती भी टूट जाएगी।'

'मैंने क्या उम्मीद की तुमसे? आज तक तुम्हें तुम्हारी मर्ज़ी के बिना टच तक नहीं किया। तुम मुझे ऐसे कह रही हो जैसे सिर्फ़ मुझे तुम्हारी ज़रूरत है। तुम तो कभी भी मुझे छोड़ दोगी। तुम्हारी यह दोस्ती भी एकतरफ़ा ही है।' मृत्युंजय उस दिन नाराज़ होकर चला गया था।

रमोना ने उसे बहुत मिस किया। सच तो यह था उसे भी उसकी आदत हो गई थी, पर दिल से चाहती थी कि वो शादी कर ले... किसी से... और वो यह बात अच्छी तरह जानती थी कि बिना उससे दूर जाए यह संभव नहीं है। मृत्युंजय के पिता डॉक्टर अर्जुन मरने से पहले घर में बहू देखना चाहते थे। रमोना ने मृत्युंजय

को फ़ोन करना छोड़ दिया और न ही मृत्युंजय का कॉल आया। पूरा एक महीना हो चुका था। पर आज उसे सबसे पहले मृत्युंजय ही याद आया। वो भी बिना कोई शिकायत और देरी किए तुरंत आया। उसकी वजह से ही मिताली ज़िंदा थी।

रमोना कैंटीन में बैठी हुई मृत्युंजय के बारे में सोच रही थी। मृत्युंजय काउंटर पर ऑर्डर कर रहा था। रमोना के चेहरे पर मुस्कान आ गई। मृत्युंजय उसके सामने कॉफ़ी के दो मग लेकर हाज़िर था।

'थैंक्स टू मिताली।'

'फॉर?'

'फॉर रिकनेक्टिंग अस। आई नो इट्स रूड बट...' मृत्युंजय ने आँख मारी।

रमोना को हँसी आ गई। उसने मृत्युंजय का हाथ थाम लिया। 'थैंक्स मृत्युंजय, अगर तुम नहीं होते तो...'

'मैं तुम्हें छोड़कर कहीं नहीं जाने वाला।'

वेटर दो सैंडविच रख गया। मृत्युंजय बिना कुछ बोले खाता रहा। रमोना के मोबाइल पर मिताली के बाबा सुजॉय का फ़ोन आया।

'लगता है वो आ गए।'

'तुम उनको अटेंड करो, मैं राउंड पर जा रहा हूँ।'

पहली बार रमोना को मृत्युंजय से थोड़ी देर के लिए भी दूर होने का अहसास अखरा। रमोना ने आगे बढ़ के उसका रास्ता रोक लिया, 'एक बार उनको समझा दो, प्लीज़। मुझसे और मिताली से तो वो पहले से नाराज़ हैं। डॉक्टर की बात तो सभी सुनते हैं।'

'सिवाय तुम्हारे।'

रमोना मुस्कुरा दी।

बदहवास से वनलता और सुजॉय लगभग भागते हुए हॉस्पिटल में दाख़िल हुए और रिसेप्शन के पास उनको रमोना और मृत्युंजय ने रिसीव किया। उनको देखते ही वनलता घबराई सी बोल पड़ीं, 'क्या हुआ मिताली को? पुचु... मेरा मतलब बच्चा तो ठीक है न?'

'माँ और बच्चा एकदम सेफ़ हैं, आप लोग मेरे साथ आइए।'

5 मिनट बाद वो सब आईसीयू के सामने थे। सुजॉय यह देख घबरा गए, 'पर अचानक क्या हुआ कि उसे आईसीयू में लाना पड़ा?'

रमोना जो अब तक चुप थी, उसने होंठ हिलाए, 'अंकल, मिताली का एक्सीडेंट हो गया।'

'दुग्गा, दुग्गा!' वनलता गिर ही जातीं अगर उन्हें मृत्युंजय ने सहारा न दिया होता।

'आंटी, अंकल, आप मेरे केबिन में चलिए।'

तीनों बिना कुछ कहे मृत्युंजय के पीछे चल दिए। करीब सौ मीटर दूर उसका शानदार केबिन था। अपनी कुर्सी पर बैठते ही उसने दो कप चाय लाने का ऑर्डर दिया।

'देखिए, मिताली बहुत स्ट्रेस में है। उसकी लाइफ़ में जो भी हुआ उसे सहन कर पाना आसान नहीं और वो प्रेग्नेंट भी है। ऐसे में उसे अपनों के साथ की बहुत ज़रूरत है। हो सकता है कि आप उसकी कई बातों से एग्री न हों पर उसके साथ तो खड़े रहना होगा।'

'कल रात ज़्यादा ही परेशान थी। पता नहीं किस वक़्त मेरी कार लेकर निकल गई और फिर...'

'अगर रमोना ने वक़्त पर उसे फ़ोन नहीं किया होता तो शायद उसे हॉस्पिटल लाने में देर हो जाती और मिताली को बचाना मुश्किल हो सकता था।'

सुजॉय और वनलता, दोनों बेहद निराश थे। वनलता की आँखों से आँसू नहीं रुक रहे थे। सुजॉय किसी तरह ख़ुद को सँभाले हुए थे। उन्होंने मिताली को देखने की इच्छा जताई।

मृत्युंजय ने उनको मना कर दिया, 'अभी वो आइसोलेशन में है। ख़ून चढ़ रहा है। थोड़ा स्टेबल होने के बाद आप मिल सकते हैं।'

'इसका मतलब अभी वो ख़तरे में है।' वनलता अपने साड़ी के पल्लू से आँखें पोंछते हुए बोलीं।

'वो ठीक हो जाएगी, यह मेरा प्रॉमिस है। बस उससे कोई भी स्ट्रेस वाली बात या शिकायत न करें। चोट खाए इंसान को मरहम चाहिए होता है।'

मिताली के पेरेंट्स बड़े गौर से डॉक्टर मृत्युंजय की बात सुन रहे थे। मिताली ने चाहे सही किया या ग़लत, वो कभी उसकी मौत की दुआ नहीं माँग सकते थे।

वो उनकी इकलौती औलाद थी। पढ़ने में अच्छी, हर काम में तेज़। शायद वो ही उसे समझ नहीं पाए या ज़माने के हिसाब से अपनी सोच नहीं बदल पाए। कुछ भी हो, वो उनकी बच्ची है और माँ बनने वाली है। इस समय उसे अपने परिवार की बहुत ज़रूरत है। रोनित और उसके बीच जो भी हुआ हो, पर उनका ख़ून का रिश्ता है। वो उसे यूँ नहीं छोड़ सकते।

'डॉक्टर साहब, हम उसे अब कुछ नहीं कहेंगे।'

'आप लोग थोड़ी देर रिलैक्स करें। जैसे ही वो थोड़ी स्टेबल होती है, नर्स आपको मिलवा देगी। मैं ओपीडी जा रहा हूँ।' मृत्युंजय रमोना की तरफ़ देख मुस्कुराया।

रमोना उसके पीछे केबिन से बाहर आ गई, 'थैंक्स!'

'इतना थैंक्स क्यों बोल रही हो? डिनर करा देना, अहसान उतर जाएगा।' मृत्युंजय जाने लगा, फिर जैसे उसे कुछ याद आया। 'अच्छा सुनो, तुम्हें क्या लगता है, मिताली सुसाइड करने गई होगी?'

'नहीं, वो इतनी कमज़ोर नहीं हो सकती। वो आदमी बोल रहा था कि उसे बचाने के चक्कर में गाड़ी ने कंट्रोल खो दिया।'

'ओके, ये लो उसका मोबाइल। एंबुलेंस के ड्राइवर ने दिया। पुलिस इन्क्वायरी होगी। एक्सीडेंट केस है। लेकिन मैं हैंडल कर लूँगा।' मृत्युंजय के चेहरे पर फीकी सी मुस्कुराहट आई और वो वहाँ से चल दिया।

रमोना देर तक उसको जाता हुआ देखती रही।

सुबह जब रोनित की आँख खुली तब उसने देखा एक अननोन नंबर से मिस्ड कॉल है।

'रात के तीन बजे किसने फ़ोन किया होगा?'

उस नंबर पर कॉल बैक किया। किसी ने फ़ोन नहीं उठाया। उसने परेशान हो सिगरेट सुलगा ली। पाछी ब्लैक कॉफ़ी रख गई थी।

सुजॉय और वनलता चाय पी रहे थे। रमोना चुपचाप अपने मोबाइल की स्क्रीन

पर आँखें गड़ाए बैठी थी। वनलता ने अपना कप टेबल पर रखा और रमोना की तरफ़ देखा, 'संयोगिता को बताया?'

रमोना ने इनकार में सिर हिला दिया और वापस अपने मोबाइल में बिज़ी हो गई। वनलता ने सुजॉय की तरफ़ देखा। थोड़ी देर ख़ामोश रहने के बाद सुजॉय के होंठ हिले, 'बेटा... म्म... मिस्टर पटेल को मालूम है?'

'नहीं, मेरे पास उनका नंबर नहीं है और ज़रूरत भी क्या है बताने की? उनकी वजह से ही तो ये सब झेल रही है मिताली।' रमोना ने इतनी रुख़ाई से कहा कि दोनों थोड़ा सहम गए।

उसके बाद अगले एक घंटे तक उनके बीच कोई बात नहीं हुई। रमोना वहीं केबिन में सोफे पर लेट गई।

मिताली को होश आ गया था। वो हैरानी से इधर-उधर देख रही थी। ऐसा लग रहा था वो सब कुछ भूल चुकी है या एक ज़ोरदार टक्कर के बाद उसे दोबारा आँखें खोलने की उम्मीद नहीं थी। काफ़ी देर तक वो शून्य में ताकती रही, जैसे यह जानने की कोशिश कर रही हो कि वो कौन है और कहाँ है। नर्स के ख़बर देते ही मृत्युंजय आ गया। मृत्युंजय ने मिताली का चेकअप किया।

'मिताली, कैसी हो?'

मिताली ने होंठ हिलाए, पर उसकी आवाज़ इतनी धीमी थी कि मृत्युंजय उसकी बात नहीं समझ पाया।

'अपने पेरेंट्स से मिलना चाहोगी?'

मिताली ने उसकी बात का कोई जवाब नहीं दिया। कुछ सेकेंड ख़ामोश रहने के बाद उसके होंठ दोबारा हिले। 'वो आदमी... बच गया?'

'हाँ, वो सेफ़ है। रमोना तुम्हारा इंतज़ार कर रही है।'

अचानक मिताली को कुछ याद आया। वो घबरा गई, 'डॉक्टर, आई वॉज़ प्रेग्नेंट।'

'डोंट वरी, फीटस सेफ़ है।'

मिताली के चेहरे पर शांति नज़र आई। दस मिनट के अंदर रमोना और मिताली के माँ-बाबा उसे घेरे खड़े थे।

'मीतू बेटा, तुझे ऐसी हालत में कार चलाने की क्या ज़रूरत थी? तूने कभी सोचा हमारे ऊपर क्या बीतेगी?'

मिताली बिना कुछ कहे सीलिंग की तरफ़ देखती रही। रमोना ने वनलता का हाथ हल्के से दबाया। सुजॉय ने मिताली के माथे पर धीमे से हाथ फेरा। सुजॉय सहमे से पट्टियों में लिपटी मिताली को देखते रहे।

'अभी इस बारे में कोई बात मत कीजिए, इसको आराम करने दीजिए।' तीनों नर्स का इशारा पाकर आईसीयू से बाहर आ गए।

रमोना मृत्युंजय से बात करने चली गई। वापस आकर वो मिताली के पेरेंट्स के पास गई।

'अंकल, मिताली का लेफ्ट हैंड फ्रैक्चर हुआ है और उसके स्कल का राइट साइड भी डैमेज हुआ है। अभी उसको ऑब्ज़र्वेशन में रखेंगे। आप लोग घर जाइए, वैसे भी हमें आईसीयू में तो जाने नहीं दिया जाएगा। अभी मैं हूँ, फिर बाद में जब मैं आराम करूँगी तब आप आ जाइएगा।'

उसके पेरेंट्स जाना तो नहीं चाहते थे लेकिन रमोना ने ज़बरदस्ती उन्हें घर भेज दिया। लगभग दो घंटे बाद जब मृत्युंजय अपने केबिन में लौटा तो रमोना को सोफे पर लेटा देख चौंक गया। उसने रमोना को घर ड्रॉप करने का ऑफ़र दिया, वैसे भी हॉस्पिटल में उसका कोई काम नहीं था।

वो चुपचाप मृत्युंजय के साथ चली गई। रास्ते में उनके बीच कोई बात नहीं हुई। जब कार रमोना के घर के सामने रुकी तब रमोला ने कार से उतरने से पहले मृत्युंजय पर एक गहरी नज़र डाली। ऐसा लगा जैसे वो कुछ कहना चाहती हो, लेकिन फिर बिना कुछ कहे उतर गई।

घर के अंदर दाखिल होते ही रमोना ने सबसे पहले मिताली का फ़ोन पर्स से निकाला। फ़ोन को टेबल पर रखकर वो नहाने चली गई। नहाते समय उसे एक अलग रिंगटोन सुनाई दी। वो जल्दी से बाथिंग रोब पहन कर बाहर आई।

मिताली का फ़ोन बज रहा था। स्क्रीन पर रोनित का नाम डिस्प्ले होता देख वो हैरान हुई।

रोनित को यह नंबर कैसे पता? क्या मिताली के पेरेंट्स ने उसके मना करने के बाद भी रोनित को बता दिया? एक ही सेकेंड में कई सवाल उसके मन में आ गए। अपना हाथ बाथिंग रोब से पोंछते हुए उसने फ़ोन उठाया। वो कुछ बोल पाती, इससे पहले ही रोनित की सधी हुई आवाज़ उसके कानों में पड़ी।

'हेलो, आपके नंबर से रात तीन बजे मेरे पास कॉल आया था। मैंने पहले भी कॉल किया था आपको।'

मिस्ड कॉल, इसका मतलब मिताली ने रोनित को फ़ोन किया था? रमोना सोच में पड़ गई। रोनित ने दूसरी तरफ़ से आवाज़ न आती देख फिर हेलो कहा। रमोना ने अपने गुस्से और सवालों को काबू में करते हुए जवाब दिया, 'हेलो, मिस्टर पटेल। मैं रमोना बोल रही हूँ।'

रमोना, रोनित यह नाम कई बार मिताली के मुँह से सुन चुका था। उनकी शादी के बाद रमोना ने वीडियो कॉल पर उनको बधाई भी दी थी।

'कहिए, आपने फ़ोन क्यों किया?'

'फ़ोन शायद आपको मिताली ने किया होगा। अभी वो हॉस्पिटल में है।'

'हॉस्पिटल! क्या हुआ उसे?'

'क्या वाकई जानना चाहते हैं?' रमोना ने खीझ कर पूछा।

रोनित ने कोई जवाब नहीं दिया।

'वैल... उसका सुबह साढ़े चार बजे एक्सीडेंट हो गया। अभी आईसीयू में है।'

'एक्सीडेंट!' रोनित के हाथ से मोबाइल गिरते-गिरते बचा।

'जी हाँ, और अगर वक़्त पर उसे हॉस्पिटल नहीं पहुँचाया जाता तो अभी आप उसकी मौत की ख़बर सुन रहे होते। बहुत अच्छा साथ दिया आपने उसका, मिस्टर पटेल! अच्छी-ख़ासी लड़की को तोड़ दिया आपने। आपको बिल्कुल भी गिल्ट नहीं?'

रोनित को कुछ समझ में नहीं आ रहा था कि हो क्या रहा है। उसे यकीन नहीं हो रहा था, वो कुछ तेज़ आवाज़ में बोला, 'मिताली सिर्फ़ सिंपथी गेन करने के लिए यह नाटक कर रही है। पहले उसने मुझे फ़ोन किया और फिर एक्सीडेंट... इतनी सुबह!'

'नाटक? मुझे अफ़सोस होता है कि उसने तुम जैसे आदमी से प्यार किया। उसे इंसानों की बिल्कुल पहचान नहीं है। तुम्हें तो यह फिक्र भी नहीं है कि वो प्रेग्नेंट थी। घटिया आदमी हो तुम!'

रमोना ने फ़ोन काट दिया और वापस बाथरूम में घुस गई। रमोना की गाली सुनने के बाद रोनित का मूड ख़राब हो गया। रमोना ने उसके दिमाग में सवालों का तूफ़ान उठा दिया था- *मिताली इतनी सुबह कहाँ जा रही होगी? क्या उसने जान-बूझकर ख़ुद को मारने के लिए एक्सीडेंट किया होगा? और रात वो मुझसे बात करना चाहती थी। क्या कहना चाहती होगी?*

वो चाहकर भी मिताली के एक्सीडेंट को पब्लिसिटी स्टंट नहीं मान पा रहा था। उसने विमल को फ़ोन पर सारी बात बताकर सच्चाई मालूम करने को कहा। विमल ने मिताली के पेरेंट्स को फ़ोन लगाकर पूछा। उन्होंने उसके एक्सीडेंट की बात मान ली, पर वो कहाँ है यह बताने से साफ़ इनकार कर दिया। पंद्रह मिनट बाद ही विमल का फ़ोन आ गया। ख़बर सच थी, यह जानकर रोनित हिल गया। उसकी आँखों से आँसू निकलने लगे। न जाने कितनी देर तक वो बिना कुछ कहे सोफे पर बैठा रहा। जैसे सब ख़त्म हो गया हो। मिताली ने उसे चीट किया, फिर वो उसके लिए क्यों दुखी हो रहा है? लेकिन उसका दिल, दिमाग की बात मानने से साफ़ इनकार कर रहा था।

तभी उसके दरवाज़े पर नॉक हुआ।

'कम इन।'

दरवाज़ा खुला और उसे पाछी का पति, कैलाश डरा-सहमा खड़ा नज़र आया। उसके ठीक पीछे पाछी छुपी खड़ी थी। दोनों बिना कुछ बोले वहीं कुछ सेकेंड्स खड़े रहे। रोनित ने चिढ़ते हुए उनकी तरफ़ देखा। अचानक पाछी अपने पति को धकियाती हुई गुस्से में आगे आई, 'बोलो न अब, कब तक चुप बैठोगे?'

'जी साहब... मैं आपसे कुछ कहना चाहता हूँ। मैं जानता हूँ आप इस बात को सुन के मुझे घर से निकाल देंगे। लेकिन अब मैं अपनी आत्मा पर और बोझ नहीं रख सकता।'

'क्या बात है? जो कहना है, साफ़ कहो।'

कैलाश ने मुड़कर पाछी की तरफ़ देखा। दोनों अंदर आ गए। कैलाश हाथ जोड़ कर बोलने लगा, 'साहब, मैं उस रात घर पर ही था जब मिताली मैडम और मैडी बाबा पार्टी से लौटे। मैडम मैडी बाबा को सहारा देते हुए कार से दरवाज़े तक लाई थीं। बाबा ने बहुत शराब पी रखी थी। उस रात मैंने भी चढ़ा रखी थी साहब तो मेरे मन में चोर आ गया। मैं देखना चाहता था कि इनके बीच क्या होता है। मिताली मैडम के घंटी बजाने पर भी मैंने दरवाज़ा नहीं खोला। ड्राइंग रूम में परदे के पीछे छुप गया। मिताली मैडम ने चाबी से दरवाज़ा खोला और दोनों अंदर आ गए। मैडम अपने कमरे की तरफ़ जाने लगीं तो माधव बाबा ने उनको रोक लिया और बोला कि साथ सोते हैं और वो मैडम के साथ ज़ोर-ज़बर...'

रोनित उसकी बात सुन गुस्से से आग-बबूला हो गया, 'व्हाट रब्बिश! क्या बकवास कर रहे हो?'

कैलाश डर से काँपने लगा, 'मैं सच बोल रहा हूँ साहब, बच्चों की कसम। अभी पाछी ने बताया कि मैडम का एक्सीडेंट हो गया। वो परेशान थीं, न जाने किस सोच में गाड़ी चला रही होंगी। उन्होंने हमारे लिए बहुत कुछ किया, हमारा जीवन बदल दिया। सब जानते हुए, मैं अब अपने अंदर इस बात को नहीं छुपा सकता। मुझे लगता था, मैडम और माधव सर के बीच में कुछ चल रहा है। मैं वो सब देखना चाहता था, लेकिन जो हो रहा था वो देख कर मैं बहुत घबरा गया इसीलिए मैं उनकी मदद को भी नहीं गया। मैडम ने बाबा को चाँटा मार के निकाल दिया और फिर...'

'और तुम अब इतने दिनों बाद मुझे यह सब बता रहे हो? मुझे तुम्हारी बात पर यकीन नहीं, जाओ यहाँ से।'

कैलाश ने डरते-डरते अपना मोबाइल उसके सामने कर दिया, 'मैंने वीडियो भी बनाया था, आप देख लीजिए।'

'वीडियो? व्हाट द फ़क!' रोनित ने मोबाइल अपने हाथों में लिया और कैलाश थोड़ा पीछे हट गया।

रोनित ने वीडियो प्ले किया। रोशनी कम होने की वजह से मिताली और माधव साफ़ नज़र नहीं आ रहे थे, लेकिन उनकी आवाजें साफ़ थीं। माधव की

आवाज़ नशे में लड़खड़ा रही थी। मिताली उसे समझाने की कोशिश कर रही थी। फिर उनके बीच थोड़ी गर्मागर्मी हुई। माधव गुस्से में बाहर निकलते दिखा और फिर फ़ोन हिल गया। शायद कैलाश ने वीडियो बंद कर दिया होगा। यह देखकर रोनित के पैरों तले ज़मीन खिसक गई।

वो बड़बड़ाया, 'इसका मतलब मिताली सच बोल रही थी। मैडी इतना गिर गया!'

रोनित ने कैलाश और पाछी की तरफ़ गुस्से से देखा, 'और किस-किसको दिखाया ये वीडियो?'

दोनों के चेहरे का रंग उड़ा हुआ था। 'किसी को नहीं दिखाया। बच्चों की कसम खाकर कहता हूँ। सब कुछ इतना अचानक हुआ कि मैं बहुत डर गया, साहब, हिम्मत नहीं हुई, किस मुँह से बताता। मुझे लगा था, मिताली मैडम और माधव सर के बीच की बात है, दब जाएगी। लेकिन यह नहीं पता था कि मामला इतना बिगड़ जाएगा।'

पाछी रोने लगी थी, 'मैं कई सालों से दीदी के साथ हूँ, साहब। उनको जितना ख़ुश मैंने आपके साथ देखा, पहले उतना ख़ुश कभी नहीं देखा था। वो यहाँ से बहुत रोते हुए गईं और इस आदमी को सब मालूम था पर इसने कुछ बताया नहीं।' उसने कैलाश की तरफ़ दाँत पीसते हुए देखा।

'साहब, आप चाहो तो हमें निकाल दो। हम चले जाएँगे। लेकिन मैडम को वापस बुला लो, साहब। उनकी कोई ग़लती नहीं है।'

रोनित ने गहरी साँस ली। अब सारी तस्वीर उसके सामने साफ़ थी। उसे ख़ुद पर शर्म आ रही थी और अपनी बेवकूफ़ी पर गुस्सा भी। उसने वीडियो अपने मोबाइल में लेने के बाद कैलाश के मोबाइल से डिलीट कर उसको फ़ोन लौटा दिया।

'अगर यह बात बाहर गई तो ऐसे गायब करूँगा कि मालूम नहीं पड़ेगा कभी इस दुनिया में थे भी। समझे?'

'नहीं जाएगी, साहब। मरते दम तक नहीं निकलेगी मुँह से।' कैलाश और पाछी, दोनों ने हाथ जोड़ लिए।

उनके जाने के बाद रोनित ने एक बार फिर वो वीडियो देखा। उसे यकीन नहीं हो रहा था।

रोनित ने तुरंत माधव को फ़ोन मिलाया। माधव ने चहकते हुए फ़ोन उठाया।

रोनित का गुस्सा उसकी आवाज़ सुनकर दुगना हो गया। फिर भी उसने अपने आप पर काबू किया। 'क्या कर रहे हो?'

'पैकिंग... कल सुबह की फ्लाइट है मेरी।'

'मिताली का एक्सीडेंट हुआ है, कोलकाता में। वो आईसीयू में है।'

माधव को झटका लगा। उसने इस मामले को जितना सीधा समझा था, वो उतना ही उलझ गया था, 'क्या बोल रहे हैं, डैड? कैसी हैं वो?'

'माधव, तुम अभी मिरोमि आओ।' रोनित की आवाज़ में इतना गुस्सा और सख्ती देखकर माधव सहम सा गया। उसने 'ठीक है' कहकर फ़ोन रख दिया। मिताली का चेहरा उसकी आँखों के सामने घूम गया।

रोनित ने राघव, स्वीटी और विमल सबको मिरोमि बुला लिया था। सुबह-सुबह अचानक आए इस बुलावे से सब हैरान थे। स्वीटी चिढ़ते हुए लिपस्टिक लगा रही थी। इतनी सुबह उठा दिए जाने से उसका मूड ख़राब था।

'जाने अब क्या हो गया! घर में जबसे वो बोंग डायन आई है, एक दिन भी ढंग से सो नहीं पाई हूँ।'

'कोई अर्जेंट बात होगी, तभी बुलाया डैड ने। और... यह बात-बात पर एटिट्यूड दिखाने वाली आदत छोड़ दो स्वीटी, वरना मैं तुम्हें छोड़ दूँगा। ये क्या सुबह-सुबह लिपस्टिक पोतने लगीं? पाँच मिनट में बाहर आ जाओ, वरना मैं अकेले ही चला जाऊँगा।'

रोनित ने मिताली के बाबा सुजॉय को फ़ोन लगाया और उनसे माफ़ी माँगने के बाद रमोना का नंबर लिया। उसने रमोना को फ़ोन किया। वो मिताली का हाल जानना चाहता था तो रमोना उसे फिर से जली-कटी सुनाने लगी, वो रो पड़ा। उसने रमोना को बताया कि उसकी मिताली को लेकर सारी ग़लतफ़हमी दूर हो चुकी है और वो बहुत शर्मिंदा है।

रमोना को यह जानकर सुकून सा महसूस हुआ कि आख़िरकार रोनित को अपनी ग़लती का अहसास हो ही गया। तब वो थोड़ी नर्म पड़ी, 'आउट ऑफ़ डेंजर है, पर अभी सदमे में है। जब मैं मिली तो कुछ भी नहीं बोली, पत्थर बनी

रही। बहुत भयानक टक्कर हुई थी। कार का आगे का हिस्सा पूरा डैमेज हो गया है।'

'प्लीज़ आप उसका ध्यान रखें। मैं... मैं शाम तक पहुँचता हूँ। कोई भी ज़रूरत हो तो मुझे फ़ोन कर दें। अपना अकाउंट नंबर भेज दीजिए, मैं कुछ...'

'फ़िलहाल पैसों की ज़रूरत नहीं, मिस्टर पटेल। आप आ जाइए।'

* * *

ठीक साढ़े ग्यारह बजे रोनित के कमरे में राघव, स्वीटी और विमल कुमार, तीनों बैठे हुए थे। माधव भी डरते-डरते आ पहुँचा। रोनित ने उसकी तरफ़ गुस्से से देखा और बगैर कुछ कहे अपना मोबाइल उनके सामने रखकर वो वीडियो क्लिप चला दी। स्वीटी, राघव और विमल वीडियो देखकर सन्न रह गए और माधव के चेहरे का रंग उड़ गया। कमरे में सन्नाटा छा गया। रोनित ने मोबाइल उठा लिया।

'मेरे ख़याल से अब कुछ कहने की ज़रूरत नहीं। माधव, मुझे सिर्फ़ ख़ुद से शिकायत है, इतना भरोसा क्यों किया तुम पर? मेरे अपने ही बच्चे ने मेरी शादीशुदा ज़िंदगी में आग लगाई। मैंने क्या-क्या नहीं बोला मिताली को! जब मुझे मालूम हुआ वो प्रेग्नेंट है तब मैंने बोला... पता नहीं किसका बच्चा है! आज सुबह उसकी कार का एक्सीडेंट हुआ और वो सीरियस है। ये सब तुम्हारी मेहरबानी से हुआ है, माधव, आर यू हैप्पी नाउ? स्वीटी, तुम तो बहुत ख़ुश होगी न अब? बोलो, तुम सब ख़ुश हो न?'

रोनित अपना सिर थामकर सोफे पर बैठ गया। रोनित की हालत देखकर किसी की कुछ कहने की हिम्मत नहीं हो रही थी। स्वीटी की आँखों से पहली बार आँसू निकले। मिताली के बारे में सारी बात जानकर सबके होश उड़ गए। माधव वहाँ मौजूद सभी लोगों से नज़रें चुरा रहा था। यह बात बार-बार उसके दिमाग में उठ रही थी कि उसे मिताली के इनकार को समझना चाहिए था। उसने इसे अपने ईगो का मसला बना लिया और शराब ने रही-सही कसर पूरी कर दी।

बड़ा अजीब सा माहौल हो गया था। स्वीटी का दो बार एबॉर्शन हो चुका था, इसलिए वो यह दर्द समझती थी। भले ही मिताली के प्रति उसके मन में कितनी

ही शिकायतें थीं, लेकिन मिताली ने कभी उसे बुरी तरह ट्रीट नहीं किया। मिताली सैंतीस साल की उम्र में पहली बार माँ बन रही थी। वो महसूस कर सकती थी कि मिताली कितनी ख़ुश होगी। अचानक उसे उस बात की सज़ा काटनी पड़ी जिसमें उसकी कोई ग़लती नहीं थी। सबने मिलकर साज़िश करके मिताली को उसके सबसे नाज़ुक वक़्त में अकेला कर दिया।

'उनका बच्चा ठीक है?' सहमते-सहमते स्वीटी ने पूछा।

रोनित ने हाँ में सिर हिलाया। राघव ने रोनित के पास आकर उसके कंधे पर हाथ रख दिया।

तभी माधव अचानक फूट-फूटकर रो पड़ा, 'डैड, प्लीज़ मुझे माफ़ कर दीजिए। मैं डर गया था। मिताली ने मुझे कहा कि वो आपको बता देगी। मैं आपको खोना नहीं चाहता। आई मेस्सड अप, डैड!'

'तुमने मुझे मार दिया, माधव। मिताली का एक्सीडेंट भी हमारी वजह से हुआ है। मैंने उसका भरोसा नहीं किया, सिर्फ़ तुम्हारी वजह से!' रोनित भी फूट-फूट के रोने लगा।

राघव की आँखों में भी आँसू भर आए थे, वो रोनित से लिपट गया, 'डैड, सब ठीक होगा। डोंट वरी।'

राघव और स्वीटी भी साथ चलना चाहते थे, पर रोनित ने सबको मना कर दिया। वो सिर्फ़ माधव को अपने साथ ले जाना चाहता था क्योंकि माधव की वजह से ही ये सारा कांड हुआ था। विमल कुमार ने दो टिकट बुक करा दिए। शाम चार बजे की फ्लाइट थी।

फ्लाइट में बैठे हुए रोनित के मन में तूफान मचा हुआ था। वो बार-बार सोचता कि अगर मिताली को कुछ हो जाता तो उसके सिर दो हत्याओं का इल्ज़ाम होता। मिताली बच्चों को लेकर कितनी एक्साइटेड रहती थी। वो माँ बनना चाहती थी। शादी से पहले भी उसने मिताली को बच्चे की चाह में तड़पते हुए देखा था। आज जब मिताली उसके बच्चे की माँ बनने वाली थी तब उसने मिताली को कितना

बेइज़्ज़त किया। यहाँ तक बोल दिया कि वो बच्चा किसका है! सच में, पति-पत्नी के रिश्ते में इससे बड़ी गाली क्या होगी?

रोनित को ख़ुद पर शर्म आ रही थी। उसके मन में कई तरह की बातें आ रही थीं- *किस मुँह से जाऊँगा मिताली के पास। क्या कहूँगा?*

माधव चुपचाप उसके बगल में बैठा हुआ था। कोलकाता तक उनके बीच कोई बात नहीं हुई। दोनों अजनबियों की तरह बैठे थे। शाम साढ़े छह बजे वो दोनों कोलकाता एयरपोर्ट पर थे। रोनित ने रमोना को फ़ोन मिलाया। रमोना की डॉक्टर से बात हुई थी और डॉक्टर ने मिताली को किसी भी तरह का शॉक देने से इंकार कर दिया था। मिताली जिस मेंटल ट्रॉमा में थी उसकी वजह उसका पति रोनित ही था इसलिए डॉक्टर मृत्युंजय को उसका मिताली से मिलना काफ़ी रिस्की लग रहा था। इसलिए रमोना ने रोनित को साफ़ कह दिया कि आप मिताली से नहीं मिल सकते हैं। रोनित के बहुत रिक्वेस्ट करने पर उसने उनको अगली सुबह तक इंतज़ार करने को कहा।

रोनित के पास रमोना के फ़ोन का इंतज़ार करने के अलावा कोई दूसरा रास्ता नहीं था। वो किसी तरह की पावर नहीं दिखाना चाहता था। सब कुछ होते हुए भी उसे अकेलेपन और ख़ालीपन का अहसास हो रहा था। माधव चुपचाप एक चेयर पर बैठा हुआ था। उनको रिसीव करने कोलकाता ब्रांच का मैनेजर विक्रांत अवस्थी आया था। होटल में चेक-इन करने के बाद रोनित और माधव मिताली के घर पहुँचे। मिताली के पेरेंट्स सुजॉय और वनलता बेहद ख़ामोश थे। कुछ देर चारों बिना कुछ बोले बैठे रहे। केवल पंखे की आवाज़ गूँज रही थी। माधव ने कमरे पर नज़र डाली। बंगाली सलीके से सजा हुआ छोटा सा ड्रॉइंग रूम। दीवार पर मिताली की कुछ तस्वीरें और उसके जीते हुए मेडल्स सजे हुए थे। आख़िर रोनित ने माफ़ी माँगते हुए बात शुरू की तो वनलता गुस्से में फट पड़ीं। उसके बाद सारे वक़्त रोनित और माधव सिर झुकाए बैठे रहे, सुजॉय और वनलता ने अपना सारा गुस्सा उन पर उतार दिया।

रोनित और माधव भारी मन से मिताली के घर से अपने होटल चले आए। बहुत कोशिश करने पर भी वो उस शाम मिताली को नहीं देख पाए। सुबह तक इंतजार करना बड़ा मुश्किल हो रहा था। रोनित के मन में मिताली को हमेशा के

लिए खो देने का डर हावी था, साथ-ही-साथ मिताली पर भरोसा न करने और उसको अपमानित करने की शर्म उसका दम घोंट रही थी। उस पर अपनी ही औलाद से छले जाने का दर्द सीने में आग की तरह धधक रहा था। वैसे वो एक मज़बूत आदमी था, पर इस समय भावनाओं ने उसे बेहद कमज़ोर कर दिया था, जैसे उसके शरीर में जान ही न हो। उसने गहरी-गहरी साँसें लीं और आँखें बंद करके लेट गया। वो किसी तरह अपने मन को शांत करना चाहता था। उसके दिल से बार-बार मिताली की सलामती की दुआ निकल रही थी और इस बात की भी कि मिताली उसे माफ कर दे।

माधव शर्मिंदा था। उसके पिता, भाई, भाभी, दोस्त, विमल, और मिताली के घरवाले उसकी असलियत जान चुके थे। वो इंडिया से लंदन जाकर यहाँ कभी वापस नहीं आना चाहता था। उसे बिल्कुल नहीं पता था कि शराब के नशे में उसने जो किया उसका नतीजा इतना भयानक होगा। सबकी नज़रें उसे तीर की तरह चुभ रही थीं। यह उसकी ज़िम्मेदारी थी कि वो मिताली से माफी माँगकर उसे अपने डैड की ज़िंदगी में वापस लाए। अगर मिताली को कुछ हो जाता तो शायद माधव ख़ुद को कभी माफ नहीं कर पाता। रात इतनी लंबी लग रही थी जैसे सुबह होगी ही नहीं।

रमोना बार-बार मृत्युंजय के बारे में सोच रही थी। इससे पहले मृत्युंजय को उसने उस नज़र से नहीं देखा था। मृत्युंजय में उसे हमेशा एक अच्छा दोस्त नज़र आता था। मृत्युंजय का उसके प्रति प्रेम उसे महज़ एक आकर्षण लगता था। उसे लगता था कि वो बहुत छोटा है, लेकिन आज जिस तरह उसने मिताली के सारे मामले को सँभाला, जिस संजीदगी से मिताली के पेरेंट्स को समझाया, उससे रमोना का नज़रिया ही बदल गया। वो बार-बार मोबाइल पर वॉट्सऐप खोल मृत्युंजय की प्रोफ़ाइल की तस्वीर देखती। उसकी छोटी-छोटी भूरी आँखों पर सुनहरे फ्रेम का चश्मा लगा था। रमोना मुस्कुराने लगी। उसने सोचा- *उम्र में तो छोटा है लेकिन जान-पहचान वालों में सबसे समझदार यही निकला।*

सुबह आँख खुली तो देखा रोनित के दो मिस्ड कॉल्स थे। उसने कॉफी पीने के बाद रोनित को कॉल बैक किया, 'रोनित जी, दस बजे आरोग्य हॉस्पिटल के आईसीयू के बाहर मिलिए। तब डॉक्टर भी आ जाएँगे।' इतना बोलकर उसने फ़ोन काट दिया।

लगभग सवा दस बजे जब रमोना हॉस्पिटल पहुँची, तब रोनित, माधव और मिताली के पेरेंट्स वहाँ मौजूद थे। रमोना उनकी तरफ़ बढ़ी और रोनित को साथ आने का इशारा किया।

रोनित उसके साथ मृत्युंजय के केबिन की तरफ़ बढ़ गया। माधव और मिताली के पेरेंट्स वहीं बैठे रहे। मृत्युंजय के सामने एक पेशेंट बैठा हुआ था।

रमोना और रोनित साइड में रखे सोफे पर बैठ गए। रोनित सोच में डूबा हुआ था। उसके लिए एक-एक पल काटना भारी था। इतने इंतज़ार की उसे आदत नहीं थी पर वो चाहकर भी कुछ नहीं बोल पा रहा था। बस वो किसी तरह मिताली को देखना चाहता था।

मृत्युंजय लगभग बीस मिनट बाद फ्री हुआ। उसने रोनित के पास आकर उससे हाथ मिलाया, 'मैं एक बार राउंड पर जाऊँगा, उसके बाद आप पाँच मिनट के लिए उनसे मिल सकते हैं। और हाँ, आपको उनसे किसी भी तरह की कोई पुरानी बात नहीं करनी है। अभी वो ट्रॉमा में हैं तो मैं नहीं चाहता उन पर किसी तरह का प्रेशर पड़े।'

'आई अंडरस्टैंड, डॉक्टर।'

राउंड से लौटने पर मृत्युंजय ने रोनित को नर्स के साथ अंदर जाने का इशारा किया। चेंजिंग रूम में कपड़े बदल कर गाउन पहनने के बाद रोनित आईसीयू में दाखिल हुआ। नर्स उसे मिताली के पास छोड़ गई। रोनित ने देखा, मिताली के हाथ पर प्लास्टर बँधा हुआ था। नसों में ग्लूकोज जा रहा था और वो आँखें बंद किए सो रही थी। उसके दिल की धड़कन तेज़ हो गई। उसके कदम मिताली की तरफ़ बड़ी मुश्किल से बढ़ रहे थे। अपराधबोध ने उसे जकड़ लिया था। उसका गला सूख रहा था। उसने पास जाकर मिताली को देखा। सोने की तरह चमकने वाली मिताली का चेहरा मुरझाए हुए पीले पत्ते की तरह दिखा। रोनित को अपना दिल टूटता महसूस हुआ। उसने हिम्मत करके मिताली के माथे पर हाथ रखा।

'मिताली...'

मिताली ने झटके से आँखें खोलीं। रोनित को अपने सामने पाकर उसे अपनी आँखों पर यकीन नहीं हुआ। वो बस चुपचाप उसे देखती रही। रोनित की आँखों से आँसू टपक पड़े लेकिन मिताली पत्थर बनी उसे देखती रही।

'कुछ बोलो, मिताली।' रोनित ने हल्के से उसके गालों को सहलाया। मिताली ने पलकें झपकाईं। रोनित ने उसका हाथ थामकर अपने माथे पर लगाया, 'आई एम सो सॉरी, डार्लिंग...'

अचानक मिताली का हाथ ढीला पड़ गया। उसने आँखें मूँद लीं। घबराए रोनित ने नर्स को बुलाया। उसने चेक किया, मिताली बेहोश हो गई थी। ऑक्सीजन का लेवल कम था तो नर्स ने तुरंत मुँह पर ऑक्सीजन मास्क लगाया।

'डॉक्टर, इमरजेंसी... मिताली!'

रोनित सुन्न पड़ गया। नर्स की बातें उसके कानों में तो पड़ रही थीं लेकिन दिमाग ने काम करना बंद कर दिया था। एक नर्स और आई और मिताली को इंजेक्शन देने लगी।

'सर, आप बाहर जाइए।'

रोनित बेजान सा आईसीयू से बाहर निकला। मृत्युंजय को उसने लगभग भागते हुए आईसीयू में जाते देखा। वो चुपचाप बेंच पर बैठ गया।

'क्या हुआ, डैड? बात हुई आपकी मिताली से?'

रोनित के होंठों से शब्द नहीं निकले। रमोना, वनलता, सुजॉय सब उससे पूछ रहे थे पर वो कुछ नहीं बोला। माधव ने उसे पानी पिलाया। लगभग पंद्रह मिनट बाद रोनित की स्थिति कुछ बोलने लायक हुई, 'वो कुछ बोली नहीं, बस मुझे देखती रही और अचानक उसने अपनी आँखें बंद कर लीं।'

सब मिताली के लिए चिंतित थे। आधे घंटे बाद मृत्युंजय बाहर आया। उसके चेहरे पर तनाव साफ़ नज़र आ रहा था। उसको सबने घेर लिया। मृत्युंजय की हिम्मत नहीं हो रही थी उनको कुछ बताने की, पर बताना ज़रूरी भी था।

'मिताली कोमा में चली गई है।'

9

उम्मीदों का उग आना, दरारों से

मिताली के कोमा में जाने की बात सुनकर सबको गहरा सदमा लगा। रमोना ख़ुद को संभाल नहीं पाई और रो पड़ी।

'उसको सीटी स्कैन के लिए ले जा रहे हैं, फ़ेमस न्यूरो सर्जन डॉक्टर विमलेंदु घोष भी पहुँच रहे हैं।' वो बस यही बोल सका।

वनलता रोनित की तरफ़ गुस्से से बढ़ीं, 'मना किया था न आपको। आपके इस लड़के की वजह से ही वो इस हालत में पहुँची।'

रमोना और मृत्युंजय ने बीच-बचाव किया।

'अब एक-दूसरे पर ब्लेम लगाने से कुछ नहीं हो सकता। प्लीज़ प्रे कीजिए।' बड़ी मुश्किल से रमोना बोल पाई।

माधव एक अनजाने डर से घिर गया। सब अजनबी से हो गए थे उसके लिए। वो दुखी था पर कोई कंधा नहीं जिस पर सिर टिकाकर वो रो सके... क्योंकि वो अपराधी था।

रोनित के सामने अभी भी मिताली का चेहरा था, जिसने उसके देखते-देखते आँखें मूँद लीं और जिसका हाथ उसके हाथों में बेजान झूल गया।

रोनित ख़ुद से ही सवाल-जवाब करने लगा। *जब मैं मिला था तो उसकी आँखें खुली थीं, फिर अचानक वो कोमा में क्यों चली गई? कहीं उसे कुछ हो न जाए। उसके अंदर दो जानें हैं। क्या वाकई मुझे देखने की वजह से वो कोमा में गई या एक्सीडेंट की वजह से?*

उसके दिल पर गुनाह के अहसास का बोझ और भी बढ़ गया था, वो चुपचाप शून्य में ताक रहा था।

डॉक्टर विमलेंदु घोष ने मिताली का सीटी स्कैन करवाया। दो घंटे बाद रोनित और रमोना को मृत्युंजय ने अपने केबिन में बुलाया। डॉक्टर विमलेंदु भी वहीं थे। उम्र करीब 50-55 साल, चेहरे पर तेज, छोटा कद, दुबला-पतला शरीर, सिर पर बचे-खुचे बाल। मृत्युंजय ने दोनों को बैठने का इशारा किया।

'डॉक्टर घोष, मिस्टर रोनित पटेल, पेशेंट के हस्बैंड।'

रोनित ने धीमे से सिर हिलाकर उनका अभिवादन किया।

'मिस्टर पटेल, मिताली के ब्रेन में क्लॉटिंग हुआ है, पर चिंता का बात नहीं। ट्रीटमेंट चालू किया, वो रिस्पॉन्ड कर रही है।'

'थैंक्स डॉक्टर। आप बेस्ट डॉक्टर्स को बुलाइए। मृत्युंजय, अगर यहाँ कुछ दिक़्क़त हो तो मैं मिताली को अमेरिका ले जा सकता हूँ।' रोनित की इस बात पर मृत्युंजय थोड़ा गंभीर हो गया।

'पटेल साहब, हम दोनों भी अमेरिका रिटर्न्ड ही हैं। दूसरे कंट्रीज़ से पेशेंट ट्रीटमेंट के लिए हमारे हॉस्पिटल में आते हैं। डॉक्टर घोष वर्ल्ड के टॉप टेन न्यूरोलॉजिस्ट्स में से हैं।'

रोनित को लगा मृत्युंजय बुरा मान गया। उसने रमोना की तरफ़ लाचार नज़रों से देखा और फिर मृत्युंजय और डॉक्टर घोष की तरफ़ देख कर ग्लानि भाव में बोला, 'सॉरी डॉक्टर। मेरा वो मतलब नहीं था। आई हैव फुल फेथ ऑन यू।'

दो दिन कोलकाता में रुकने के बाद रोनित ने माधव को लंदन चले जाने को कहा। रोनित मिताली के होश में आने तक वापस नहीं जाना चाहता था। मृत्युंजय उसकी बात समझता था, पर मिताली के पेरेंट्स और रमोना उसके ख़िलाफ़ थे। बात सुलझते-सुलझते एकबार फिर से उलझ गई थी।

रमोना ने कॉलेज जाना शुरू कर दिया था, पर उसकी हर शाम हॉस्पिटल में गुज़रती जहाँ उसकी मृत्युंजय से मुलाक़ात होती।

रोनित रोज़ सुबह दो से तीन घंटे हॉस्पिटल में बिताता। डॉ मृत्युंजय ने उसे मिताली को देखने की परमिशन दे रखी थी। वो हर वक़्त मिताली के वापस होश में आने की दुआ करता, साथ ही अपने बच्चे के लिए भी, जो अभी कोमा में गई माँ की कोख में साँस ले रहा था। रोनित ने ख़ुद को इतना हेल्पलेस कभी फ़ील नहीं किया था। अपार पैसा, नाम और शोहरत होने के बाद भी आज वो आईसीयू के बाहर अपनी पत्नी के ठीक होने के इंतज़ार में वक़्त का गुलाम बना बैठा था।

दोपहर बाद रोनित कोलकाता ऑफ़िस से ही कुछ काम सँभालता। विमल भी एक बार आ चुका था। रोनित इन दिनों वैसा ही महसूस कर रहा था जैसा वो भवानी के कैंसर के वक़्त महसूस करता था। लेकिन मिताली के मामले में सिर्फ़ वो गुनहगार था... मिताली उसकी वजह से मौत के मुँह में पहुँची थी, यह अपराधबोध उसका जीना मुश्किल किए था।

गुजरते दिनों के साथ रोनित और मिताली के पेरेंट्स के बीच जमी हुई बर्फ पिघलने लगी। उन्हें उसकी आँखों में मिताली के लिए फ़िक्र दिखती। एक दिन रोनित हॉस्पिटल में चुपचाप बैठा था, तभी अचानक सुजॉय उसकी ओर आए, 'हम घर से खाना लाए हैं, खाएँगे आप?'

रोनित ने उनकी तरफ़ हैरानी से देखा, फिर हाँ में सिर हिलाया। सुजोय ने बैग में से तीन प्लेट्स निकाल टेबल पर रखीं, वनलता जल्दी-जल्दी टिफ़िन में से खाना परोसने लगी।

'अरे बस-बस, मैं इतना नहीं खा पाऊँगा।'

'खाना तो ठीक से खाइए वरना मीतू का ख़याल कैसे रखेंगे?' एक ख़ामोश मुस्कुराहट उन तीनों को करीब ले आई।

अक्सर वो तीनों हॉस्पिटल की कैंटीन में खाना साथ खाने लगे। रोनित उनको लेने और वापस घर छोड़ने के लिए गाड़ी भिजवा देता। मिताली कोमा में थी पर उसके जल्द होश में आने की उम्मीद में उनमें से कोई भी रोज़ हॉस्पिटल आना नहीं भूलता।

रात-रात भर रोनित को नींद नहीं आती। मिताली का चेहरा उसकी आँखों के सामने घूमता, उसकी हँसी की आवाज़ कानों में गूँजती। वो बार-बार मोबाइल पर उसकी पुरानी तस्वीरें देखता। शाम को वो हुगली नदी के किनारे बैठ मिताली को याद करता।

कितना ख़ुश रहता था वो मिताली के साथ... वो बात-बात पर मज़ाक करती, चहकती, हँसती-हँसाती। उनकी शादी को दो महीने भी नहीं बीते थे और ये सब हो गया। वक़्त में आगे तो जा सकते हैं पर पीछे जाकर कुछ भी सुधारा नहीं जा सकता।

ठीक नौ दिन बाद मिताली को होश आ गया। ये नौ दिन उन सबके लिए नौ महीने जैसे गुज़रे। मृत्युंजय ने रोनित को उससे मिलने की इजाज़त नहीं दी। वो मिताली के बिल्कुल ठीक होने तक किसी तरह का ख़तरा नहीं उठाना चाहता था। रोनित ने भी दिल पर पत्थर रखकर इस बात को स्वीकार कर लिया।

मिताली ने सबसे पहले रमोना से मिलने की इच्छा ज़ाहिर की। वनलता और सुजॉय बहुत ख़ुश थे, मिताली के होश में आने के साथ उनकी ज़िंदगी लौट आई थी। बस रोनित ही मिताली से न मिल सका और न ही मिताली ने रोनित के बारे में कुछ पूछा।

मिताली को दो दिन बाद हॉस्पिटल से छुट्टी मिल गई... अब वो अपने माँ-बाबा के साथ थी। जब मिताली ने अपने कमरे का दरवाज़ा खोला तो हैरान रह गई। कमरे की रंगत ही बदल गई थी। गुलाबी और सफ़ेद रंग में रंगी दीवारें, मैचिंग नए परदे, दीवारों पर बच्चों के बड़े-बड़े पोस्टर्स, एक बड़ा सा नया बेड। सब कुछ उसकी पसंद का था। यह मेकओवर रोनित ने करवाया था, पर उसने

मिताली के माँ-बाबा को ऐसा बताने से मना किया था। इसलिए उन्होंने मिताली के पूछने पर रमोना का नाम लिया।

मिताली के चेहरे पर चमक आ गई। वो अपने माँ-बाबा को अपनी उदासी दिखाकर निराश नहीं करना चाहती थी, पर सच तो यही था कि उस दिन ड्रंक हालत में कार लेकर निकल जाने और एक्सीडेंट करने की हरकत पर वो बेहद शर्मिंदा थी। इसके पहले किसी भी दुख को उसने अपने ऊपर इतना हावी नहीं होने दिया था कि अपने होश ही खो दे। उसकी जरा सी लापरवाही और टूटन की वजह से उसकी और बच्चे की ज़िंदगी ख़तरे में पड़ गई थी। कमरे को थोड़ी देर निहारने के बाद वो बिस्तर पर लेट गई।

उसके माँ बाबा चुपचाप कमरे से बाहर निकल गए। वो एकदम बदल से गए थे, पूरे घर में गूँजने वाली उनकी आवाज़ अब ख़ामोशी में तब्दील हो गई थी। वो दिल से बस यही चाहते थे कि किसी तरह मिताली रोनित को माफ़ कर दे और उसका घर फिर से बस जाए।

शाम को मृत्युंजय और रमोना, दोनों मिताली के घर आए। आज वनलता ने मिताली के घर आने की ख़ुशी में ख़ास खाना बनाया। मिताली थोड़ी कमज़ोर दिख रही थी। उसके चेहरे पर सूजन बनी हुई थी और शरीर पर जगह-जगह ब्लड क्लॉटिंग होने से लाल-नीले चकत्ते भी पड़े हुए थे। मृत्युंजय ने मिताली को चेक करने के बाद उसे इंजेक्शन दिया।

'सुनो मिताली, तुम्हारी वजह से मेरा कुछ काम हो गया।' यह कहते हुए मृत्युंजय ने रमोना का हाथ थामा।

रमोना ने हँसते हुए उसे मुक्का मारा, 'अरे यार, ऐसा कुछ नहीं है।'

'हाँ, मैं भी कुछ होने के इंतज़ार में हूँ।' मृत्युंजय ने चुटकी ली।

'माँ-बाबा के सामने! कुछ शर्म करो, डॉक्टर।' रमोना झेंपी।

'माँ-बाबा से क्या शर्म... हमारी शादी तो यही करवाएँगे।' मृत्युंजय हँसते हुए बोला।

'हाँ, हाँ, और दहेज भी देंगे। क्यों जी सही है न?' वनलता के यह कहते ही कई दिनों से सुनसान घर कहकहों से गूँज उठा। उनके ठहाकों में मिताली भी शामिल थी।

उसने बनावटी गुस्से से मृत्युंजय और रमोना को घूरा, 'वाह, शादी का फ़ैसला भी कर लिया! अरे नालायकों, मेरे होश में आने का इंतज़ार तो किया होता।'

'यह फालतू बोल रहा है। मैंने अभी तक हाँ नहीं की, जान।' रमोना इतराई।

'यार, यह ग़लत बात है।' मृत्युंजय ने भी बनावटी गुस्सा दिखाया।

मिताली रोनित के बारे में पूछना चाहती थी, पर बात बार-बार उसके होंठों पर आकर अटक जाती। वो रोनित के बारे में जानने के लिए बेसब्र थी लेकिन वहाँ मौजूद लोगों में से कोई भी उसका ज़िक्र नहीं कर रहा था।

मिताली को धुंधला-धुंधला याद था, आख़िरी बार रोनित उसके सामने था। लेकिन उसने क्या कहा, यह उसे याद नहीं। होश में आने के बाद से उसने रोनित को नहीं देखा। उसके मन में रोनित को लेकर मिले-जुले भाव आ रहे थे, कभी वो उससे बेहद नाराज़ होती और कभी वो उसको बहुत याद करने लगती। सब अपनी बातों में मशगूल थे, लेकिन मिताली बार-बार कहीं खो जाती।

रोनित पटेल उस रात बहुत बेचैन था। वो मिताली से मिलने के लिए तड़प रहा था। जो कभी उसके करीब थी, आज उसी से मिलने के लिए लोगों की इजाज़त लेने की ज़रूरत पड़ने लगी। उसने एक दिन और इंतज़ार करने का फ़ैसला किया। वो बिना उससे मिले मुंबई नहीं लौटना चाहता था।

अगले दिन मिताली कुछ ठीक महसूस कर रही थी। उसने मेडिटेशन करना शुरू किया जो उसकी मेंटल हेल्थ के लिए बहुत ज़रूरी था। एक्सीडेंट को पूरे बारह दिन हो चुके थे। अब उसे इस बात की परवाह नहीं थी कि दुनिया उसके बारे में क्या सोचती है। थोड़ी देर उसने अख़बार का काम करने की कोशिश की लेकिन फिर उसे सिरदर्द होने लगा तो आराम करना पड़ा। शाम होते-होते उस पर रोनित की याद हावी होने लगी। वो बुदबुदाई, '*आज फिर घेर लिया तनहाइयों ने*

मुझको, यादों ने तेरी फिर बेबस कर दिया। अँधेरे कम थे क्या किस्मत में, ज़िक्र ने तेरे शाम को और गहरा कर दिया।'

वो कमरे से बाहर आई। माँ पूजाकर रही थीं और बाबा बाहर गए हुए थे। वो चुपचाप छत पर चली आई... सूरज डूब रहा था। उसकी लालिमा सारी दिशाओं को अपने रंग में रंगने की ज़िद पर आमादा थी। मिताली कई दिनों बाद खुली हवा की ताज़गी महसूस करने लगी।

उसने कुछ देर सोचने के बाद रोनित को फ़ोन मिलाया। उसने एक घंटी में ही फ़ोन उठा लिया, 'मिताली... ओह मिताली, मैं कबसे तुमसे बात करने के लिए तड़प रहा हूँ!'

मिताली कुछ नहीं बोली, बस उसकी बात का सच तौलने की कोशिश करने लगी।

'मिलोगी मुझसे?'

'तुम मुंबई में हो?'

'नहीं, मैं कोलकाता में हूँ... तुम्हारे लिए। बहुत अकेला हो गया, प्लीज़ एक बार तुम्हें देखना चाहता हूँ।'

'ठीक है, घर आ जाओ। एड्रेस भेजती हूँ।'

'एड्रेस पता है मुझे... आया हूँ वहाँ। मैं आधे घंटे में पहुँचता हूँ, मिताली।'

मिताली ने फ़ोन काट दिया।

बड़ी बेचैनी थी उसके मन में... वो जानना चाहती थी कि रोनित अचानक बदल कैसे गया। वो अंदर-ही-अंदर कई सवालों से जूझ रही थी- *क्या हुआ? क्या माधव ने अपनी ग़लती मान ली या मेरे एक्सीडेंट की ख़बर से वो वापस आया है? रोनित अभी तक कोलकाता में क्यों है? क्या वो वाकई मुझसे प्यार करता है?*

वो इन्हीं सोच-विचार में डूबी हुई थी कि अचानक वनलता ने उसके कंधे पर हाथ रखा। वो चौंक गई, 'ओह माँ, डरा दिया तुमने।'

'ऊपर क्यों आई अकेली?'

'डरो मत माँ, कूदूँगी नहीं।'

'चल, बाबा बुला रहे हैं। तेरे लिए सोंदेश लाए हैं बाज़ार से।'

मिताली ने माँ का हाथ थाम मुस्कुराने की कोशिश की, 'माँ, तुम और बाबा कितने अच्छे हो... मैं आप लोगों को कोई ख़ुशी नहीं दे पाई, बल्कि हमेशा परेशान ही किया।'

वनलता ने मिताली की आँखों में छलक रहे आँसुओं को पोंछा और उसे अपने गले से लगा लिया। 'मीतू, तू हमारी जान है। रिश्तों में उतार-चढ़ाव तो आते रहते हैं। बस जल्दी से ठीक हो जा हमारे लिए। जब तू कोमा में थी तो हमारे लिए जीना कितना मुश्किल हो गया था, यह तू सोच भी नहीं सकती।'

दोनों मुस्कुराती हुई सीढ़ियों से नीचे उतर गईं। सुजॉय चाय बनाकर ले आए। चाय-नाश्ता करते हुए जब मिताली ने उनको बताया कि रोनित मिलने आने वाला है तो वनलता के माथे पर चिंता की रेखाएँ गहरी हो गईं।

'रोनित? पर तू उसकी वजह से ही कोमा में गई थी। कहीं फिर कुछ हो गया तो? मत मिल उससे अभी... कहीं फिर...'

सुजॉय ने वनलता की बात काट दी, 'मिताली के ब्रेन में एक्सीडेंट की वजह से ब्लड क्लॉटिंग हो गई थी, इसलिए वो कोमा में गई। हर बात का दोष रोनित पर मत डालो।'

मिताली ने महसूस किया कि बाबा रोनित की तरफ़दारी कर रहे हैं, वहीं वनलता के माथे पर अभी भी चिंता की लकीरें थीं। मिताली उनकी चिंता समझती थी। माँ अक्सर अपनी औलाद को लेकर ओवर प्रोटेक्टिव रहती है।

वो उनकी तरफ़ देखकर मुस्कुराई, 'मेरा उससे एक बार मिलना बेहद ज़रूरी है। चिंता न करें माँ, मुझे कुछ नहीं होगा।'

तीनों की आँखों में मौन सहमति थी। करीब आधे-पौन घंटे बाद दरवाज़े की घंटी बजी, वनलता ने दरवाज़ा खोला। सामने ऑर्किड का बड़ा सा बुके लिए रोनित खड़ा था। उसने वनलता को मुस्कुरा कर नमस्कार किया। वनलता हल्के से गर्दन हिलाकर एक तरफ़ हो गईं। रोनित अंदर आया तो उसे सामने मिताली दिखी। उसके सिर पर पट्टी, बाएँ हाथ में प्लास्टर, चेहरे पर हल्की सी सूजन अभी भी थी। रोनित कुछ सेकेंड उसे बिना पलकें झपकाए देखता रहा। सुजॉय

ने रोनित को बैठने को कहा तो रोनित का ध्यान टूटा। लेकिन मिताली ने रोनित को अपने पीछे आने का इशारा किया।

दोनों मिताली के कमरे में आ गए रोनित ने बुके बेड के सिरहाने पर रख दिया।

मिताली ने उसे सामने रखे सोफे पर बैठने का इशारा किया। रोनित चुपचाप सोफे पर बैठ गया और मिताली ने बिस्तर पर बैठकर तकिए की टेक ले ली।

'प्लास्टर कब कटेगा?'

'पंद्रह दिन बाद। रूम का मेकओवर तुमने कराया है न?'

'नहीं तो।'

'रोनित, मैं जानती हूँ तुम्हारी पसंद को, पर अब इन सब बातों का कोई फायदा नहीं।'

'मिताली, मैं जानता हूँ तुम्हारे लिए मुझे माफ़ करना आसान नहीं, पर... तुम जो कहोगी, मैं करूँगा। फिलहाल बिल्कुल स्ट्रेस मत लो।'

'माफ़ी की कोई बात नहीं, मिस्टर पटेल। आप वापस मुंबई लौट जाइए। मैं शायद पहले सब भूल भी जाती, पर अब मौत के मुँह से लौटने के बाद ऐसा लगता है... कितनी पागल थी मैं। कैसे इतनी कमज़ोर पड़ गई?'

'मिताली, घर चलो। मैडी भी तुमसे माफ़ी माँगना चाहता था, वो भी दो दिन यहाँ रुका था फिर लंदन लौट गया।'

माधव का नाम सुनकर मिताली चौंकी, 'माफ़ी? क्या उसने ख़ुद एडमिट किया?'

'उस मनहूस रात कैलाश कमरे में ही था और उसने मोबाइल से रिकॉर्ड किया। तुम्हारे एक्सीडेंट की ख़बर से वो घबरा गया और उसने मुझे वो वीडियो दिखाया।'

मिताली गुस्से में आ गई, 'कैलाश ने? हम्म... अगर वो वीडियो नहीं होता तो सच कभी सामने नहीं आता और तुमको इस बात से कोई फ़र्क नहीं पड़ता कि मैं ज़िंदा हूँ या मर गई। राईट मिस्टर पटेल?'

'प्लीज़... मिताली।'

'कितना मुश्किल हो जाता है जीना जब वही इंसान आपको छलनी कर देता है जिसे आप दुनिया में सबसे ज़्यादा प्यार करते हैं। मैं अब किसी तकलीफ़ और रिश्ते को नहीं झेल सकती।'

'प्लीज़ मिताली, ऐसा मत कहो। हमारा बच्चा...'

'हमारा? शायद आप भूल गए आपने उस दिन क्या कहा था। पता नहीं किसका होगा? रोनित... यह सिर्फ़ मेरा बच्चा है।'

मिताली ने तंज कसा।

रोनित ने उसके पास आकर उसका हाथ कसकर थाम लिया, 'प्लीज़, ऐसा मत कहो।'

'मैं आपके साथ नहीं रहना चाहती। पुराने रिश्ते का लिहाज़ करके मैंने आपको मिलने बुला लिया क्योंकि एक आख़िरी मुलाक़ात ज़रूरी होती है। मैं कोई ड्रामा और हंगामा नहीं चाहती।'

'मिताली, मैं जानता हूँ तुम कितनी तकलीफ़ और दर्द से गुज़री हो। मैं भी सह रहा हूँ। अब कभी तुम्हें कोई शिकायत का मौका नहीं मिलेगा। प्रॉमिस...'

'आप मुझसे प्यार करते हैं न?'

'हाँ, बहुत।'

मिताली ने अपने हाथों को रोनित की पकड़ से आजाद कराकर उसे गुस्से से देखा, 'तो फिर वापस कभी मत आइएगा क्योंकि अब मैं आपको प्यार नहीं करती।'

'प्लीज़ यार, इतना हार्श मत बनो। मैं मानता हूँ, मैं ग़लत था लेकिन मैंने तुमसे हमेशा प्यार किया। ग़लतफ़हमी किस रिश्ते में नहीं होती। तुम चाहोगी तो मैं मैडी से भी रिश्ता तोड़ लूँगा। मुझे माफ़ कर दो, इतनी बड़ी सज़ा मत दो। एक आख़िरी मौका... बच्चे के लिए, हमारे रिश्ते के लिए।'

तभी वनलता ने दरवाज़े पर नॉक किया। मिताली कुछ कहना चाहती थी पर चुप हो गई। वनलता अंदर आकर चाय और नाश्ता रख गईं।

उनके जाते ही मिताली के अंदर का ज्वालामुखी फट पड़ा, 'किसी के आत्मसम्मान को कुचल कर कितनी आसानी से उससे माफ़ी माँग ली जाती है। ये तो कुछ ऐसा है जैसे आप किसी पौधे पर तेजाब डाल देने के बाद उसको इस उम्मीद में पानी दें कि वो फिर से ज़िंदा हो जाए। पर ऐसा संभव नहीं होता, मिस्टर पटेल। हर चीज़ बिज़नेस नहीं होती। ज़िंदा चीज़ें मरने के बाद वापस ज़िंदा नहीं होतीं।'

'मैं जानता हूँ, पैसा सब नहीं खरीद सकता। मेरा दिल जानता है, आईसीयू के बाहर बिताए उन पलों में मैं कितना लाचार था।'

'रोनित, मैं बहुत थकी हुई हूँ। प्लीज़ आप जाइए। और कुछ कहने-सुनने की हिम्मत नहीं मुझमें।'

रोनित उठ खड़ा हुआ, 'तुम रेस्ट करो, हम कल मिलते हैं।'

'मुझे आपसे अब कभी नहीं मिलना। आप जाइए प्लीज़।'

रोनित चुपचाप निकल गया। मिताली के मन में एक अजीब सी विरक्ति के भाव थे। जिस रोनित पर वो जान छिड़कती थी, अभी उसके स्पर्श से भी उसे घृणा हो रही थी, गुस्सा आ रहा था।

रोनित बेहद निराश था पर वो जानता था कि उसकी ज़िंदगी की डोर वक़्त के हाथों में है। उसे इस बात का भी अहसास था कि ज़ोर-ज़बरदस्ती से प्यार हासिल नहीं किया जा सकता। वो यह भी जानता था कि वह अपने किए की जितनी भी माफ़ी माँग ले पर जो नुकसान हुआ उसकी भरपाई नहीं कर सकता। वो अपनी ज़िंदगी को किस्मत और वक़्त के हवाले करके वापस मुंबई लौट गया।

रमोना और मृत्युंजय ने शादी का फ़ैसला कर ही लिया। पेपर के लिए रात में काम करते वक़्त जब रमोना ने मिताली को यह बात बताई तो उसे बड़ा आश्चर्य हुआ, 'अरे वाह, तू इतना कैसे बदल गई?'

'प्यार ने बदल दिया। जिस तरह उसने सब सँभाला, उसे देखकर मैंने महसूस किया कि उसे सचमुच मेरी फ़िक्र है। मैं थक गई हूँ अकेले रहते-रहते। मेरी शादी को लेकर निगेटिव सोच बदल गई।'

'हाँ, तेरा डॉक्टर वाकई बहुत समझदार है।'

'सुन मीतू, तू भी रोनित को माफ़ कर दे।'

'मैं डाइवोर्स की सोच रही हूँ।'

'पागल है तू? मैंने रोनित को दस दिन तड़पते हुए देखा है। देख, ग़लतियाँ हो जाती हैं। माधव भी बहुत दुखी था। मेरी लंबी बात हुई उससे। हो जाती है यार ग़लती।'

'प्लीज़, मत करो ये बातें।'

'ठीक है डियर, तू टाइम ले। दुखी मन से और गुस्से में कोई फ़ैसला नहीं लेना चाहिए।'

रोनित हर सुबह और हर रात मिताली को फ़ोन करता... और वो उसका फ़ोन नहीं उठाती। फिर भी वो रोज़ फ़ोन करता लेकिन मिताली का दिल पत्थर हो गया था। वो अब किसी भी तरह के मोह में नहीं पड़ना चाहती थी।

दूसरी तरफ़ माधव लंदन में ख़ुद को गुनाहगार और बेहद अकेला महसूस कर रहा था। लंदन लौटने के बाद उसकी रोनित से बात नहीं हुई थी। एक-दो बार उसने डरते-डरते फ़ोन किया लेकिन रोनित ने बात नहीं की। माधव को राघव से अपने डैड की ख़बर मिलती रहती। उस दिन भी जब उसने राघव को फोन किया तो पहला सवाल मिताली और रोनित को लेकर ही था, 'मिताली लौट आई?'

'नहीं, वो अलग होना चाहती हैं। मैडी, तेरी वजह से सब बर्बाद हो गया। डैड बहुत सेड रहते हैं। सिर्फ़ ऑफ़िस जाते हैं, सोशल पार्टीज़ में जाना बिल्कुल छोड़ दिया है। मैं उनके बारे में सोचता हूँ तो डर जाता हूँ।'

माधव, मिताली से बात करना चाहता था पर उसकी हिम्मत नहीं थी तो उसने मिताली को एक लंबा मेल लिखा।

मिताली,

मैं जब तुम्हारी और डैड की मैरिज में आया तो मुझे बिल्कुल अच्छा नहीं लगा कि कोई मेरी मॉम की जगह ले। मैं सोचता था कि तुमने डैड से प्रॉपर्टी के लालच में शादी की इसलिए मैंने तुमसे दोस्ती का रास्ता बनाया। मैं तुमको उनकी नज़रों से गिराना चाहता था, मैं तुमसे बदला लेना चाहता था पर मैं तुमसे प्यार करने लगा। सच में! तुमको हर वक़्त मिस करने लगा। कितना अजीब होता है ये सब। फ़ीलिंग्स अजीब चीज़ होती हैं।

फिर उस दिन मैं बहुत नशे में था। मैं तुम्हारे करीब आना चाहता था। ख़ुद पर काबू नहीं कर पाया। जब तुमने मना किया तो मुझे अच्छा नहीं लगा। मुझे लगता था, तुम भी मुझे प्यार करती हो... और जब तुमने डैड को बताने की धमकी दी तो मैं डर गया। एक ग़लती को छुपाने के चक्कर में सब ग़लत होता गया।

डैड की कोई ग़लती नहीं है। मैंने उनको तुम्हारे बारे में बहुत नेगेटिव कहा था। प्लीज़, उनको माफ़ कर दो। वो बहुत दुखी हैं, उन्होंने मुझसे एक महीने से बात नहीं की है।

रात-दिन घुट रहा हूँ... अपनों की और ख़ुद की नज़रों में गिर गया हूँ। मेरा फ़ैमिली के नाम पर और कौन है? प्लीज़, वापस आ जाओ, मिताली। मैं तुम्हें कभी नहीं नज़र आऊँगा, पर डैड का दिल मत तोड़ो। वो तुमसे प्यार करते हैं और मैं जानता हूँ कि तुम भी उन्हें बहुत प्यार करती हो।

सॉरी अगेन!
माधव

मिताली ने कई बार वो मेल पढ़ा पर जवाब नहीं दिया।

दो महीने बीतने तक मिताली ने पूरी तरह ठीक होकर अपने रामी इकोनॉमिक टाइम्स का तीसरा इशू निकाला। यह वीकली पेपर था, जिसका उन्हें अच्छा रिस्पॉन्स मिलने लगा। रमोना और मृत्युंजय ने कुछ स्पॉन्सर्स जुटा लिए, हालाँकि ये सारा काम विमल कुमार कर रहा था, बस मिताली को ख़बर नहीं थी।

मिताली का चौथा महीना चलने तक थोड़ा उभार नज़र आने लगा। वो पूरे दिन ख़ुद को काम में बिज़ी रखती और रात में मेडिटेशन करके सो जाती। वो ख़ुद को इतना थका लेती कि बिस्तर पर लेटते ही नींद आ जाए। रमोना और मृत्युंजय की इंगेजमेंट थी सो वो शॉपिंग में बिज़ी थे। कई बार उनके ज़िद करने पर मिताली भी साथ जाती। इस दौरान उसे बार-बार रोनित और अपनी शादी के दिन याद आते जब वो दीवानों की तरह शॉपिंग करते थे।

उसके दिल में एक तरह का ख़ालीपन घर कर गया जिसे वो अपने काम से भरने की कोशिश में लगी थी। साथ-ही-साथ आने वाले बच्चे को लेकर वो बहुत उत्साहित थी। हर सुबह माँ वनलता के साथ घूमने जाना, दिन में बाबा के साथ

ताश खेलना और शाम को रमोना के साथ लंबी वॉक पर जाना, ये सारे काम उसके रुटीन में शामिल हो गए।

बच्चे के इंतज़ार ने माँ-बाबा की ख़ुशी को दूना-चौगुना कर दिया था। बस रोनित की कमी उनको खलती। वो अक्सर उन्हें फ़ोन करके मिताली के बारे में पूछता।

रमोना और मृत्युंजय की शादी दुर्गा पूजा के बाद होना तय हुई। रमोना ने रोनित को कॉल किया, 'मिस्टर पटेल, कैसे हैं आप? मैंने आपको एक गुड न्यूज़ देने के लिए फोन किया।'

'क्या मिताली मान गई? मैं कोलकाता आ जाऊँ उसे लेने?'

'नहीं, अभी नहीं। थोड़ा वक़्त दीजिए। दुर्गा पूजा के बाद चौबीस अक्टूबर को मेरी और मृत्युंजय की शादी है। आपको भी आना है। तब तक शायद उसका गुस्सा कुछ कम हो!'

'आप दोनों को बहुत-बहुत बधाई! काश आपकी शादी में मेरा घर भी दोबारा बस जाए।'

'आमीन! हम सब भी यही चाहते हैं।'

'वो कैसी है... बच्चा ठीक है? उसके खाने-पीने का ध्यान रखना, रमोना।'

'हम उसका पूरा ख़याल रख रहे हैं। कल अल्ट्रासाउंड हुआ था। बच्चे की ग्रोथ ठीक है। मिताली का थोड़ा हीमोग्लोबिन कम है।'

'अरे तो उसको ख़ूब अनार का जूस, एप्पल, आयरन टेबलेट्स खिलाओ।' फ़िक्र में रोनित बोल गया।

रमोना हँस दी, 'वो सब तो खिला ही रहे हैं पर वो पागल समझती नहीं कि उसे आयरन की नहीं, आपके प्यार की ज़रूरत है।'

'उसकी फोटो भेज देना मुझे प्लीज़।' बुझे दिल से रोनित बोला।

एक शाम मृत्युंजय और मिताली रमोना की छत पर बैठे थे। थोड़ी देर पहले आई बारिश थम चुकी थी। दूर-दूर तक हरियाली नज़र आ रही थी।

'मैंने लॉयर कर लिया है।' मिताली ने बताया।

'तू ग़लती कर रही है, मिताली। पूरा पटेल ख़ानदान तो घुटने पर खड़ा है तेरे सामने। जो हुआ वो बहुत ग़लत हुआ लेकिन उनको अपनी भूल का अहसास है। बच्चे की तो सोच।'

'बच्चे की सोच, लोगों की सोच। ऐसी बातें सुन-सुनकर मैं थक गई। लोग कहेंगे, दूसरी बार डाइवोर्स ले रही है। ये लेडी ही ख़राब है।'

'मेरा यह मतलब नहीं था, मीतू।'

मृत्युंजय ने रमोना का हाथ हल्के से दबा उसे चुप रहने का इशारा किया, 'रमोना, मिताली ने कुछ सोच-समझ कर ही यह फ़ैसला लिया होगा।'

'रमोना, तू जानती है न, रोनित ने मुझे पहले फॉर ग्रांटेड लिया। एक साल तक लिव-इन में रहा। रिश्ते को जब नाम देने की बात आई तो अलग हो गया। फिर बार-बार माफ़ी माँगकर शादी की। शादी को दो महीने भी नहीं हुए थे, सिर्फ़ माधव के कहने पर यकीन कर लिया कि मेरा कैरेक्टर ख़राब है। अब फिर वो माफ़ी माँग रहा... वो इंसान कभी भी मुझे हर्ट कर सकता है। मैं जवान हूँ और अगले पंद्रह साल तक तो रहूँगी ही, लेकिन उसकी उम्र बढ़ती जाएगी और साथ ही उसका शक भी। अभी वक़्त है, मैं अपने दम पर दोबारा खड़ी हो सकती हूँ। कुछ साल बाद शायद इतनी हिम्मत न रहे।'

रमोना मिताली के रोनित से अलग होने के फ़ैसले से दुखी थी पर वो अपनी बात मनवाने के लिए मिताली पर किसी तरह का दबाव भी नहीं डालना चाहती थी। 'हम्म... शायद तू ठीक कह रही है। जिसने सहा होता है, उससे बेहतर कोई नहीं जान सकता। बाकी लोग तो बस सलाह दे सकते हैं।'

'हाँ, बस तेरा यही समझना ज़रूरी है। यार, मैं चोट खाते-खाते थक चुकी हूँ। करियर पर फोकस करना चाहती हूँ। ये फ़ैमिली लाइफ़ मेरे नसीब में नहीं है। मैंने पूरे दिल से रिश्ते निभाए, फिर भी मुझे ख़ालीपन ही मिला। अब और नहीं, यार। बाकी तुम लोग तो हो ही, कभी कुछ हो जाए तो सँभालने को।'

'हमेशा तेरे साथ, आख़िरी साँस तक। लेकिन एक वादा करना होगा... शादी का गिफ्ट समझ ले... देगी?'

'तेरे लिए तो जान भी हाज़िर है, बोल।'

'हमारी शादी तक तू रोनित से डाइवोर्स की बात नहीं करेगी... वरना मैं शादी नहीं करूँगी।'

मृत्युंजय ने चौंककर रमोना की तरफ़ देखा। रमोना अपना गेम खेल गई थी।

मिताली के माथे पर चिंता की लकीरें उभर आईं, 'ये कैसी बचकानी बात है, रमोना? तुम्हारी शादी का इससे क्या संबंध?'

'जो माँगना था, माँग लिया, बाकी तुम्हारी मर्ज़ी। कोई ज़बर्दस्ती नहीं।' रमोना उठकर अंदर चली गई। उसको रोना आ रहा था। इतनी कोशिशों के बाद भी वो मिताली का मन नहीं बदल पा रही थी।

मृत्युंजय ने लाचार नज़रों से मिताली को देखा। मिताली ने गहरी साँस ली, 'बड़ी ज़िद्दी है तुम्हारी वुड बी!'

मृत्युंजय ने हाथ जोड़ विनती करने की नौटंकी की, 'हे देवी! अब मेरा सुहाग आपके हाथों में है।'

मिताली उसकी बात पर खिलखिलाई, 'चिंता न करो, अखण्ड सौभाग्यवता रहो वत्स!' फिर रमोना के कमरे में उसके पास पहुँच बिना कुछ कहे गले लग गई, 'जैसा तू चाहेगी वैसा ही होगा, माता जी। अब ख़ुश?'

रमोना का चेहरा जीत की ख़ुशी से चमक उठा। आख़िरकार कुछ महीनों के लिए ही सही, वो मिताली को रोनित से अलग होने के ख़याल से दूर रख पाएगी।

मिताली ने रात के नौ बजे रोनित को फ़ोन किया। रोनित एक मीटिंग में था पर स्क्रीन पर मिताली का नाम देखते ही वो उठ गया।

कई महीनों बाद मिताली का फ़ोन देख उसे यकीन नहीं हो रहा था। मीटिंग रूम से बाहर निकलते ही उसने कॉल लिया। उसकी आवाज़ ख़ुशी के मारे थरथरा रही थी, 'मिताली, कैसी हो तुम? मैं कबसे तुम्हारे फ़ोन का वेट कर रहा था।'

'मिस्टर पटेल, आपने रमोना को बोला न?'

'क्या?'

'यही कि उसकी शादी तक डाइवोर्स की बात न करूँ।'

'मिताली, कसम से यार, मैंने रमोना को ऐसा कुछ नहीं बोला।'

'देखिए, मिस्टर पटेल, किसी को बीच में इन्वॉल्व करने से कुछ नहीं होगा। मैं उसकी कोई बात नहीं टाल सकती लेकिन आप यह बात जान लीजिए कि अभी नहीं तो कुछ महीनों बाद ही सही, लीगली हमको अलग होना ही है।'

'लेकिन मिताली, मैं तुमसे अलग नहीं होना चाहता।'

'और मैं साथ नहीं रहना चाहती। आप रमोना और मेरे पेरेंट्स से मुझ पर प्रेशर डलवा कर मेरा प्यार कभी हासिल नहीं कर सकते। बेहतर होगा अपने आपको तैयार करें जिससे सब सहमति से चुपचाप हो जाए। जब कोई रिश्ता विश्वास खो दे तो उसे ख़त्म कर देना ही ठीक।' थोड़ा रुककर उसने कहा, 'पहले भी मुझे पाना आपके लिए प्रेस्टीज इशू था–कि ये मुझे छोड़कर कैसे जा सकती है।'

'मिताली, ऐसा नहीं है, तुम...' वो अपनी बात पूरी कर पाता उससे पहले मिताली ने रोनित की बात काट दी।

वो बेहद गुस्से में थी, 'कितना कमज़ोर था आपका भरोसा। फिर जब आपको पता चला कि इस बेचारी की तो कोई ग़लती थी ही नहीं तो आपने रिश्ते को बचाने की कोशिश शुरू कर दी। मुझे इस कोशिश में आपका प्यार नहीं, ईगो दिखता है। ये तो मेरी है... ये मुझे छोड़कर कैसे जा सकती है? मैं रोनित पटेल, इतने बड़े बिज़नेस एंपायर का मालिक, एक मामूली लड़की से कैसे हार सकता हूँ? मैं चाहूँगा तो वो मेरे साथ रहेगी और मैं नहीं चाहूँगा तो वो मेरे साथ नहीं रहेगी...बट इट्स टू लेट मिस्टर पटेल...'

रोनित को लगा उसके पैर जवाब दे रहे हैं। वो किसी तरह अपने केबिन तक पहुँचा और सोफे पर बैठ गया। एयरकंडीशनर अठारह डिग्री पर था पर वो पसीने-पसीने हो रहा था। उसने अपनी टाई की गाँठ ढीली की। मिताली बोले जा रही थी, पर उसे वो आवाज़ बहुत दूर से आती हुई मालूम हुई। जैसे वो अंधे कुएँ में गिर गया हो। कहीं से कोई रोशनी नहीं आ रही, सिर्फ़ बेचैन करने वाली आवाज़ें। उसकी आँखें मुँदती चली गईं और फ़ोन हाथ से छूट गया।

10

उसके लौट आने की आहट

'मिस्टर पटेल... मिस्टर पटेल... सुन रहे हैं न आप?'

रोनित सोफे पर बेहोश पड़ा था, उसका दायाँ हाथ नीचे हवा में लटक गया था। उसकी तरफ़ से कोई जवाब न पाकर मिताली ने फ़ोन काट दिया। उसे लगा रोनित ने गुस्से में जवाब देना बंद कर दिया है।

रोनित जब चुपचाप उसकी बातें सुनता और फिर निरीह हो माफ़ी माँगता, तब मिताली को अजीब सा सुकून मिलता था। वो फ़ोन को साइलेंट मोड पर रख कर सोने की कोशिश करने लगी। आजकल उसे मॉर्निंग सिकनेस होने लगी थी, इस वजह से नींद जल्दी खुल जाती। फिर एक बेचैनी, अकेलेपन का अहसास उसे घेर लेता। वो अपने आप को समझाती, कमज़ोर पड़ते मन को बहलाती। पर नींद की जगह एक छटपटाहट हो रही थी। वो उठ कर बैठ गई। मिताली ने माँ को आवाज़ लगाई। वनलता अगले ही पल उसके सामने थीं जैसे उसके पुकारे जाने के इंतज़ार में ही बैठी हों।

'क्या हुआ मीतू... तबियत ठीक नहीं। लेटी कैसे है?'

'नींद पूरी नहीं होती, सोना चाह रही थी पर न जाने क्यों बड़ी घबराहट हो रही। तुम थोड़ी देर मेरे पास बैठ जाओ, माँ।'

वनलता मिताली के करीब आ उसके सिर पर हाथ फेरने लगीं।

'प्रेगनेंसी में अक्सर ऐसा होता है, तू ज़्यादा सोचा मत कर। ला तेरे बालों में तेल लगा कर मालिश कर दूँ।'

'माँ, आप क्यों परेशान होती हो। मालिश तो शाम को बिन्नो कर देगी। आप बस मेरे पास बैठी रहो।'

वनलता मिताली को प्यार से देखते हुए हँस दीं, 'बिन्नो माँ के जैसी मालिश कर पाएगी?'

इससे पहले कि मिताली कुछ कहती, वनलता उठीं और थोड़ी देर बाद सरसों का गरम तेल लेकर लौटीं। मिताली का मन भीग गया। दोनों माँ-बेटी सहेलियों की तरह हँसी-मज़ाक करती रहीं। जब वो ख़ुद माँ बनने वाली थी तब माँ के साथ होने की एक अलग सुखद अनुभूति हो रही थी।

काफ़ी देर तक जब रोनित मीटिंग रूम में नहीं लौटा तो विमल कुमार ने उसे फ़ोन किया। पर फ़ोन नहीं उठाया गया। विमल रोनित के केबिन में पहुँचा तो रोनित को बेसुध पड़े देख सकते में आ गया।

'बॉस। रोनित सर!'

रोनित ने उसकी आवाज़ पर आँखें खोलने की कोशिश की पर वो तकलीफ़ में था। उसने सीने में दर्द का इशारा किया। विमल ने तुरंत कंपनी के मेडिकल ऑफिसर डॉ नवीन पन्त को बुलाया। नवीन पाँच मिनट के अंदर केबिन में थे। उन्होंने रोनित को अच्छी तरह से चेक कर एक इंजेक्शन दिया और एम्बुलेंस को कॉल किया।

रोनित को रेस्ट रूम में लिटा कर डॉ पन्त, विमल के पास आए, 'माइनर हार्ट अटैक आया है।'

विमल के चेहरे का रंग उड़ गया। मुसीबत पर मुसीबत आए जा रही थी। गम कभी अकेले नहीं आते, वो काफिले में आते हैं। एम्बुलेंस में रोनित ने विमल

का हाथ थाम कमज़ोर आवाज़ में कहा, 'किसी को कुछ बताने की ज़रूरत नहीं, विमल।'

विमल ने अपना सिर हिला दिया। 'लेकिन बॉस...मैडम को मालूम होना चाहिए।'

'वो प्रेग्नेंट है। पहले से ही नाराज़ है। मैं उसको परेशान नहीं करना चाहता... और न ही माधव को कुछ बताना।'

रोनित इंटेंसिव केयर में था। राघव, स्वीटी, स्वीटी का भाई, विमल हॉस्पिटल में मौजूद थे। इस ख़बर को बहुत सीक्रेट रखा गया था। स्ट्रेस की वजह से रोनित को हार्ट स्ट्रोक आया था। एंजियोप्लास्टी ज़रूरी थी। राघव ज़रूरत से ज़्यादा परेशान था। उसने डॉ नवीन पन्त को हार्ट इंटेंसिव केयर यूनिट से बाहर आते ही रोक लिया।

'नवीन ...मैंने आज तक डैड को कभी बीमार होते हुए नहीं देखा और एकदम से हार्ट अटैक...'

'फ़िटनेस के लेवल पर तो वो बहुत एक्टिव और एलर्ट थे। अभी बीपी भी काफ़ी बढ़ा हुआ है। स्ट्रेस में हैं बहुत। बट डोंट वरी, ही इज़ आउट ऑफ़ डेंजर।'

'ये सब मिताली की वजह से हो रहा है। डैड कबसे उन्हें मना रहे हैं। इतना भी क्या भाव खाना?'

राघव ने स्वीटी को चुप रहने का इशारा किया और विमल की तरफ़ देखा, 'अंकल। मिताली जी को यहाँ ले आइए।'

'बॉस ने हॉस्पिटल आते वक़्त मुझे मना कर दिया। वो नहीं चाहते कि मैडम इस हालत में परेशान हों!'

'हम्म... लेकिन डैड को उन्हें देख कर ही आराम आएगा।'

'जी बाबा... पर क्या कर सकते हैं?'

माहौल में तनाव बढ़ गया था। कई बार ज़िंदगी बहुत उलझ जाती है और कोई रास्ता नहीं सूझता। कुछ महीनों पहले तक राघव और स्वीटी दोनों मिताली से नफ़रत करते थे और चाहते थे कि वो किसी तरह रोनित की ज़िंदगी से चली जाए और आज वो उसके लौट आने की दुआएँ माँग रहे थे।

मिताली बार-बार मोबाइल उठा कर देख रही थी। दो दिन से रोनित का कोई कॉल या मैसेज नहीं आया था। जब भी मोबाइल रिंग करता, मिताली बेचैन होकर मोबाइल की तरफ़ भागती पर हर बार किसी और का कॉल होता। भले ही वो उसका फ़ोन नहीं उठाती थी पर रोज़ रोनित का फ़ोन उसकी आदत में शुमार हो गया था। पेपर प्रेस में जा चुका था। ऐसे में अभी वो एकदम ख़ाली थी और ख़ाली दिमाग में पुरानी यादें दस्तक दे रही थीं।

उसने मन बहलाने के लिए अपनी अलमारी में रखी पुरानी किताबें देखनी शुरू कीं। इन्हीं किताबों के बीच उसे अपनी एक पुरानी डायरी मिली। उसका हरे रंग का कवर अब फीका पड़ चुका था। उसकी धूल झाड़ते हुए मिताली अपने अतीत में पहुँच गई। कुछ कविताएँ जो उसने कई साल पहले लिखी थीं, जब वो बिकास के प्रेम में थी। तबसे अब तक कितना कुछ बदल गया था। शाम को जब रमोना आई तो वो अपनी डायरी लेकर उसके साथ छत पर चली आई। रमोना उसकी कविताएँ सुनना चाहती थी।

'यार मीतू, मुझे भी कुछ कविताएँ चाहिए अपने डॉक्टर को इम्प्रेस करने के लिए।'

'तू यह डायरी ही ले जा। प्रेम के चले जाने के बाद कविताएँ बेमानी लगती हैं, रसहीन लगती हैं। कभी कोई नया इंसान उस ख़ाली जगह को भरता है, फिर नयी कविताएँ जन्म लेती हैं। फिर दिल टूटता है और आख़िर इंसान रीत जाता, थक जाता, उसका प्रेम से भरोसा उठने लगता। आख़िर क्यों सब कुछ समर्पित करते हुए भी दो जिस्म एक जान नहीं हो पाते? शायद इसलिए लोग किस्मत को मानने लगे।'

'अरे यार तुझे तो फिसॉसफ़र होना चाहिए। कितना सोचती है। सुन एक किताब लिख। प्यार पर। बेस्ट सेलर हो जाएगी। लव एक ऐसा सब्जेक्ट है जो सब पढ़ना चाहते हैं।'

मिताली ने गहरी साँस ली। रमोना उसकी डायरी के पन्ने उलटने लगी। मिताली चटाई पर लेट कर आसमान की तरफ़ देखने लगी। शाम के रंग में डूबा हुआ लाल सा आसमान। घरों को लौटते हुए पक्षी। रमोना को जो कविता पसंद आती वो उसकी तस्वीर मोबाइल में खींच लेती। मिताली के होठों पर उदास मुस्कुराहट

फैल गई। कुछ लाइन्स उसके दिमाग में आने लगीं, वो धीरे-धीरे दोहराने लगी।

'कब तक सिर्फ़ तुझे इल्ज़ाम दूँ

बेहिसाब हैं मेरी उदासी के सबब।'

'वाह। क्या बात है, यह कब लिखा, डायरी में है?'

'यह बस अभी मन में आया।'

'बोल, मैं रिकॉर्ड करती हूँ।'

रमोना ने मोबाइल पर रिकॉर्डर ऑन कर मिताली को बोलने के लिए कोहनी मारी। मिताली ने दोहरा दिया। रमोना ने ताली बजाई।

'अंदर जो चल रहा उसे कागज पर उतार देने से दो फ़ायदे होते हैं।'

'वो क्या?'

'एक तो मन हल्का हो जाता और एक हम जैसे नए आशिकों की मदद हो जाती है।' कहते हुए रमोना ज़ोर से हँस पड़ी।

मिताली सिर्फ़ मुस्कुरा कर रह गई। रमोना मिताली के बगल में लेट गई।

'सुन डार्लिंग। रोज़ दो-दो लाइन मृत्युंजय को व्हाट्सऐप करूँगी। वो कहता है कि मैं बहुत खड़ूस हूँ। भले ही मेरा नाम "आर" से है पर मैं रोमांस का "आर" नहीं जानती।'

मिताली को उसकी बात सुन हँसी आ गई। मुंबई में संयोगिता और कोलकता में रमोना, उसके लाइफ़ सपोर्ट सिस्टम थे।

'आज सैंडी की बहुत याद आ रही है।'

'कहाँ है वो, तूने तो उसे अपने एक्सीडेंट के बारे में भी नहीं बताया।'

'वो अपने राहुल के साथ ऑस्ट्रेलिया चली गई है। शायद दिवाली पर इंडिया लौटेगी। मैं उसे डिस्टर्ब नहीं करना चाहती। उसने हमेशा मुझे बहुत प्यार दिया, अब उसकी ज़िंदगी में कोई प्यार बन के आया है तो मैं चाहती हूँ वो ख़ूब जिए, ख़ुश रहे। मेरी ज़िंदगी में तो प्रोब्लम्स आती ही रहेंगी, कब तक मैं दोस्तों को परेशान करती रहूँगी?'

'यार, तू उसकी ज़्यादा तारीफ़ न किया कर, मुझे जलन होती है।'

'हाहा। अरे यार कोई तुलना थोड़े है। दो आँखों में से एक को कोई चुन सकता है क्या? मैं तो बहुत लकी हूँ, तुम दोनों के आइटम डॉक्टर हैं। उसका डेंटिस्ट और

तेरे वाले का तो पूरा हॉस्पिटल ही है। मतलब ज़िंदगी भर इलाज मुफ़्त, जब चाहे बीमार पड़ो। बेटियाँ और जमाई संभालेंगे।'

'अच्छा मम्मी जी। अब मैं चलती हूँ।'

'अरे कुछ खा तो ले।'

'न रे! आज तेरे जीजा के साथ डेट पर जा रही हूँ।' रमोना अपने मोबाइल को चेक करने लगी और फिर एकदम से चहक उठी, 'देख, तेरी दो लाइन्स उसको मैसेज की थीं। उसने वाह-वाह लिख कर भेजा है।'

'शुक्रिया मैडम। ले जा डायरी, भेजती रहना उसको।'

'नहीं। यही आकर पढ़ूँगी।' रमोना ने मिताली को गले लगा कर चूमा और नीचे चली गई।

मिताली छत पर घूमने लगी। डायरी खोल अपनी कविताओं को दोहराने, गुनगुनाने लगी।

रोनित पटेल की एंजियोप्लास्टी हो गई थी। चार दिन हॉस्पिटल में रहने के बाद उनको घर भेज दिया गया। राघव और स्वीटी उनको पटेल विला ले जाना चाहते थे पर रोनित ने मना कर दिया।

'मैं मिरोमि जाऊँगा, मुझे अब वहीं अच्छा लगता है।'

'ठीक है डैड, मैं और स्वीटी आपके साथ वहीं रहेंगे, जब तक आप बिल्कुल ठीक नहीं हो जाते।'

'ओके, बेटा।'

रोनित घर आ गया। डॉक्टर ने उसे फ़ोन, टीवी, लैपटॉप से कुछ दिन दूर रहने को कहा था। सारे दिन वो आराम करने और किताबें पढ़ने में गुज़ार देता। मिताली की उसे बहुत याद आती पर उस दिन के बाद मिताली ने उसे कॉल नहीं किया। विमल उसके पास बैठा हुआ लैपटॉप पर कुछ काम कर रहा था। रोनित को पाछी चिकन सूप देकर गई थी। रोनित ने बेमन से सूप उठाया और एक चम्मच पिया।

'विमल, मिताली का फ़ोन आया तुम्हारे पास?'

'नहीं।'

'ये भी नहीं सोचा उसने कि अचानक फ़ोन कैसे कट गया। बहुत ज़िद्दी है। अब जब तक उसे मेरी याद नहीं आएगी, मैं भी फ़ोन नहीं करूँगा।'

'बॉस, आप अभी बिल्कुल टेंशन न लें। भगवान पर छोड़ दें। पहले आपका ठीक होना ज़रूरी है।'

'मैं ठीक ही हूँ, मामूली सा हार्ट अटैक था, यार। तुमने तो मुझे एकदम मरीज़ बना दिया!'

'दस दिन कम-से-कम आराम कीजिए। कई महीनों से स्ट्रेस में हैं आप। अब तो दिल ने भी एलर्ट कर दिया है। कोई लापरवाही नहीं होने दूँगा मैं।'

विमल का लहज़ा पहली बार आदेशात्मक था। रोनित चुप रहा। विमल ने फिर से अपना सिर लैपटॉप में घुसा लिया पर उसके मन में उथल-पुथल मच गई, वो किसी तरह मिताली तक बात पहुँचाना चाहता था, उसे या उसके पेरेंट्स तक, दोस्तों को बिना फ़ोन किए। किसी और से मालूम पड़े और ऐसे जैसे कि ख़बर छुपाते-छुपाते लीक हो गई हो। उसके लिए रोनित से ज़रूरी कुछ नहीं था ज़िंदगी में, वो उसे हर तरह से ख़ुश देखना चाहता था। रोनित को दवाइयाँ देकर वो ऑफिस चला गया। हालाँकि रोनित के पास 24 घंटे की नर्स थी पर सुबह की दवाई विमल ख़ुद रोनित को देता था और शाम को राघव या स्वीटी यह काम करते। राघव और स्वीटी फिर से रोनित के करीब आने लगे थे। लेकिन जीवनसाथी की कमी कोई पूरी नहीं कर सकता। रोनित बहुत ख़ामोश रहने लगा था, रोज़ सुबह उसको योग और मेडिटेशन कराने एक इंस्ट्रक्टर आने लगा था। रोनित भी ज़िंदगी को नए ढंग से समझने की कोशिश कर रहा था।

मिताली ने सुबह उठ कर ब्रश ही किया था कि मोबाइल बजने लगा। मिताली किचन में कॉफ़ी उबलती छोड़ कर अपने कमरे की तरफ़ बढ़ी।

'इतनी सुबह कौन फ़ोन कर रहा है?'

स्क्रीन पर बिकास लिखा देख वो चौंक गई। उसने हिचकिचाते हुए फ़ोन उठा लिया।

'मॉर्निंग मिताली!'

'गुड मॉर्निंग... इतनी सुबह?'

'सॉरी पर जैसे ही पता लगा रुका नहीं गया। अब कैसे हैं मिस्टर पटेल?'

मिताली का दिमाग घूम गया। वो सोचने लगी कि बिकास किस बारे में बात कर रहा है। एक सेकेंड में कई ख़याल उसके दिमाग में आकर गुज़र गए।

'मतलब?'

'मुझे अभी सोशल मीडिया से पता चला। तुम तो बताती नहीं और वैसे भी क्यों बताओगी। प्लीज़ टेक केयर।'

मिताली समझ नहीं पा रही थी कि हुआ क्या है। पर वो बिकास के सामने कुछ शो नहीं करना चाहती थी।

'थैंक्स।'

मिताली ने फ़ोन कट कर दिया। उसकी धड़कनें बढ़ गईं। क्या हुआ होगा रोनित को। कहीं वो... नहीं-नहीं...

उसने तुरंत गूगल पर "रोनित पटेल" सर्च किया।

"प्रसिद्ध उद्योगपति को कार्डियक अरेस्ट"

उसने लिंक खोला। पूरी ख़बर पढ़ते-पढ़ते उसकी नज़र धुंधली हो गई। उसकी आँखों से आँसू निकल पड़े। ख़बर का पक्का सोर्स नहीं था। पटेल कंपनीज़ की तरफ़ से कोई ऑफ़िशियल स्टेटमेंट नहीं था। मिताली का दिल बैठने लगा। उसने रोनित का नंबर मिलाया पर डायल करते ही काट दिया। वो समझ नहीं पा रही थी कि क्या करे। वो रोनित के बारे में जानना भी चाहती थी और उससे बात भी नहीं करना चाहती थी। उसका मन छटपटाने लगा। वो उधेड़बुन में ही थी कि सुजोय कॉफ़ी का मग लेकर दाखिल हुए, 'गैस पर कॉफ़ी उबलती हुई छोड़ आई और दूध भी फैल गया।'

मिताली उनको देख हड़बड़ा गई। वो तुरंत उठ कर अलमारी में कुछ ढूँढ़ने की एक्टिंग करने लगी ताकि उसे अपने आँसू पोंछने का मौका मिल जाए।

'ओह बाबा! वो मैं किसी काम से अंदर आ गई, फिर भूल गई थी। आजकल भूलने की आदत हो गई है मेरी।'

'कोई बात नहीं, तेरा बाबा है न याद दिलाने को। ले, कॉफ़ी पी ले।'

मिताली मुड़ी और उसने मुस्कुराते हुए कॉफ़ी उनके हाथ से ले ली। 'माँ उठ गईं?'

'हाँ, अभी टॉयलेट में है।'

मिताली ने कॉफ़ी का एक घूँट भरा तो उसे कुछ याद आया, 'बाबा आपके लिए चाय बना दूँ?'

'नहीं अभी वनलता को आने दो।'

सुजोय बाहर जाने लगे। फिर अचानक रुक मिताली की तरफ़ ध्यान से देखा। मिताली कॉफ़ी पीते हुए पुराना अख़बार देख रही थी।

'ये तो कल का पेपर है।'

'जी बाबा। वो वो... एक आर्टिकल पढ़ रही थी। बड़ा इंटरेस्टिंग है। गोल्डन मिल्क यानि हल्दी वाला दूध पीने के फ़ायदे।' मिताली एकदम से हकला गई।

'मीतू... किसका फ़ोन आया था अभी? क्या बात है?'

मिताली एकदम से चौंक गई। उसके गले में जैसे कुछ अटक गया। बाबा से झूठ बोलना आसान नहीं और वैसे भी उसके मोबाइल की रिंग टोन इतनी तेज़ है कि दो घरों तक सुनाई दे। उसने बोलने की हिम्मत जुटाई, 'बिकास का फ़ोन आया था।'

'वो क्यों फ़ोन कर रहा है तुमको?' सुजोय का पारा चढ़ गया।

'बाबा, रोनित को हार्ट अटैक आया है। ख़बर पढ़ कर उसने हाल पूछने को फ़ोन किया।'

'हार्ट अटैक... कब? कैसे हैं वो?'

'पता नहीं, ख़बर आज ही आई है। अफ़वाह भी हो सकती है, कोई ऑफ़िशियल लैटर या कन्फर्मेशन नहीं हॉस्पिटल या पटेल कंपनीज की तरफ़ से।'

'और तुम कल के पेपर में हल्दी दूध पीने के फ़ायदे पढ़ रही हो? इतनी हार्टलेस कैसे हो सकती हो? वो पति है तुम्हारा... तुम्हारे होने वाले बच्चे का बाबा है।'

मिताली नाराज़ होकर बोली, 'बाबा प्लीज़। उससे मेरा और मेरे बच्चे का अब कोई रिश्ता नहीं।'

'वो बेचारा कितनी बार माफ़ी माँग चुका है, अब क्या जान लोगी उसकी? ऐसे वक़्त में तो दुश्मन भी हाल पूछते हैं और तुम तो अभी भी उसकी पत्नी हो।'

मिताली कुछ नहीं बोली। सुजोय न जाने क्या-क्या बोलते गए। उनकी आवाज़ सुन वनलता घबराई हुई सी तौलिये से मुँह पोंछती हुई कमरे में दाखिल हुईं। उनको देख सुजोय एकदम से चुप हो गए।

'क्या हुआ, सुबह-सुबह क्यों चिल्ला रहे हो?'

दोनों में से कोई कुछ नहीं बोला।

'क्या हुआ? बोलो?'

'रोनित को हार्ट अटैक हुआ है और मैडम को कोई फ़र्क नहीं पड़ रहा।' रोष से सुजोय बोले।

'दुग्गा दुग्गा... कब? फ़ोन करो। पूछो कैसे हैं।'

'एक हफ्ते पहले।'

सुजोय की रोनित को कॉल करने की हिम्मत न हुई। उन्होंने विमल कुमार को फ़ोन मिला दिया।

रोनित मैडिटेशन करने के बाद उठा ही था कि विमल मुस्कुराता हुआ उसके सामने आया।

'अरे, आज बहुत मुस्कुरा रहे हो... वैसे तो हमेशा हिटलर बने रहते हो।'

'गुड मॉर्निंग बॉस। पहले मेडिसिन लीजिए।'

रोनित दवाइयाँ लेने के बाद रोलिंग चेयर पर बैठ गया। विमल ने मिताली को फ़ोन मिलाया, मिताली ने फ़ोन उठाया तो विमल ने फ़ोन रोनित को पकड़ा दिया।

'हेल्लो। हेल्लो। विमल जी।'

रोनित मिताली की आवाज़ सुन एकदम से हैरान तो हुआ लेकिन फिर संभल गया। विमल मुस्कुराता हुआ कमरे से बाहर निकल गया।

'हेलो।'

रोनित के हार्ट अटैक की ख़बर के बाद, उसकी आवाज़ सुन मिताली को कुछ सुकून मिला। रोनित भी उसकी आवाज़ सुन मन-ही-मन विमल का शुक्रिया अदा कर रहा था। वो समझ गया था कि विमल ने उसके मना करने के बावज़ूद यह ख़बर मिताली तक पहुँचा दी। कुछ पल ख़ामोश रहने के बाद मिताली ने बात शुरू की।

'कैसे हैं आप?'

'ठीक हूँ, तुम कैसी हो मिताली?'

'कौन डॉक्टर देख रहा है? डाइट? एक्सरसाइज़? तुम इतने केयरलेस क्यों हो, अपनी हेल्थ को लेकर?'

'इतने सवाल पूछने हैं तो सामने आकर धीरे-धीरे पूछो। ज़्यादा बोल नहीं सकता, थक जाता हूँ।'

रोनित की बात सुन मिताली का दिल एक धड़कन भूल गया हो जैसे। उसको लगा वो ज़्यादा ही बोल गई। ऐसे वक़्त में उसे रोनित के साथ होना चाहिए। पर वो तो रोनित से अलग होना चाहती है, उससे बेहद नाराज़ है। वो बहुत कुछ कहना चाहती थी पर उसने अपने आप को रोका।

'ख़याल रखिए अपना...'

'कोशिश करूँगा।'

रोनित निराश हो गया, मिताली ने आने की बात का कोई जवाब नहीं दिया। पर उसकी आवाज़ सुनने के बाद वो बेहतर महसूस कर रहा था। हज़ारों लोग मिल कर भी मिताली की कमी को भर नहीं सकते थे। वो जानता था कि मिताली का प्यार जितना गहरा है, उसकी नाराज़गी भी उससे कम गहरी नहीं।

उसने मिताली को मनाने की हर संभव कोशिश कर ली पर उसको पिघलाना आसान नहीं। कई महीनों बाद मिताली ने उससे ठीक से बात की थी, यही उसके लिए फिलहाल बहुत बड़ी बात थी।

मिताली रोनित से बात करने के बाद बहुत बेचैन हो गई। जितने समय वो साथ थे, उसने कभी रोनित को बीमार नहीं देखा था। यहाँ तक कि उसे कभी सिरदर्द

भी नहीं होता। अपनी उम्र से ज़्यादा फ़िट, ऊर्जा से भरा हुआ, ख़ुशमिज़ाज, फ़न लविंग। पर आज उसकी थकी हुई आवाज़ सुन मिताली को बड़ा अजीब सा लगा। उसकी फ़िटनेस और पॉज़िटिविटी पर ही तो फ़िदा हुई थी वो।

आज उसका रमोना के साथ शॉपिंग पर जाने का प्लान था, पर अब उसका बिल्कुल मन नहीं था। वो सुबह से सोचते-सोचते बहुत थका हुआ महसूस करने लगी। उसने रमोना को फ़ोन लगाया, 'रमोना, रोनित को हार्ट अटैक हुआ था कुछ दिन पहले।'

'क्या, कब? कैसे हैं वो? तू ठीक है न?' रमोना एक ही साँस में कई सारे सवाल पूछ गई।

'लंच पर आ जा... मिल के बात होगी।'

रमोना रोनित के हार्ट अटैक के बारे में जान कर बेहद परेशान हुई, उसने मृत्युंजय को बताया। मृत्युंजय ने रोनित को फ़ोन किया। रोनित ने उसे भी मिताली से मिलने की इच्छा ज़ाहिर की। दोपहर में रमोना और मृत्युंजय दोनों मिताली के घर पहुँच गए। वनलता ने खाना बना लिया था। मिताली गुमसुम सी अपनी डायरी में कुछ लिख रही थी। दोनों को देखते ही उसने डायरी बंद कर दी। मृत्युंजय ने उसका चेकअप किया।

'बीपी बढ़ा लिया है मैडम? मेडिसिन ली आज?'

वनलता कमरे में आ गई थीं, 'अरे इसने सुबह से कुछ नहीं खाया।'

रमोना ने हैरानी से मिताली की तरफ़ देखा, 'क्यों नहीं खाया?'

'जी घबरा रहा था।'

मृत्युंजय और रमोना ने एक-दूसरे की तरफ़ देखा। मृत्युंजय ने अपने बैग से निकाल कर एक स्ट्रिप रमोना को दी, 'यह खिला दो एक गोली और फिर खाना खाते हैं।'

रमोना ने बेड की साइड टेबल पर रखी बोतल उठाई। गोली मिताली की हथेली पर रख दी। मिताली ने गोली मुँह में रखी और रमोना के हाथ से बोतल ले पानी पिया।

'तुम लोग खाना खा लो। अभी मेरा मन नहीं। आज माँ ने तेरी पसंद का खाना बनाया है।'

'मैडम इस कंडीशन में आपको इतनी देर भूखा नहीं रहना चाहिए। रोनित से मिल आओ, वो तुम्हारे भूखे रहने से नहीं, तुम्हारे देखने से ठीक होगा।' मृत्युंजय ने बड़ी सहजता से वो बात बोल दी, जिसे कहने में रमोना और वनलता कतरा रहे थे।

'ऐसी कोई बात नहीं है, मृत्युंजय। मुझे मिस्टर पटेल से नहीं मिलना, एक बार फ़ोन पर तो हाल-चाल पूछ ही लिए।'

'ये तो बड़ा अहसान किया तूने उनको फ़ोन करके। ये तेरा घमंड तुझे ले डूबेगा।' रमोना नाराज़ हो कमरे से बाहर निकल गई। मृत्युंजय चुपचाप वहीं बैठा रहा, 'मिताली, चलो यार, कुछ खिला दो, फिर मुझे हॉस्पिटल निकलना है। पेशेंट्स को बीच में छोड़ कर आया हूँ ख़ास तुम्हारे लिए।'

मिताली उसकी इस बात को सुन उठ गई। खाना खाते वक़्त रमोना ने मिताली से बिल्कुल बात नहीं की और बाकी सबसे बोलती रही। चलते वक़्त भी रमोना माँ-बाबा से गले मिली और मिताली को बाय तक नहीं बोला। हालाँकि मृत्युंजय ने ज़रूर मिताली को हग किया।

कार में बैठते ही मृत्युंजय रमोना पर नाराज़ हुआ, 'यार तुमको मिताली से ऐसे पेश नहीं आना चाहिए था। वो परेशान है।'

'उसकी साइड मत लो। वो अपने नेचर की वजह से परेशान है।'

'मैं साइड नहीं ले रहा। तुमसे वो बहुत प्यार करती है। तुम उससे नाराज़ हो जाओगी तो उसके लिए प्रॉब्लम होगी।'

'मृत्युंजय, अब ज़रूरी है नाराज़ होना। ऐसी भी क्या ज़िद।'

'मिताली को सोचने दो। मुझे लगता है वो ज़रूर जाएगी उनसे मिलने।'

'सच? तुमको लगता है?'

मृत्युंजय ने हाँ में सिर हिलाया।

'पर वो आसानी से नहीं जाएगी इसलिए मैं उससे बात नहीं कर रही हूँ। उसको यह अहसास होना भी ज़रूरी है कि वो हमेशा सही नहीं और रिश्तों में ज़िद नहीं चलती।'

शाम बड़ी उदास सी थी। मिताली छत पर टहल रही थी। अगस्त का महीना। यही तो मौसम था जब मिताली और रोनित पहली बार सिंगापुर में करीब आए थे। आसमान पर घने बादल छाए हुए थे, हल्की बूंदाबांदी होने लगी थी पर मिताली खड़ी रही।

रोनित से उसकी नाराज़गी जायज़ थी पर फिर क्यों मिताली का मन उसके लिए इतना बैचैन है, क्यों उसे रोनित की फ़िक्र सता रही है? क्यों वो सुबह से एक पल चैन नहीं पा रही? क्यों? जब रोनित के साथ रहना ही नहीं तो मुझे उसके होने-न-होने से क्या फ़र्क पड़ता है? उसकी मुहब्बत उसकी नाराज़गी पर भारी क्यों पड़ रही? क्या अभी भी उसके मन में कुछ है? बारिश तेज़ होने लगी तो सवालों का बोझ लिए मिताली सीढ़ियाँ उतरने लगी।

पूरे दिन कश्मकश में रहने के बाद आख़िर आधी रात में अचानक मिताली ने फ़ैसला किया कि वो रोनित को देखने मुंबई जाएगी। मोबाइल पर उसने टिकट बुक किया और रात में ही पैकिंग भी कर ली। उसके बाद ही उसे नींद आई।

सुबह जब वनलता उठीं तो मिताली तैयार थी। उसका छोटा सा लाल सूटकेस भी ड्राइंग रूम में रखा हुआ था।

'अरे मीतू, इतनी सुबह कहाँ जा रही है?'

'मुंबई।'

'जमाई बाबू को देखने?'

'नहीं, अमिताभ बच्चन को मिलने।' वनलता का मुँह देख वो हँसने लगी, 'हाँ माँ, उनको ही देखने जा रही हूँ। रात तक लौट आऊँगी।'

'इतनी जल्दी?'

'सिर्फ़ देखने जा रही हूँ, वहाँ रहने नहीं।'

वनलता चुप हो गईं, ज़्यादा सवाल पूछने की उनकी हिम्मत न हुई। पर वो मन-ही-मन बहुत ख़ुश थीं कि कम-से-कम मिताली जा तो रही है।

मिरोमि में आज सुबह से ही चहल-पहल थी। सुबह जैसे ही विमल ने मोबाइल देखा, मिताली का मैसेज पाकर वो खिल गया। उसने पाछी को मिताली के आने की ख़बर दी। पाछी और कैलाश सुबह से ही घर की सफ़ाई में लगे हुए थे। रोनित को अभी तक कुछ बताया नहीं गया था। वो उन्हें सरप्राइज़ देना चाहते थे। पाछी सब मिताली की पसंद का खाना बना रही थी। कई महीने से उसने न मिताली को देखा था, न बात की थी। उसने आज अपने बच्चों को स्कूल तक नहीं भेजा था। जब पाछी रोनित को सूप देने आई तो उसने विमल के बारे में पूछा।

'आज न योगा टीचर आया और न विमल। फ़ोन भी नहीं उठा रहा।'

'साब, वो ज़रूरी काम से गए हैं।'

पाछी ने दवाइयाँ रोनित की तरफ़ बढ़ा दीं। रोनित ने दवाइयाँ खा लीं और टेबल पर रखे अख़बार देखने लगा। पाछी चुपचाप बाहर चली गई, उसे डर था कहीं उसकी मुस्कुराहट से मिताली के आने का राज़ न खुल जाए। विमल, राघव और स्वीटी मिताली को लेने एयरपोर्ट पहुँचे। करीब बारह बजे वो एयरपोर्ट से बाहर आई। आसमानी रंग के कुरते और गहरे नीले रंग के प्लाज़ो में मिताली नीली झील की तरह शांत और ख़ूबसूरत लग रही थी। उसके बाल खुले हुए थे। सामने राघव और स्वीटी को देख उसे अजीब सा महसूस हुआ। जो लोग उसकी परछाईं से भी चिढ़ते थे, आज उसको एयरपोर्ट लेने आए हैं।

विमल ने बढ़ कर मिताली का सूटकेस ले लिया, 'सर को अभी आपके आने के बारे में नहीं बताया।'

मिताली ने थोड़ी हैरानी से उसकी तरफ़ देखा। इससे पहले कि विमल कुछ कहता, स्वीटी चहकी, 'हम उनको सरप्राइज़ देना चाहते थे।'

विमल ने कार का दरवाज़ा खोला। मिताली और स्वीटी पीछे बैठे। राघव और विमल आगे। विमल ड्राइविंग सीट पर था। घर पहुँचने तक फिर उनके बीच कोई बात नहीं हुई।

कार जैसे ही मिरोमि में घुसी, मिताली को घबराहट होने लगी, जैसे उसका कोई इम्तिहान हो जिसकी उसने बिल्कुल तैयारी नहीं की। बारिश के मौसम की वजह से हरियाली और बढ़ गई थी। पाछी, उसके बच्चे और कैलाश बाहर ही खड़े थे। जैसे ही मिताली कार से बाहर आई, बच्चे मिताली से लिपट गए।

'आंटी आप कितने दिनों बाद आईं। हमने आपको बहुत मिस किया!'

मिताली ने उन्हें प्यार से चूमा। पाछी और कैलाश ने नमस्ते किया। उनके चेहरे की ख़ुशी देखते ही बनती थी। मिताली ने उनका हाल-चाल पूछा।

मिताली को लेकर विमल रोनित के बेडरूम की तरफ़ बढ़ा। राघव और स्वीटी ड्राइंग रूम में ही रुक गए। विमल ने गेट को धीरे से खोल मिताली को अंदर जाने का इशारा किया।

मिताली की धड़कनें कुछ बढ़ी हुई थीं। रोनित बिस्तर पर सफ़ेद टी शर्ट और ग्रे ट्रैक पेंट में अधलेटा था। उसने आँखें बंद कर रखी थीं। चेहरे पर चश्मा चढ़ा हुआ था। उसके पेट पर एक अधखुली किताब थी। मिताली ने नाम पढ़ने की कोशिश की। रविंद्रनाथ टैगोर का उपन्यास *गोरा*।

मिताली ने सोचा, अरे ये तो मेरे कलेक्शन में से है, रोनित कबसे इस टेस्ट की बुक्स पढ़ने लगा?

वो कुछ सेकेंड चुपचाप खड़ी रही। रोनित को जगाए या न जगाए... फिर वो सोफे पर बिना आहट किए बैठ गई। कमरे पर एक नज़र दौड़ाने के बाद उसकी नज़र दोबारा रोनित पर आ टिकी। कान के पास कलम के बाल कुछ ज़्यादा सफ़ेद दिख रहे थे। पहले से वजन भी कम लग रहा था। अचानक रोनित ने आँखें खोल दीं और इधर-उधर देखा। मिताली को देख वो एकदम से चौंक गया और हड़बड़ा कर उठ गया।

मिताली ने उसे देख मुस्कराने की कोशिश की, 'आराम से लेटे रहिए। कैसे हैं आप?'

रोनित को जैसे उसके सामने होने पर यकीन नहीं आ रहा था, 'कब आईं? अचानक? बताया होता, कोई लेने आ जाता।'

मिताली इस बात पर चुप रही। रोनित ने गहरी साँस ली, बुकमार्क लगा कर किताब साइड में रखी और बेड से उठ कर मिताली के पास आ गया। मिताली उठने ही वाली थी कि रोनित ने उसे बैठे रहने का इशारा किया, 'प्लीज़, बैठो।'

रोनित उसके सामने वाले सोफे पर बैठ गया, मिताली दूसरी तरफ़ देखती रही। पर रोनित उसी की तरफ़ देख रहा था। मिताली ने थोड़ा वेट गेन किया था। रंग पहले से ज़्यादा गुलाबी नज़र आ रहा था। आँखों में भरा हुआ काजल उनकी गहराई बढ़ा रहा था। रोनित उसको देख कर बहुत ख़ुश था।

'बहुत ख़ूबसूरत लग रही हो। मैंने सुना है, जब सुन्दरता बढ़ जाती है तो बेटी होती है।'

रोनित उठ कर उसके करीब आकर बैठ गया, 'एक बार अपने बच्चे को छूना चाहता हूँ। प्लीज़, मिताली।'

मिताली ने उसकी तरफ़ गौर से देखा और एक नाराज़गी उसके चेहरे पर उभर आई, 'आपका बच्चा? मिस्टर पटेल शायद आप भूल गए हैं, इसी कमरे में आपने मुझसे कहा था... अब... यह सिर्फ़ मेरा बच्चा है। वो हक आप खो चुके। प्लीज़... आप बीमार हैं कोई ऐसी डिमांड न करें कि मैं आपको मना करूँ। '

रोनित कुछ कहते-कहते रुका और गहरी साँस लेकर उठ गया, 'मैं तुमसे हार गया, मिताली।'

मिताली ने सबके साथ लंच किया। थोड़ी बहुत फॉर्मल बातें कीं। बहुत रोकने के बावजूद उसी शाम वापस कोलकता लौट गई। विमल के साथ रोनित उसे एयरपोर्ट तक छोड़ने भी गया। मिताली ने जब एक बार मुड़ कर उसे हाथ हिलाया तो रोनित की आँखें डबडबा गईं। उसका दिल चाहा कि उसे हाथ पकड़ कर रोक ले पर वो चाहता था, मिताली अपनी इच्छा से लौट आए। फिलहाल वो यह जान कर सुकून में था कि मिताली के मन में अभी भी कुछ तो बचा है। तभी वो उसे

इतना दूर देखने आई। मिताली हवा के झोंके की तरह आई थी जो अपनी ख़ुशबू छोड़ गया था। जीते तो सभी हैं पर प्यार हमारा जीना आसान और ख़ूबसूरत कर देता है। रोनित को उसके वापस आ जाने की उम्मीद बढ़ गई थी।

वो ख़ुश था, बहुत ख़ुश!

मिताली का मन भी हल्का हो गया था। कई बातें उसके मन में उमड़ रही थीं, कई बार वो रोनित से लड़ना चाहती थी, उसे सुनाना चाहती थी। पर फिर वो ख़ुद को रोक लेती। कई बार जब शिकायतें और पीड़ाएँ बहुत बढ़ जाती हैं तो बोला ही नहीं जाता। कितनी भी नाराज़गी हो लेकिन जब तक प्रेम जिन्दा होता है वो भीतर कहीं दबा-छुपा सुलगता रहता है। वो उसी को देखना चाहता है जिसने उसे पीड़ा दी है।

एक महीना गुज़र गया। रोनित ने फिर से ऑफिस जाना शुरू कर दिया था। मिताली और रोनित की हफ़्ते में एक बार बात होने लगी थी। रमोना और मृत्युंजय की शादी करीब आ रही थी। शादी के कार्ड छप गए थे। मिताली भी अब ज़्यादा उत्साहित रहने लगी थी। पुचु के आने का इंतज़ार, रामी इकोनॉमिक टाइम्स का सर्कुलेशन बढ़ने के साथ-साथ अकाउंट में पैसा आने लगना, माँ-बाबा का माता-पिता से ज़्यादा दोस्त बन जाना... ज़िंदगी भले ही परफेक्ट न हो पर इतनी बुरी भी नहीं थी।

उस शाम रमोना और मिताली मृत्युंजय के घर की छत पर बैठे वाइन पी रहे थे। मिताली के पास जूस का ग्लास था। मृत्युंजय का फ़ोन आया तो वो उठ कर एक तरफ़ बात करने चला गया। टेबल पर शादी के कार्ड बिखरे पड़े थे। रमोना उन पर नाम लिखती जा रही थी और साथ में वाइन के घूँट भी लेती जा रही थी।

उसने मिताली की तरफ़ देखा, 'ले एक घूँट चख ले, वरना नज़र लगाएगी मेरी वाइन पर।'

मिताली उसकी बात पर हँस पड़ी, 'अरे, पी ले तू। बच्चे के आने तक बिल्कुल नहीं।'

'वाह... क्या डिसिप्लिन है, मैं तो तुझे आज़मा रही थी डियर।'

मृत्युंजय ने वापस आ अपना ग्लास उठाकर फ़रमाया, 'आज़माना मत, आज़माने से कोई अपना नहीं रहता।'

रमोना और मिताली दोनों खिलखिला के हँस दीं।

'सब आपकी कविताओं का असर है, मिताली जी, आजकल पेशेंट्स को दवाइयों से ज़्यादा आपकी कविता देता हूँ। बेचारे डर के मारे ही ठीक हो जाते हैं।'

रमोना की उसकी इस बात पर हँसी नहीं रुक रही थी।

मिताली भी धीमे-धीमे मुस्कुरा रही थी, 'रमोना, ये तेरा होने वाला पति मेरे हाथ से पिट जाएगा...'

मृत्युंजय ने अपने कान पकड़ माफ़ी माँगने का इशारा किया, 'आपके लिए जान हाज़िर है, साली साहिबा।'

'अच्छा-अच्छा बहुत हो गई नौटंकी। जल्दी-जल्दी से नाम लिखो यार! यह भी क्या ज़िद कि कार्ड पर अपने हाथ से नाम लिख कर भेजूँगी।'

'यार, अपनापन सा लगता है। वैसे भी गिनती के लोग बुला रहे हैं, उनको लगना भी चाहिए न कि बड़े प्यार-मनुहार से बुलाया गया। वरना आजकल तो कई लोग तो व्हाट्सऐप पर ही कार्ड भेजने लगे हैं।'

'अच्छा, बाबा। तू मुझे बताती जा जल्दी-जल्दी, मैं लिस्ट में टिक करती जाती हूँ।'

रमोना नाम लिखे कार्ड्स को पढ़-पढ़ कर एक तरफ़ रखती जा रही थी, मिताली लिस्ट में निशान लगाती जा रही थी। अचानक रोनित पटेल का नाम आते ही वो रुक गई।

'रोनित? तू उन्हें क्यों बुला रही है?' मिताली की आवाज़ में थोड़ी तल्खी थी।

मृत्युंजय और रमोना एकदम से शांत हो गए। कुछ सेकेंड्स के लिए सन्नाटा छा गया। मिताली कॉपी-पेन को टेबल पर रख उठ खड़ी हुई और छत के एक कोने से नीचे झाँकने लगी। रमोना और मृत्युंजय ने एक-दूसरे की तरफ़ देखा। मृत्युंजय ने कॉपी-पेन उठाया और रमोना नाम बोलने लगी। दोनों इस तरह दिखा रहे थे जैसे उनको मिताली की नाराज़गी से कोई फ़र्क नहीं पड़ रहा।

आज रमोना की मेहँदी थी। मृत्युंजय के पिता डॉ अर्जुन घोष गहरे नीले रंग की शेरवानी में बिल्कुल अलग ही लग रहे थे। आज से पहले सबने उन्हें सिर्फ़ सफ़ेद कुरते-पाजामे में ही देखा था। अपनी पत्नी की मृत्यु के बाद से वो सिर्फ़ वही पहनते आए थे। उनका यह बदला रूप मृत्युंजय के लिए भी सरप्राइज़ था। उसने उनको देखते ही गले लगा लिया। गीत संगीत, नाच, धमाल। लगभग सभी मेहमान आ चुके थे। संयोगिता भी राहुल के साथ ऑस्ट्रेलिया से आई थी। बस रोनित नहीं आया था। सबके होते हुए भी मिताली को रोनित की कमी महसूस होने लगी।

मिताली सोचने लगी, *क्या मेरी नाराज़गी के बाद इन लोगों ने उनको इनवाईट नहीं किया होगा? मैं भी तो यही चाहती थी कि रोनित पटेल न आए। फिर क्यों उसका इंतज़ार कर रही हूँ?*

अचानक अपना नाम सुनकर उसकी तन्द्रा टूटी। स्टेज पर संयोगिता डटी हुई थी। 'अब मिताली की स्पेशल परफॉरमेंस "मेहँदी है सजने वाली" ख़ास हमारी दुल्हन रमोना के लिए।'

सब तालियाँ बजाने लगे। मिताली का मन बुझा हुआ था, पर वो उठी, इस डांस की पिछले कई दिनों से वो प्रैक्टिस कर रही थी। महरून रंग की राजपूती ड्रेस उसने ख़ास इस डांस के लिए ही बनवाई थी। लाइट्स ऑफ हो गईं। फिर जब पर्दा खुला और लाइट्स ऑन हुईं तो मिताली स्टेज पर थी। सब मंत्रमुग्ध हो उसका नृत्य देख रहे थे। कोई बंगाली इतना सुन्दर राजस्थानी डांस कर सकती है... देख कर सब हैरान थे। राजपूती पोशाक में मिताली का पेट ख़ास नज़र नहीं आ रहा था। उसके डांस के दौरान और बाद में देर तक तालियाँ बजती रहीं।

डॉ घोष तो उसके साथ डांस करने स्टेज पर ही पहुँच गए। रमोना और वनलता की आँखें भीग गई थीं।

मिताली डांस करने के बाद वॉशरूम में गई और अपना मुँह धोया। वो बेहद थका हुआ महसूस कर रही थी। बाहर हॉल में आकर वो एक कोने में रखे सोफे पर बैठ गई। स्टेज पर मृत्युंजय के दोस्त नाच रहे थे। बड़ा हुल्लड़ हो रहा था।

कहीं उनकी तबियत तो ख़राब नहीं हो गई? मिताली को फिर रोनित का ख़याल आया।

उसने फ़ोन निकाला और रोनित का नंबर मिला दिया। फ़ोन पर रिंग जाती रही पर रोनित की तरफ़ से फ़ोन नहीं उठाया गया। मिताली ने थोड़ी देर बाद दोबारा फ़ोन मिलाया। पर कोई जवाब नहीं था। उसके मन में उथल-पुथल सी मची हुई थी। आज तक ऐसा नहीं हुआ था कि रोनित उसका फ़ोन न उठाए।

मिताली ने ख़ुद को समझाया। वैसे भी मुझे रमोना की शादी के बाद उससे अलग ही होना है, वो आए, न आए। मुझे क्या मतलब। फालतू ही इतना उसके बारे में सोच रही हूँ।

तभी संयोगिता उसकी तरफ़ भागती हुई आई, 'यार यहाँ कोने में क्यों बैठी है? चल दूल्हा-दुल्हन की परफॉरमेंस होने वाली है। देखते हैं तूने कैसा डांस सिखाया उनको!'

संयोगिता ने उसे स्टेज के सामने वाले सोफे पर बैठा दिया। माँ और बाबा भी बगल में बैठे थे। वो अनमनी सी बैठी रही। रमोना और मृत्युंजय दोनों स्टेज पर थे। पीले रंग के डिज़ाइनर लहँगे में रमोना और गहरे हरे रंग की शेरवानी में उसका डॉक्टर। तालियाँ, सीटियाँ बजने लगीं। मृत्युंजय, रमोना के मुकाबले ज़्यादा अच्छा डांस कर रहा था। मिताली को दोनों पर बेहद प्यार आया। डांस के बाद उन्होंने स्टेज से मिताली को थैंक यू बोला। संयोगिता फिर स्टेज पर थी।

'और अब इस शाम की सबसे धमाकेदार परफॉरमेंस... इसलिए मैं गुज़ारिश करूँगी सब शांति से बैठ जाएँ। उसके बाद आप खाना खाने जा सकते हैं। तब तक डांस के साथ स्नैक्स और वाइन का आनंद लेते रहें!'

संयोगिता की इस बात से ठहाका गूँजा और तालियाँ बजने लगीं। मिताली ने हँसते हुए अपनी माँ और बाबा की तरफ़ देखा, 'बहुत नौटंकी करती है ये लड़की...'

'तो दिल थाम के बैठिए "स्टार परफॉरमेंस" के लिए – प्लीज़ वेलकम रोनित एंड मिताली।'

रोनित के साथ अपना नाम सुन कर मिताली बुरी तरह चौंक गई। इससे पहले वो कुछ समझ पाती महरून शेरवानी में रोनित उसके सामने मुस्कुराता हुआ खड़ा था। रोनित ने मिताली की तरफ़ हाथ बढ़ाया, 'मे आई?'

मिताली का चेहरा गुस्से से तमतमा गया। रमोना और मृत्युंजय को सारा मामला समझने में एक सेकेंड से भी कम समय लगा और वो मिताली के पास आ गए।

वो कुछ कहते इससे पहले मिताली दबी आवाज़ में रमोना पर चिल्ला पड़ी, 'व्हाट द हेल? तू मेरा तमाशा बनाने पर क्यों तुली है?'

'यार, मुझे इस बार में कुछ नहीं पता? आई स्वेर!'

मिताली गुस्से में थी, 'हाउ इनोसेंट! मैं तुझे फूल लगती हूँ?'

रमोना की आँखें डबडबा गईं, वनलता ने मिताली का हाथ पकड़ उसे शांत रहने इशारा किया। 'रमोना को कुछ नहीं पता यह संयोगिता और हमारा प्लान था।'

संयोगिता को पता ही नहीं था कि उसका मज़ाक किस कदर भारी पड़ गया था। वो फिर माइक से चिल्लाई, 'इंतज़ार। इंतज़ार। कब आएगी बहार! रोनित-मिताली के लिए एक बार ज़ोरदार तालियाँ हो जाएँ।'

तालियाँ बज रही थीं और मिताली का गुस्सा बढ़ रहा था, 'तुमने यह रास्ता चुना, रोनित? यहाँ मैं तुम्हारी फ़िक्र में मरे जा रही थी और तुम यह नौटंकी प्लान कर रहे थे।'

'सॉरी मिताली, ये सब...'

'चुप करो। मैं तुमसे कोई बात नहीं करना चाहती।' मिताली ने रोनित की बात काट दी।

रोनित कुछ बोलता इससे पहले सुजोय आगे बढ़े, 'मैं रिक्वेस्ट करता हूँ, मीतू, बाद में जो कहना-सुनना हो कर लेना। अभी सब गेस्ट्स हैं। तुम्हारी दोस्त की मेहँदी है, कुछ तो लिहाज़ करो, मीतू।'

बाबा के कहे शब्दों ने मिताली को थोड़ा नरम किया। उसने रोनित की तरफ़ अपना हाथ बढ़ा दिया। पर आँखों में अभी भी अँगारे दहक रहे थे।

रोनित उसे बड़े एहतियात से स्टेज पर लेकर चढ़ा। संयोगिता की तरफ़ मिताली ने जलती हुई निगाह डाली। गाना शुरू हो गया।

"दिल खो गया। हो गया किसी का। अब रास्ता मिल गया ख़ुशी का" वही गाना जिस पर मिताली और रोनित अपने रिसेप्शन पर झूम कर नाचे थे।

रोनित ने मिताली को कमर से थाम लिया। मिताली असहज हुई, रोनित सीधे

उसकी आँखों में देख रहा था। प्यार से छलकती हुई आँखें। ये आँखें जो मिताली को डुबोए रखती थीं। मिताली ने गुस्से में नज़र फेर ली।

एक रोबोट की तरह वो रोनित के साथ कदम मिला रही थी। एक स्टेप में रोनित ने घुमा कर उसे बाँहों में समेट लिया। रोनित की साँसें मिताली को अपनी गर्दन पर महसूस हुईं। वो नाराज़ थी पर उसको रोनित की साँसों की गर्माहट अच्छी लगी। रोनित की छुअन उसके रोम-रोम में जैसे बिजली की तरह दौड़ने लगी। यह अहसास उसे कई महीनों बाद हो रहा था।

वो नाच नहीं रही थी बल्कि अपने विचारों की उधेड़बुन में गोते खा रही थी... और दूसरी तरफ़ रोनित जैसे सारी दुनिया को भूल बस मिताली में गुम हो गया। उसको इतने एहतियात से छू रहा था मानो वो काँच की बनी हो।

तभी मिताली का पैर लहँगे में उलझा और इससे पहले कि वो गिरती, रोनित ने उसे अपनी मज़बूत बाँहों में थाम लिया। सबकी साँसें अटक ही गई थीं।

पहली बार मिताली की नज़रें रोनित से टकराईं और वो उनमें डूबती चली गई...

रोनित की आँखें भर आई थीं, उसकी आँखों से आँसू बह कर मिताली के चेहरे पर टपक पड़े...

उसके होंठ थरथराए, 'मिताली मुझे थामने के लिए, प्लीज़ वापस आ जाओ... मैं जी नहीं पा रहा तुम्हारे बिना!'

तालियाँ रुकने का नाम नहीं ले रही थीं और मिताली ने रोनित को कस के अपने गले से लगा लिया।

गुस्ताख़ इश्क़ के बारे में

इश्क़ का रंग लाल कहा जाता है पर मैं मानती हूँ कि ज़िन्दगी में इश्क़ होने से ही सारे रंग हैं। सफ़ेद रंग में जैसे सारे रंग समा जाते हैं वैसे ही इश्क़ में ज़िन्दगी के सभी रंग समा कर उसे सुकून का रंग देते हैं।

इश्क़ भले ही कितना तूफ़ानी हो लेकिन उसमें सुकून का मिलना बेहद ज़रूरी है, यही सुकून हम सभी तलाशते रहते हैं, कोई ऐसा जिसको देख धड़कने तेज़ हों, साँसें थरथराने लगें और रूह को चैन आ जाए।

मिताली और रोनित की कहानी भी कुछ ऐसी ही है, दोनों के जीवन में ख़ालीपन है, लेकिन सिर्फ़ ख़ालीपन ही मुहब्बत होने का कारण नहीं होता है, उसके लिए एक वेवलेंथ पर होना ज़रूरी है। कोई पसंद आ जाए तो एक नज़र में दिल लुट जाए और न आए तो कोई हज़ार मुलाक़ातों में भी न जँचे। कभी-कभी जिससे बेहद चिढ़ हो उससे भी बेपनाह मुहब्बत हो सकती है तो जनाब, मुहब्बत के पीछे का असल कारण ढूँढ़ना फालतू की कवायत है। इस उपन्यास में सारे पात्र मेरे दिल के करीब हैं, सभी शिद्दत से अपनी ज़िन्दगी जीते हैं, उनमें कमजोरियाँ होते हुए भी वो अच्छे लोग हैं, दोस्ती निभाने को किसी भी हद तक जाने को तैयार रहते हैं।

गुस्ताख़ इश्क़ का बीज मेरी और प्रियम्बदा की मुंबई में मुलाक़ात से पड़ा था, वो उस वक़्त स्टोरीटेल में पब्लिशर थीं और बच्चों की सिरीज़ के लिए राइटर की तलाश में थीं। मैंने उनको बच्चों की कहानी के कुछ आइडियाज़ पेश किए पर बात न बनी, फिर मैंने कहा कि मैं तो प्रेम कहानियाँ अच्छी लिख सकती हूँ यदि आप एडल्ट स्टोरी पर सोचना चाहें तो, इस तरह *गुस्ताख़ इश्क़* के विचार में अंकुर फूटने शुरू हुए।

इस ऑडियो सिरीज़ को लिखना मेरे लिए एक बड़ा चैलेंज था, सबसे पहले तो कहानी सोचना, फिर उसकी रूपरेखा और पात्रों का निर्माण इस तरह से करना ताकि पब्लिशर को पसंद आ जाए। इसमें एक-एक घंटे के दस एपिसोड्स यानी 10 अध्याय होने थे, इसकी ज़मीन तैयार करने में ही कई मीटिंग्स हुईं, फिर जब एक बार स्टोरीटेल की तरफ़ से इसको हरी झंडी मिल गई तो "गुस्ताख़ इश्क़" की रेल चल पड़ी। इस सिरीज़ को तराशने में प्रियम्बदा रस्तोगी का बहुत योगदान है। स्टोरीटेल इंडिया के सीईओ श्री योगेश दशरथ को विशेष धन्यवाद देना चाहूँगी जो इन्होंने इस सिरीज़ को प्रिंट में लाने में विशेष सहयोग किया।

उन हज़ारों पाठकों का बेहद शुक्रिया जिन्होंने फरवरी 2019 में इसे रिलीज़ होते ही बेस्टसेलर के चार्ट में पहुँचा दिया। मंजुल पब्लिशिंग हाउस के मैनेजिंग एडिटर सुशांत झा जी और सीनियर एडिटर शिवानी खरे जी का दिल से शुक्रिया जिन्होंने इसके प्रकाशन में रुचि दिखाते हुए, इसको तराश कर किताब की शक्ल दी। विकास तोरकोड जिन्होंने कवर डिज़ाइन किया, उनका भी बहुत शुक्रिया। इन तीनों के साथ मंजुल की ज़ोरदार टीम कहानी के इस नए अवतार की अद्भुत शिल्पकार है।

अपनी बेहद व्यस्ततम दिनचर्या के बावज़ूद हरदिल अज़ीज़ गीतकार इरशाद कामिल साहब ने किताब को पढ़कर बेशक़ीमती अल्फ़ाज़ लिखे, उनके इस स्नेह के लिए मेरे भावों को शुक्रिया में समेटा नहीं जा सकता है।

अपने जीवन से प्रेरित करने वाली, लेखन से हमारी राह रोशन करने वाली, प्रसिद्ध द्विभाषी लेखिका प्रत्यक्षा जी ने लगातार अपनी यात्राओं के बीच समय चुरा कर *गुस्ताख़* इश्क़ को प्यार भरी सौगात दी है।

जानी-मानी, पौराणिक विषयों की अंग्रेज़ी लेखिका सुनीता पंत बंसल जी ने भी बहुत कम समय में किताब को पढ़ कर प्रोत्साहन के शब्द लिखे। उनका यह स्नेहिल प्रोत्साहन मुझे और बेहतर लिखने की ताक़त देने वाला है।

इन सब रॉकस्टार सीनियर्स के अनमोल शब्द किताब के लिए एक ताबीज़ का काम करेंगे, बुरी नज़र से बचाएँगे। मुझे ऐसा लग रहा है जैसे घर के बड़ों ने बलइयाँ लेकर काला टीका लगा दिया है।

मेरे जीवनसाथी दुष्यंत और बेटे विराज का तो सहयोग हमेशा से ही रहा है, मेरी घरेलू सहायिकाएँ रामकन्या जी और ललिता जी बहुत अहम हैं जिनके साथ और सहयोग की वजह से मैं लगातार लिखने का समय निकाल पाई। मेरा डॉग पिकोलो, जो अब इस दुनिया में नहीं रहा, उसके साढ़े नौ साल के साथ ने मेरे जीवन को एक अलग तरीके से ख़ूबसूरत बनाया, मुझे हमेशा लगा कि अगर दुनिया में किसी को मेरा सबसे ज़्यादा बेसब्री से इंतज़ार है तो वो पिकोलो है।

मेरे पाठक, मित्र, परिवारजन, मेरे अब तक के सभी पब्लिशर्स और जो भी मेरी यात्रा में सहयोगी रहे, उनका मैं दिल से आभार व्यक्त करती हूँ, उनके साथ की, मेरे जीवन को तराशने और बेहतर बनाने में विशेष भूमिका रही है।

अब *गुस्ताख़ इश्क़* प्रिंट में आपके हाथों में सौंप रही हूँ, इस उम्मीद के साथ कि ऑडियो में इसको जितना प्यार मिला, किताब की शक्ल में उससे ज़्यादा प्यार मिलेगा और यह हर युवा दिल की पहली पसंद बन जाएगी।

आमीन!

शुक्राना

इरा टाक